Friedemann Singer

Als lebende Reparation an der Wolga 1946 – 1950

Friedemann Singer, geb. 1927 in Dessau (Anhalt) als ältester Sohn des Diplomingenieurs Heinrich Singer. Grundschule in Dessau-Ziebigk, Gymnasium in Dessau, 1943 – 1944 Luftwaffenhelfer in Dessau. 1944 – 1945 Infanterist in Blankenburg (Harz), später in Westdeutschland. Am 2. Mai 1945 verwundet bei Stade in britische Gefangenschaft geraten. »German Labour Company« bei Nienburg/Weser. Im Juni 1946 »schwarz« über die Zonengrenze nach Dessau. Kurzer Schulbesuch.

Am 22. Oktober 1946 Deportation der ganzen Familie in die Sowjetunion. Im November 1950 Heimkehr der Familie nach Dessau. Abitur 1951. Studium der Mathematik in Halle(Saale). Am 18. September 1951 verhafteten sowjetische Soldaten den Vater am Arbeitsplatz aus unbekanntem Grund. Wegen »Boykothetze«. im Mai 1953 Flucht nach Westberlin. Fortsetzung des Studiums in Göttingen. 1968 Diplom, anschließend Tätigkeit als Informatiker im Max-Planck-Institut für Aeronomie bei Göttingen. 1968 Heirat mit Maria-Antonie Schirren. Weitere Stellungen an der Universität Tübingen und der Gesamthochschule (Universität) Kassel. Mehrere Veröffentlichungen über das Programmieren.

Friedemann Singer lebt seit 1992 zusammen mit seiner Frau als Rentner in Schönkirchen bei Kiel.

Nach dem Zusammenbruch der Sowjetunion wird nach und nach bekannt, wann und warum der Vater hingerichtet wurde. Deswegen Reise nach Russland 2006.

Friedemann Singer

Als LEBENDE REPARATION an der Wolga 1946 – 1950

Der Sohn eines Spezialisten für Strahltriebwerke
berichtet aus dieser Zeit
und von Jahren davor und danach

Die deutsche Nationalbibliothek verzeichnet diese Publikation in der Deutschen Nationalbibliografie; detaillierte bibliografische Daten sind im Internet über http://dnb.d-nb.de abrufbar.

Die im Buch veröffentlichten Abbildungen und Dokumente stammen aus dem Privatbesitz des Verfassers, von dem auch die Fotos und die Aquarelle angefertigt wurden. Ausnahmen sind in der betreffenden Bildunterschrift angegeben.

Herstellung und Verlag: Books on Demand GmbH, Norderstedt

ISBN 978-3-8370-6169-7

Inhalt

Vorwort

»Das müssen Sie aufschreiben!« sagte mir vor Jahren ein Geschichtsprofessor der Universität Kiel, »das ist wichtige Zeitgeschichte.« Bei Freunden waren wir auf Abschnitte meines Lebens zu sprechen gekommen.

Weil immer mehr Menschen mit dieser Aufforderung an mich herantraten, fing ich an zu schreiben. Langsam entstand ein Text über die Jahre, die im Titel genannt sind, und über Jahre davor und danach, die wie ein Bilderrahmen dazugehören

Ich holte meine verstaubten Tagebücher hervor, sofern sie noch vorhanden waren. Seit vielen Jahrzehnten hatte ich sie nicht mehr in der Hand gehabt, geschweige denn in ihnen gelesen. Und was ich da las, versetzte mich in Erstaunen, denn ich konnte kaum glauben, was ich damals beobachtet, gedacht und aufgeschrieben hatte. Ich las sie streckenweise wie Texte eines fremden Autors. Schließlich bekam der Prozess des Schreibens ein dynamisches Eigenleben.

Was in meinem Bericht zu lesen ist, habe ich so erlebt, wie es aufgeschrieben ist. Ich habe nichts dazu erfunden. Einziges Steuerungswerkzeug bei der Gestaltung war der »Mut zur Lücke«. Dieser Mut ist nicht immer leicht aufzubringen. Vieles habe ich aus dem mehr und mehr ausufernden Text streichen müssen. Verwandten, Freunden und nicht zuletzt meiner Frau danke ich für zum Teil scharfe Kritiken und stimulierende Gespräche. Ebenso danke ich der Lektorin Tanya Wegberg, die viel zur Straffung des Textes beigetragen hat.

Soweit war ich gekommen, und Abbildungen, also alte Fotografien, Dokumente und dergleichen, waren schon digitalisiert, als ich alles einem Verlag in Berlin anbot. Das führte im November 2006 zu einem Verlagsvertrag. Das Buch sollte — laut Vertrag — im Februar 2007 erscheinen. Obwohl alles zum Druck fertig war, ist der Verlag seinen Verpflichtungen nicht nachgekommen. Ich habe daher auf Anraten meines Anwalts den Vertrag Mitte Dezember 2007 gekündigt.

Weil ich nicht noch mehr Zeit verlieren wollte, wandte ich mich jetzt an den BoD-Verlag, und nun kann mein Buch endlich erscheinen.

Schönkirchen (Holstein), im Sommer 2008

Friedemann Singer

1. Erste Jahre in Dessau

Kindheit

Über das Stoppelfeld wehte ein kräftiger Wind. Mein Vater hielt eine lange Schnur, an deren anderem Ende hoch über uns ein großer, mit rotem Stoff bespannter Kasten hing. Inmitten der roten Rechtecke leuchteten weiße Kreise mit einem schwarzen Hakenkreuz. Begeistert schaute ich dem fliegenden Kasten nach, der über uns in der Luft schaukelte. Fünf Jahre war ich alt, damals, im Jahre 1932, und begriff natürlich nicht, was mein Vater den Bewohnern der angrenzenden Arbeitersiedlung mit seinem Drachen sagen wollte.

In jenen Jahren schmückten alle politisch engagierten Leute zu den Reichstagswahlen ihr Haus mit Symbolen der Partei, der sie ihre Stimme geben wollten. Aus unserem Bodenfensterchen ragte eine lange Stange mit einer großen Hakenkreuzfahne heraus; am Haus schräg gegenüber hing eine gleich große Fahne, rot, mit Hammer und Sichel.

Mein Vater hatte graublaue Augen, war schlank und sportlich; sein mittelblondes Haar ließ er an den Schläfen und im Nacken ganz kurz schneiden, und er trug einen kleinen Schnurrbart, wie viele Männer jener Zeit. Er war, so zu sagen, der klassische »nordische Mensch«.

Meine Mutter, eher der »ostischen Rasse« zugehörig, hatte schwarzes Haar und lebhafte Augen.

Sie beschrieb ihren Mann als sehr liebevoll, er ziehe für notleidende Menschen sein letztes Hemd aus — er könne aber auch hart, fast brutal werden. Ich sehe ihn in SS-Uniform vor mir stehen. Diese war in jenen Jahren noch nicht schwarz, sondern ähnelte der braunen SA-Uniform,

Mein Vater am 13. Dezember 1944. Dieses Bild und das von meiner Mutter auf der nächsten Seite entstanden zwei Tage bevor ich meinen Wehrdienst antrat.

allerdings trugen die SS-Leute zum Braunhemd eine schwarze Hose und eine schwarze Schirmmütze. Von Saalschlachten erzählte mir meine Mutter. — Im Keller entdeckte ich später einen Gummiknüppel.

Das sind frühe Eindrücke aus meiner Kindheit, die ich in Dessau verbrachte, unweit der Elbauen und des Parks Georgium, unweit des Bauhauses und der Junkers-Werke, wo mein Vater seit Jahren als tüchtiger und bei seinen Kollegen beliebter Ingenieur arbeitete. Hier also bin ich, wenn man so will, in einer bürgerlichen Welt wohlbehütet aufgewachsen. Meine Eltern hatten im Sommer 1926 geheiratet, und ich kam als ihr erstes Kind ein Jahr danach zur Welt. Anderthalb Jahre darauf hatte ich eine Schwester: Annemarie. Später kamen noch Christine und schließlich Reinhard hinzu.

Meine Mutter am 13. Dezember 1944.

Wir wohnten in einer Gartenstadt, deren Anfänge in die Zeit vor dem Ersten Weltkrieg zurückreichen. Ihr Gesicht bekam sie allerdings erst in den zwanziger Jahren durch abwechslungsreich gestaltete Reihenhäuser und die vielen einheitlichen, aber nicht uniformen Doppelhäuser. Die meisten Häuser wurden von ihren Eigentümern bewohnt, von denen viele beim Bau mitgewirkt hatten. Sie stammten aus allen Bevölkerungsschichten: Arbeiter und Beamte, Akademiker, Künstler und Kaufleute. Hätten der Bombenkrieg und danach der missratene Wiederaufbau der DDR nicht so viel zerstört, wäre wohl unsere Gartenstadt heute ein Flächendenkmal. Sie wurde »die Siedlung« genannt, weil die meisten Grundstücke recht groß waren. In den Gärten hinter ihren Häusern bauten viele Bewohner Kartoffeln und Gemüse an, pflegten ein Spargelbeet, fütterten Kaninchen und hielten Hühner. Ihre kleinen Vorgärten legten sie liebevoll an. Eingefasst waren die Blumenbeete vielfach von senkrecht stehenden, leeren Bierflaschen, deren Bügelverschlüsse im Boden steckten.

Die Straße war unser Spielplatz, denn es gab ja nur wenige Autos, die uns hätten gefährden können. Hier erzählten wir uns, was wir erlebt oder von unseren Eltern gehört hatten. Wenn Zigeuner durch die Stadt zogen, sollten wir vorsichtig sein und uns von ihnen fernhalten. Zigeuner, so hieß es, fangen kleine Kinder, vor allem solche mit blonden Locken. Und Juden, so sagte man, täten es ebenso. Auf der Straße erfuhr ich schon frühzeitig, dass es Konzentrationslager gab, die wir Kinder »Konzertlager« nannten. Für unser Verständnis waren sie eine besonders harte Form der Haft: Betrüger und Diebe kamen ins Gefängnis, Räuber ins Zuchthaus und Schwerstverbrecher ins KZ. Wir dachten dabei an Mörder und Vaterlandsverräter. Erst als wir etwas älter geworden waren, erfuhren wir, dass auch Juden, Zigeuner und Kommunisten ins KZ kamen.

In dem Haus uns gegenüber hatte ein Bildhauerehepaar Atelier und Wohnung. Dahinter begann die »Kienheide«, ein parkartiger Kiefernwald. Die hohen, an warmen Sommertagen harzig duftenden Bäume ließen genug Licht hindurch, so dass auf dem Waldboden Gras wachsen konnte, ein für Kinder ideales Gelände.

Bei schönem Wetter liefen wir Jungen manchmal an das Ende der Kienheide. Dort hatten wir einen freien Blick auf die Junkers-Werke und den Flugplatz. Wir konnten die startenden und landenden Flugzeuge beobachten.

Ich verbrachte eine unbeschwerte Kindheit, so könnte man sagen, denn von den sechs Millionen Arbeitslosen erfuhr ich nichts. Und nichts davon, dass mein Vater mehrere Monate lang kein Gehalt bekam, weil die Weltwirtschaftskrise auch an den Junkers-Werken nicht spurlos vorübergegangen war. Wir Kinder wurden stets satt, brauchten nicht zu frieren und hatten immer etwas anzuziehen.

Erstes bis drittes Schuljahr

Nach den Ostertagen 1934 begann meine Schulzeit. Morgens verließ ich unser Haus. Nach einem kurzen Weg durch die Kienheide stand ich an einer der vielen für das Dessau-Wörlitzer Gartenreich charakteristischen Kleinarchitekturen, dem Amaliensitz. Das Bauwerk war hell-ockerfarben angestrichen, deshalb nannten wir es »das gelbe Häuschen«. Von hier aus wandert der Blick entlang der Burgkühnauer Allee zu den »Sieben Säulen«, dem westlichen Eingangstor zum Park Georgium. Sie sind der Nachbau einer römischen Tempelruine, die eigentlich aus acht Säulen besteht, aber wo auch immer man sich hinstellt, man kann nur sieben sehen.

Ich ging die Allee entlang, auf deren einer Seite die »Meisterhäuser« standen, weiße, kubische Formen unter hohen Kiefern. Hier hatten von 1926 bis 1933 Bauhausmeister gewohnt. Walter Gropius hatte ein Einzelhaus, die anderen wohnten in Doppelhäusern: Laszlo Moholy-Nagy und Lyonel Feininger, Georg Muche und Oskar Schlemmer, Paul Klee und Wassily Kandinsky. Als ich mit meinem Schulranzen dort entlangging, hatten die meisten als »entartete Künstler« Deutschland bereits verlassen müssen.

Das erste Schuljahr verbrachte ich in einer Versuchsklasse, die vom Rektor der Volksschule selbst geleitet wurde. Wir Kinder, Jungen und Mädchen, saßen nicht in Schulbänken, sondern — und das war im Jahre 1934 geradezu sensationell — an kleinen quadratischen Tischchen auf kleinen Stühlchen, wie im Kindergarten. Wir schoben Pappbuchstaben zu Wörtern zusammen und schrieben auf Papier, nicht auf Schiefertafeln. Ob der Unterricht fortschrittlich war, kann ich nicht sagen, mir jedenfalls hat er Spaß gemacht. Er muss auch wirksam gewesen sein, denn, nachdem wir alle

Der Amaliensitz, erbaut nach Plänen des Architekten Friedrich Wilhelm von Erdmannsdorff, ist eine der vielen für das Dessau-Wörlitzer Gartenreich (UNESCO Weltkulturerbe 2000) typischen Kleinarchitekturen..

Buchstaben kennen gelernt hatten, nahm ich mir meine Fibel vor und las sie durch bis zum Ende.

Adolf Hitler war zwar erst ein Jahr an der Regierung, aber in unserer Fibel fanden wir bereits viele Hakenkreuze. Der erste Satz, den wir zu lesen bekamen, lautete:

Heil, Heil, rufen Heini und Lene.

Dazu gehörte ein farbiges Bild, eine Zeichnung voller Bewegung: Den rechten Arm zum Hitlergruß erhoben, liefen Heini und Lene marschierenden SA-Männern nach, und von den Häusern hingen lange Hakenkreuzfahnen herab.

Die Meisterhäuser gehören mit dem Bauhaus in Dessau seit 1996 zum UNESCO Weltkulturerbe. In der Doppelhaushälfte rechts wohnte damals Paul Klee.

Ein Jahr später — die Schule hatte inzwischen einen anderen Rektor bekommen — saßen wir Kinder in Schulbänken wie überall in Deutschland, jeweils zwei in einer Bank. Ausgerichtet wie Soldaten guckten wir nach vorn zur Wandtafel. Wir krakelten jetzt auf Schiefertafeln und benutzten dazu Griffel aus Schiefer, die schrecklich quietschten, wenn wir mit viel Kraft die Zeichen malten.

Unsere Klassenlehrerin habe ich mit ihren blassen Lippen und farblos lackierten Fingernägeln als kalt in Erinnerung. Die lackierten Fingernägel irritierten mich, denn »eine deutsche Frau schminkt sich nicht«.

Ich litt sehr unter unserem Rechenlehrer, der uns die Kunst des Rechnens regelrecht reinzuprügeln versuchte.

Er rief mich auf.

»Was ist 13 weniger 7?«

Ich stand auf und stotterte.

Er baute sich drohend vor mir auf und wiederholte die Frage mit erhobener Stimme. Sein schwarzer Schnauzbart bebte. Ich zitterte vor Angst und bekam keinen Ton heraus. Er holte aus und traf mich am Kopf.

Das Schulfach Rechnen mochte ich seitdem nie besonders, und Kopfrechnen beherrsche ich bis heute nicht gut. Erst im Gymnasium, nachdem aus Rechnen Mathematik geworden war, konnte ich mich von mäßigen Zensuren zu guten emporarbeiten. Später habe ich an der Universität Göttingen eine Diplomprüfung in Angewandter Mathematik abgelegt; schließlich ist Mathematik die Kunst, das Rechnen zu vermeiden.

Wie viele Jungen meines Alters besaß ich Spielzeugsoldaten aus einem zerbrechlichen Kunststoff. Sie trugen feldgraue Uniformen und Stahlhelme, sie marschierten oder warfen Handgranaten, sie schossen im Stehen, dann konnte man einen Schützengraben im Sandkasten für sie bauen, oder sie schossen im Liegen mit einem Maschinengewehr. SA- und SS-Männer waren darunter, deren rechter Arm beweglich war: man konnte ihn so drehen, dass die Figur den Hitlergruß ausführte. Mein ganzer Stolz war ein Mercedes-Benz-Auto aus Blech mit Adolf Hitler drin, der ebenfalls den rechten Arm heben konnte. Zu meinen SA-Männern gehörte auch Stabschef Ernst Röhm, der Führer der SA. Nach Röhms »Hinrichtung« im Sommer 1934 sagte mein Vater, ich müsse diese Figur in dessen Nachfolger Stabschef Lutze umbenennen. Das tat ich, obwohl Röhm dunkelhaarig und beleibt war, Lutze dagegen groß, blond und schlank.

Neben den Spielzeugsoldaten bekam ich ein Bändchen aus der Insel-Bücherei geschenkt: *Wer will unter die Soldaten — Deutsche Soldatenlieder*«. Auf vielen farbigen Bildern reiten, marschieren und schießen Soldaten in alten Uniformen. Vom Morgenrot ist da zu lesen, das zum frühen Tod leuchtet, und davon, dass es keinen schöneren Tod gebe, »als wer vom Feind erschlagen«. Nicht nur in diesem Büchlein blätterte ich immer wieder gern, sondern ich las überhaupt sehr viel. Geschichten, in denen Gespenster herumspukten, liebte ich besonders. Als ich unter den elterlichen Büchern Goethes *Faust* mit entsprechenden Illustrationen entdeckte, fühlte ich mich derart angeregt, dass ich anfing, darin zu schmökern, denn vom Erdgeist ist da die Rede, von der Walpurgisnacht, und der Teufel spielt eine große Rolle.

Die Grimmschen Märchen in der vollständigen, dreibändigen Ausgabe habe ich von vorn bis hinten durchgelesen. Tief beeindruckt hatten mich die Zeichnungen von Otto Ubbelohde. Sie lassen die alten Märchen in einem unromantischen Licht erscheinen, im Gegensatz zu den süßlichen Darstellungen Ludwig Richters. Die Figuren Ubbelohdes bestehen oft nur aus Umrissen, die Landschaften sind meist nur angedeutet, so dass der Vorstellungskraft viel freier Raum bleibt. Zu meinem Lesestoff gehörten auch die Deutschen Heldensagen. Meine Ausgabe war mit markigen Illustrationen versehen: Heldenhafte, muskulöse Männer waren abgebildet, edle nordische Frauen, aber auch stimmungsvolle Szenen mit verlöschenden Kerzen, deren Rauchfäden ornamentale Linien zeichneten. Natürlich begeisterten mich die Abenteuer der Recken, aber bei den Zweikämpfen Mann gegen Mann, bei denen einer dem anderen das Schwert in den Leib stößt, war mir unbehaglich zu Mute.

Wenn Adolf Hitler, der Reichskanzler und Führer des Deutschen Reiches, der Öffentlichkeit etwas Wichtiges verkünden wollte, wurden die Abgeordneten des Deutschen Reichstags — jetzt nur noch Nationalsozialisten — in die Kroll-Oper einberufen, denn das Reichstagsgebäude war ja ausgebrannt! Er hielt vor ihnen eine Rede. Diese Führerreden wurden im Rundfunk übertragen. Wir hatten damals noch kein Radio, aber ein Freund meines Vaters brachte seines mit, wenn eine Führerrede angekündigt war, und stellte es im Wohnzimmer auf. Es bestand aus einem schwarzen Kasten, auf dem sich oben ein trichterförmiger Lautsprecher befand, so ähnlich wie bei einem alten Grammophon. Musik erklang aus dem Trichter, und ich wunderte mich, wie die wohl entstehe. Ich trat an den Kasten, in dem ich ein kleines Licht entdeckte. Ob dort winzig kleine Männlein die Musik machen? Dann aber mussten wir still sein, denn die Führerrede wurde übertragen. Wir saßen alle um das Radio und lauschten andächtig den Worten, die aus dem Trichter kamen. Ich verstand nur wenig von dem, was der Führer sagte, aber mir war dabei stets ganz feierlich zumute.

Die Herkunft meiner Eltern

Ich hatte das Glück, in »geordneten« Verhältnissen aufzuwachsen. Meine Eltern entstammten bürgerlichen Familien und führten eine bürgerliche Ehe. Ich fühlte mich als Glied einer Generationenkette, mit Eltern, Großeltern und Urahnen. Immer wieder fuhren wir mit der Eisenbahn nach Schlesien oder ins Erzgebirge, nach Leipzig oder Berlin. Dort lebten Geschwister meiner Eltern und meine Großeltern. Ich liebte diese Reisen, weil ich die Menschen liebte, zu denen die wir fuhren. Bei unseren Besuchen sprachen die Erwachsenen oft auch über vergangene Zeiten. Bei ihnen war die Erinnerung an den Weltkrieg noch frisch. Als ich geboren wurde, lag das Kriegsende erst achteinhalb Jahre zurück. Ich empfand es daher als normal, dass bereits in der Grundschule mein Interesse an Politik und Geschichte erwachte.

Meine Großmutter mütterlicherseits, eine Pastorenwitwe, besaß einen Prachtband über den Deutsch-Französischen Krieg, den ich mit Begeisterung studierte. Wundervolle, goldgeschmückte Girlanden umsäumten die Chromolithographien. Weil die Soldaten aus verschiedenen Ländern stammten, aus Sachsen und Preußen, aus Bayern und Württemberg, trugen sie auch verschiedene Uniformen, mit denen sie in die pulverdampfenden Schlachten zogen. Seither sind mir die Namen Mars-la-Tour, Gravelotte und Sedan geläufig. Aber auch von Heckenschützen in französischen Dörfern wurde berichtet und von hinterhältigen Franctireurs. Dennoch waren die deutschen Truppen wie ein Sturm über Frankreich hinweggefegt und hatten »unseren Erbfeind« in wenigen Monaten besiegt.

In dieser preußischen Gedankenwelt war meine Mutter aufgewachsen. Manchmal zitierte sie den Anfang des Liedes »Ich bin ein Preuße, kennt ihr meine Farben?« Als sie die blumengeschmückten Soldaten sah, die im August 1914 voller Begeisterung ins Feld zogen, war sie mit ihren sechzehn Jahren fest entschlossen, zur Siegesfeier so lange die Kirchenglocken zu läuten, bis sie das Glockenseil nicht mehr halten konnte, bis sie erschöpft zu Boden sinken würde. Für sie war selbstverständlich, dass die deutschen Truppen diesen Krieg genauso schnell gewinnen würden, wie sie den Deutsch-Französischen Krieg gewonnen hatten.

Aber die Blumen an den Gewehren der Kriegsfreiwilligen waren schnell verwelkt. Der einzige Bruder meiner Mutter fiel vor Verdun. Ein Grab gibt es nicht. Wahrscheinlich ist er von einer Granate zerfetzt worden. Der Krieg endete am 9. November 1918 ganz anders, als er 1914 begonnen hatte. In der Schule erzählte man uns, Juden und Sozialisten hätten die Rüstungsarbeiter aufgehetzt, die mit ihrem Streik den »im Felde unbesiegten« deutschen Truppen den »Dolch in den Rücken gestoßen» hätten. Überall in Deutschland war es zu Unruhen und Kämpfen zwischen Linken und Rechten gekommen, zwischen Kommunisten und den Freikorps.

Von den Freikorps hatte ich viel gehört: sie waren militärisch straff organisierte Gruppen konservativer, nationalistisch eingestellter Offiziere und Soldaten. Im Baltikum hatten sie »das Deutschtum gegen die bolschewistische Flut verteidigt«. Später »kämpften« sie auch im Reich, vor allem gegen die Kommunisten. Sie versuchten »auf dem Felde der Ehre« zu retten, was sie glaubten noch retten zu können. Auf den Straßen Berlins grölten sie: »Schlagt tot den Walther Rathenau, die gottverdammte Judensau!« und erschossen den Reichsaußenminister auf offener Straße. Das geschah im Juni 1922. In den Augen des konservativen Bürgertums zählte Rathenau zu den »Erfüllungspolitikern«, die das deutsche Volk an die »Siegermächte« verkauften.

In dieser unruhigen Zeit studierte mein Vater, der Leutnant a. D., an der Technischen Hochschule in Dresden, und meine Mutter arbeitete dort in einem Schneideratelier, das auch Kostüme für die Ballettschule von Mary Wigman anfertigte. Im Januar 1921, anlässlich eines von Studenten organisierten Faschingsfestes, lernten sich meine Eltern kennen — der Student und die Schneiderin. Mein Vater kam aus großbürgerlichem Hause, ihm stand relativ viel Geld zur Verfügung. Meine Mutter hingegen hatte nur ihren kleinen Lohn. Sie hauste in einem Mansardenstübchen, das sie nicht heizen konnte; im Winter musste sie das Eis in der Waschschüssel zerschlagen, bevor sie an die Morgentoilette ging.

1923 verlor das Geld so schnell seinen Wert, dass die Löhne täglich ausgezahlt werden mussten. Meine Mutter zeigte mir Geldscheine aus der Inflationszeit. Auf ihnen war der Wert nicht mehr in Ziffern angegeben, sondern nur noch in Worten: **1 Milliarde Mark** oder **1 Billion Mark**, weil man die entsprechenden (arabischen) Zahlen 1 000 000 000 oder 1 000 000 000 000 mit dem Auge so schnell nicht erfassen kann. Manche Geschäfte zeichneten ihre Waren nicht mehr in Mark, sondern gleich in US-Dollar aus, denn der Kurs der Mark gegenüber dem Dollar änderte sich fast stündlich.

Die Frauen gingen zur Mittagspause an die Fabriktore, ließen sich dort von ihren Männern in großen Stapeln das Papiergeld geben und kauften sofort ein, denn wenn sie gewartet hätten, bis ihre Männer von der Arbeit heimkehrten, hätten sie für das gleiche Geld nur noch die Hälfte bekommen. Im November 1923 war der absurde Spuk dann zu Ende: Für eine Billion Mark erhielt man eine Rentenmark, die ein Jahr später von der Reichsmark abgelöst wurde.

Die Inflation hatte auch das Vermögen meines Großvaters väterlicherseits zusammenschmelzen lassen, er besaß nur noch das Grundstück, auf dem sein Haus und seine kleine Fabrik standen. Er war ein Großvater, wie er im Buche steht, ein mächtiger Mann mit weißem Vollbart, und auf der Weste trug er eine Uhrenkette, die ein Glied hatte mit der Aufschrift »Gold gab ich für Eisen«.

Als er sechzehn Jahre alt war, starb sein Vater, kurz darauf seine Mutter. In diesem Alter musste er den Betrieb seines Vaters übernehmen, der vor allem mit Klöppeleien gutes Geld verdient hatte. Es gelang ihm, daraus eine Firma von Weltgeltung zu machen, indem er den Klöpplerinnen im Erzgebirge beibringen ließ, mit Haaren statt mit Garnen zu klöppeln, um auf diese Weise Haarnetze anzufertigen. Da am Ende des 19. Jahrhunderts die Frauen üblicherweise ihre Haare zu einem Knoten banden, um den sie ein Haarnetz legten, war das ein Riesengeschäft, denn so feine Haarnetze sind praktisch unsichtbar. Mein Großvater war aber nicht nur ein erfolgreicher Geschäftsmann, sondern widmete sich mit seiner liberal-konservativen Einstellung auch sozialen Fragen. So war er aktiver Landtagsabgeordneter im sächsischen Landtag. Nach dem Ersten Weltkrieg änderte sich die Mode, der Bubikopf verdrängte den Dutt, also den Haarknoten, und mein Großvater musste sich mit seiner Firma anderweitig orientieren.

Ende 1923 legte mein Vater sein Examen als Diplom-Ingenieur ab und bekam bei Junkers in Dessau sofort eine Stelle. . Sein erstes Monatsgehalt betrug 300 Rentenmark

Das Hochzeitsbild meiner Eltern. Sitzend von links nach rechts: Großmutter Scholz, Großvater Singer, das Brautpaar, Großmutter Singer, Großvater Scholz, Mutter von Großvater Scholz. Großvater Scholz, der Superintendent, hat das Brautpaar getraut. Die anderen Personen sind Verwandte oder Freunde des Braupaares. Der Fotograf ist unbekannt.

Die Hochzeit des »Diplom-Ingenieurs und Leutnants a. D. Heinrich Singer« mit dem »Fräulein Superintendent Katharina Scholz« war für die schlesische Kleinstadt ein großes gesellschaftliches Ereignis.

Viertes Schuljahr

Im vierten Schuljahr waren wir Jungen unter uns. Mit fünfundvierzig Schülern bildeten wir eine recht große Klasse. Unser Klassenlehrer, Herr Nordmann, teilte uns in sechs Gruppen ein und bestimmte einen Schüler aus jeder Gruppe zum Gruppenführer. Dass ich einer davon sein durfte, gab meinem schwachen Selbstvertrauen erheblichen Auftrieb.

Die Gruppeneinteilung war sehr wichtig bei den vielen Radwanderungen, die wir mit Herrn Nordmann unternahmen. Das Schulfach Heimatkunde wurde auf diese Weise sehr lebendig.

Heinz, einer unserer Klassenkameraden, wohnte im Armenhaus, einer etwas abseits gelegenen Baracke. Es hieß, die Kinder dort hätten Kopfläuse. Eines Tages war er unangenehm aufgefallen, warum weiß ich nicht mehr. Auf jeden Fall sollte er körperlich gezüchtigt werden. Fünf Schläge mit dem Rohrstock waren vorgesehen. Er musste sich in die Ecke stellen, sich bücken und den Hosenboden straff ziehen. Herr Nordmann zählte die Streiche ab. Heinz zuckte jedes Mal zusammen. Und wir schauten schweigend zu.

In jenen Tagen begegnete mir zum ersten Male der Antisemitismus in der Schule. Irgendwie kam das Unterrichtsgespräch auf die Bibel. Herr Nordmann lehnte eine Beschäftigung damit strikt ab und betonte: »Ich will mit diesem Judenbuch nichts zu tun haben!«. Ich fuhr zusammen, denn ich fühlte mich persönlich getroffen. Wir pflegten zu Hause stets Tischgebete zu sprechen.

Trotzdem mochte ich Herrn Nordmann. Er verstand lebendig zu erzählen und uns Grundschülern den Lehrstoff derart plastisch zu vermitteln, dass mir heute noch manches aus seinen Unterrichtsstunden gegenwärtig ist.

Herr Nordmann mochte auch mich. Nach den regulären Schulstunden zeigte er mir einmal ein kleines Röntgengerät, das für ein paar Tage im Physikraum stand. Er hielt seine Hand hinter den Schirm, und ich sah seinen Ehering um die Knochen schweben. Dann sah ich meine eigenen Handknochen sich bewegen — ein wunderliches Gefühl.

Zum Jungvolk einberufen

Als ich zehn Jahre alt war, bekam ich einen amtlichen Brief, versehen mit Dienstsiegel und Unterschrift. Der Text nahm Bezug auf das »Reichsjugenddienstpflichtgesetz«, und der entscheidende Satz darin lautete: »Du hast Dich am ... um ... Uhr auf dem Schlageterplatz einzufinden.« Ich war also zum Jungvolk einberufen worden wie ein Rekrut zum Wehrdienst.

Der Schlageterplatz war rechteckig und öffnete sich nach Osten zum Bauhaus hin. Die Rasenfläche in seiner Mitte durfte man nicht betreten. An einer Ecke erhob sich eine aus rohen Ziegelsteinen errichtete, unverputzte viereckige Säule, die wohl ein Denkmal für Herrn Schlageter werden sollte; in all den Jahren blieb das Bauwerk jedoch unvollendet.

Hier versammelten wir uns und lernten, was man zu tun hat, wenn jemand das Kommando »Antreten!« brüllt, und was bei »Richt euch!«: Die Köpfe fliegen nach rechts, die Füße trappeln vor und zurück, bis die Schuhspitzen sich an einer gedachten, geraden Linie ausgerichtet haben. »Augen geradeeeee — aus!« — »Rührt euch!«

Als wir imstande waren, diese und andere Kommandos einigermaßen korrekt auszuführen, bekamen wir die Jungvolk-Uniform. Sie bestand aus einer kurzen, schwarzen, robusten Manchesterhose mit Koppel, die auch gelegentlich auf dem Schulhof zu sehen war, sowie dem Braunhemd . Ein schwarzes Halstuch, das mit einem geflochtenen Lederknoten zusammengehalten wurde, durfte man erst tragen, wenn man die »Pimpfenprobe« bestanden hatte. Dazu musste man einige Leibesübungen ausführen, wie Laufen, Springen und Werfen. Außerdem musste man wissen, wann und wo der Führer geboren wurde, und die »Schwertworte des Jungvolks« auswendig hersagen können.

Wir trugen alle die gleiche Uniform, ob wir reiche Eltern hatten oder arme. So schienen wir also schon rein äußerlich als Glieder einer »verschworenen Gemeinschaft« zu sein, der, wie es hieß, »Volksgemeinschaft«. Zweimal in der Woche traten wir in Dreierreihen zum Dienst an, jeweils am Mittwoch und am Sonnabend Nachmittag. Unsere Rücken waren dabei dem Bauhaus zugewandt. Vielleicht sollten wir diese Ausgeburt des Kulturbolschewismus nicht andauernd anschauen.

Wir hundertzwanzig Pimpfe bildeten das Fähnlein vier. Der Fähnleinführer war einige Jahre älter als wir und trug eine dicke, geflochtene Kordel als Kennzeichen seiner Stellung, sozusagen die Insignien seiner Macht. Ein Fähnlein gliederte sich in vier Jungzüge, je einer für einen Jahrgang. Nach Vollendung des vierzehnten Lebensjahres wurde man aus dem Jungvolk in die Hitlerjugend »versetzt«.

Ein begeisterter Pimpf war ich nicht. Ich hatte gelernt, gehorsam zu sein. Meine Haltung im Jungvolk war also Pflichterfüllung: Ich sollte begeistert sein und versuchte es auch, notgedrungen. Wenn wir etwas »Jugendbewegtes« unternahmen, war ich voll Freude dabei. So machten wir einmal eine Radtour in den Fläming, mit — wie aufregend! — Abkochen im Freien. Wir bauten uns aus Ästen ein Gestell und hängten den Hordentopf daran auf, in dem die Suppe brodelte. Sie schmeckte vorzüglich, obwohl der Wind Holzascheteilchen hineingeweht hatte und Sand zwischen den Zähnen knirschte.

Ansonsten marschierten wir viel. Ich konnte bei diesem monotonen Tun abschalten, die Gegend betrachten, meine Gedanken schweifen lassen und den Liedern, die wir dabei sangen, nachsinnen. Zur vormilitärischen Ausbildung gehörten auch Geländespiele. Ich griff ungern an, aber wenn ich attackiert wurde, verteidigte ich mich hartnäckig. Wir mussten viel Sport treiben. Das fand ich langweilig, denn das lag mir nicht.

Mit dem Sport hatte ich auch in der Schule Probleme. In meinen Zeugnissen standen immer wieder Sätze wie: »Er ist groß und kräftig, aber wenig geschickt und zaghaft.« Ein Grund dafür war sicherlich, dass ich neben meiner nicht unerheblichen Kurzsichtigkeit einen Augenfehler habe, der erst viele Jahre später erkannt wurde: Ich kann nämlich nicht räumlich sehen, kann also einen Ball, der auf mich zufliegt, im Raum nicht orten und daher auch nicht fangen. Manche Brille ist mir deshalb kaputtgegangen. Brachte ich in den »Leibesübungen« dennoch etwas zustande, wie an der Sprossenwand, wertete der Turnlehrer das ab: »Du hast ja Affenarme.«

Ich war also unsportlich, sehr zum Leidwesen meines Vaters. Für die Pimpfenprobe musste man einen Schlagball fünfzehn Meter weit werfen; das schaffte ich nur mit großer Mühe, nachdem mein Vater eifrig mit mir geübt hatte. Nun durfte ich Halstuch und Knoten tragen wie die anderen auch.

Zu den regelmäßigen Veranstaltungen, besonders im Winter, gehörten die »Heimabende«. Wir marschierten zu einem Privathaus, in dem für diesen Zweck ein Kellerraum bereitgestellt war. »Heimabende« waren manchmal ganz lustig, wenn Spiele auf dem Dienstplan standen. Schulungsabende dagegen gefielen mir überhaupt nicht. Einführungen in die Weltanschauung der NSDAP, die ja die Stelle der Religion einnehmen sollte, hinterließen bei mir unbehagliche Gefühle; das Dargebotene war wolkig formuliert, also für mich unverbindlich, so sehr ich mich auch bemühte. Das »Weiterleben nach dem Tode« war nicht die »Auferstehung der Toten«, wie es im Glaubensbekenntnis heißt, also etwas Persönliches, sondern ein »Weiterleben in der völkischen Generationenfolge«. Darunter konnte ich mir nichts vorstellen; ich empfand diese Formulierung als ausweichend; denn irgendetwas muss man ja wohl sagen, wenn man nicht mehr weiterweiß.

Bei Schulungsabenden mit geschichtlichen Themen stellte ich mitunter Abweichungen zwischen der nationalsozialistischen Ideologie und den Erkenntnissen fest, die wir im Schulunterricht vermittelt bekamen. Die Geschichtsbücher berichteten von »Karl dem Großen«, die Jungvolkführer nannten ihn »Karl den Sachsenschlächter«.

Nach dem Überfall auf die Sowjetunion kam ein höherer HJ-Führer in den Heimabendkeller und versuchte uns weiszumachen, dass sich Deutschland als »Volk ohne Raum« nach Osten ausdehnen müsse. Wie weit? Bis zum Ural? Was sollte mit der unterworfenen Bevölkerung geschehen, den »slawischen Untermenschen«? Sollten sie versklavt werden? Oder vertrieben? Oder was? Wie sollte diese wahnsinnig lange Grenze gegen den Ansturm der Mongolen aus den Tiefen Asiens abgesichert werden? Das alles blieb unklar.

Im Winterhalbjahr waren am Sonntagvormittag regelmäßig »Jugendfilmstunden« angesetzt, in denen Propagandafilme gezeigt wurden, meist als historische Filme verkleidet. Dabei habe ich Filme mit guten Schauspielern gesehen, mit Emil Jannings und Heinrich George, an die ich mich heute noch erinnere. Aber auch dümmliche Machwerke führte man uns vor, wie etwa *Männer machen Geschichte*. Gemeint waren Hitler und Mussolini. In Erinnerung habe ich lange italienische Autokolonnen, die viel Staub aufwirbelten.

Mein Vater und ich

Als Heranwachsender hatte ich Probleme mit meinem Vater. Das ist nicht verwunderlich, schließlich war ich ein Knabe.

Er hat mir wenig erzählt. Warum nur war er so verschlossen? Den Ersten Weltkrieg hatte er in voller Länge mitgemacht, von 1914 bis 1918. Davon scheint er gezeichnet gewesen zu sein, obgleich er die vier Jahre ohne Verwundung überstanden hatte. Aber seelische Verletzungen hat er sicherlich davongetragen, wie viele Frontkämpfer. Meine Mutter machte mir einmal Andeutungen und sprach von Leichenbergen.

Anhand der Bücher, die sich mein Vater in den ersten Jahren nach dem Kriege gekauft hatte, glaube ich schließen zu können, dass er unsicher war und mit sich in manchem unzufrieden. Aber worin seine Unsicherheiten bestanden, welches seine wirklichen oder auch nur vermeintlichen Defizite waren, das alles weiß ich nicht. Hat er gespürt, dass am Ende des Krieges die bürgerliche Welt zusammengestürzt war, in die er hineingeboren wurde?

Er war Mitglied des Alldeutschen Verbandes, der für ein »mächtiges Deutschland« eintrat, »völkische Rassenforderungen« aufstellte und das »zersetzende Judentum im Lande« bekämpfte. Die Gruppierung, der mein Vater angehörte, war 1932 in die NSDAP übergetreten, und, wie er mir selber sagte, geschlossen in die SS.

Im elterlichen Bücherschrank entdeckte ich die *Deutsche Geschichte* von Einhart, Pseudonym von Heinrich Claß, dem Gründer des Alldeutschen Verbandes. Der Buchdeckel war mit wunderschönen gotischen Lettern gestaltet. Das allein imponierte mir schon. Auch der Inhalt sprach mich damals an, als ich darin las. Von der Überlegenheit des deutschen Volkes ist in dem Buch die Rede, und die »Dolchstoßlegende« wird ausführlich beschrieben. Schließlich erhebt Claß die Forderung nach einem starken Manne, der das Deutsche Reich führen müsse.

Mein Vater versuchte mir auch handwerkliche Fähigkeiten beizubringen, da er selbst ein geschickter Handwerker war. Dabei benutzte er die Methode, die unser Rechenlehrer in der Grundschule anwandte; der Erfolg war in beiden Fällen der gleiche. Und dass ich die Laubsäge immer schief hielt, lag natürlich an meinen schlechten Augen, aber das wusste ich damals noch nicht, und mein Vater auch nicht.

Er versuchte mich auch zu soldatischer Härte zu erziehen. Die militärisch strenge Lebensart in Sparta stellte er mir als Vorbild hin. Die Knaben, so erzählte er mir, mussten zum Beweise ihrer Selbstbeherrschung auf der bloßen Hand glühende Holzkohlen halten und durften mit keinem Muskel zucken. Diese Probe spartanischer Härte hat er zwar von mir nicht verlangt, aber ich sollte dieser Haltung nacheifern. Der sich aus dieser Einstellung ergebende Satz »Ein deutscher Mann weint nicht!« hat mich lange verfolgt. Ein weinender Mann galt als verweichlicht, als weibisch. Selbstverständlich wollte ich kein Schwächling sein und durfte es ja auch nicht. Adolf Hitler hat das einmal folgendermaßen ausgedrückt:

> *Eine gewalttätige, herrische, unerschrockene, grausame Jugend will ich. ... Schmerzen muss sie ertragen. Es darf nichts Schwaches und Zärtliches an ihr sein. Das freie, herrliche Raubtier muss erst wieder aus ihren Augen blitzen.*

Dieses Zitat habe ich erst später kennengelernt, aber es ist charakteristisch für den Geist jener Zeit, nicht nur für Hitler. In diesem Sinne sollte ich also erzogen werden, von der Schule, von der Hitlerjugend, und mein Vater wollte es wohl — wenigstens teilweise — ebenso.

Aber auch das war mein Vater: Er radelte mit mir auf dem Elbdeich entlang und zeigte mir Blumen auf den Auwiesen, ein Pflanzenbestimmungsbuch in der Hand. Er pflückte eine kleine weiße und nannte sie beim Namen: »Saxífraga granuláta«. Seitdem gehört der Gekörnte Steinbrech zu meinen Lieblingsblumen.

Oder er ging mit uns Kindern an einem warmen Sommerabend, als es schon dunkelte, in den nahe gelegenen Park Georgium. Er führte uns zu einer geschützten Stelle, von der er wusste, dass dort Glühwürmchen ihr Wesen trieben.

Auf dem Gymnasium

Seit Ostern 1938 besuchte ich das humanistische Gymnasium. Es hieß früher Friedrichs-Gymnasium nach dem Herzog von Anhalt-Dessau, jetzt trug es den Namen des Gauleiters der NSDAP, Hauptmann Loeper. Es war ein pompöser Bau aus den achtziger Jahren des 19. Jahrhunderts. Über dem Eingangsportal war in goldenen Lettern der Spruch »NON SCHOLAE, SED VITAE DISCIMUS« angebracht. Dies ist die vom Bildungsbürgertum so gern zitierte Version des berühmten Satzes von Seneca, der allerdings »NON VITAE, SED SCHOLAE DISCIMUS« geschrieben hatte: »Nicht für das Leben, sondern für die Schule lernen wir.«

Neben dem Gymnasium waren in dem Gebäudekomplex noch zwei andere Oberschulen für Knaben untergebracht. Unser humanistisches Gymnasium war also nicht sehr groß und hatte daher etwas Elitäres. Meine Eltern mussten Schulgeld bezahlen.

Einige Lehrer sehe ich noch lebhaft vor mir, besonders einen unserer Lateinlehrer. Er sah aus wie ein Jude aus dem *Stürmer*, der berüchtigten Zeitschrift von Julius Streicher, deswegen nannten wir ihn »Jawwi«, abgeleitet von »Jahwe«, dem Eigennamen des jüdischen Gottes. Eine große, weiche Nase beherrschte sein Gesicht, und er trug eine dicke Hornbrille. An politisch bedeutsamen Tagen kam er als »Goldfasan« in die Schule, also in der Uniform des Blockwarts. Neben seiner äußeren Erscheinung war auch seine Diktion komisch, denn er sprach wirklich so wie der Lehrer Schnauz in der »Feuerzangenbowle«: »Nor ainen wänzegen Schlock«.

Wenn es klingelte, begaben wir uns an unsere Plätze und warteten, bis Jawwi die Tür aufriss. Wie ein Soldat marschierte er zum Katheder. Wir traten aus den Bänken heraus und stellten uns auf. Jawwi nahm eine militärische Haltung ein, erhob den rechten Arm und begrüßte uns mit einem zackigen »Hail Hätler!« Wir antworteten im Chor. Dann fuhr er fort: »Ain Wort des Föhrers« und zitierte einen Satz aus einer Hitler-Rede oder aus *Mein Kampf.* »Sätzen!« Und ohne weitere Verzögerung begann der Unterricht.

Jawwi unterrichtete auch Religion. Grundlage war aber nicht die Bibel, sondern das Buch *Die Botschaft Gottes,* herausgegeben vom »Institut zur Erforschung des jüdischen Einflusses auf das deutsche kirchliche Leben«. Im Vorwort ist vom »Volkstestament der Deutschen« die Rede und davon, dass die Bearbeitung des Neuen Testaments »ein Dienst an der Seele des deutschen Volkes« sei. Das Hauptproblem war die jüdische Herkunft der christlichen Religion: Jesus durfte keinesfalls Jude sein. Um diesem Dilemma zu entkommen, verbreitete man die abenteuerliche Konstruktion, wonach er die Frucht einer illegitimen Verbindung Marias mit einem römischen Soldaten sei. Andere sprachen davon, Maria und Joseph seien Nachkommen von Hetitern gewesen, also Indogermanen.

Auch das Glaubensbekenntnis versuchten die »Deutschen Christen« zu ändern. Sie beanstandeten, dass darin über das Leben Jesu zu wenig enthalten sei, nur von seiner Geburt, seinem Tod und seiner Auferstehung werde gesprochen, nicht aber von seinen Taten. In der *Edda* hingegen ist in epischer Breite von »der Toten Tatenruhm« die Rede.

Wenn unser Lehrer für Erdkunde und Geschichte die Klasse betrat, knickte er den rechten Arm etwas ein, erhob die Hand ein wenig und sagte: »Heitler, setzen!« Er fragte zwar immer am Anfang der Stunde Daten ab, verstand es aber, uns die Hintergründe historischer Entwicklungen oder die geografischen Zusammenhänge anschaulich zu vermitteln. Ich hatte bei ihm immer gute Noten und brauchte für seine Stunden überhaupt nicht zu arbeiten, weil ich alles behielt, was er erzählte.

Einen anderen Lehrer, Herrn Dr. Schulze-Wollgast, nannten wir »das Beefsteak« — außen braun und innen rot. Nach dem Krieg wurde er Direktor des Gymnasiums und genoss großes Ansehen, weil er sich bei den Nationalsozialisten nicht angebiedert hatte. Er unterrichtete Latein und Griechisch. Bei ihm wurden meine »Leistungen in den alten Sprachen besser«, wie es in einem meiner Schulzeugnisse hieß.

Griechisch, unsere zweite Fremdsprache, hatten wir anfangs bei einem strammen Offizier aus dem Ersten Weltkrieg. Er erzählte gern von seinen Heldentaten an der Westfront. Als wir zu den Hexametern bei Homer kamen, rezitierte er die ersten Zeilen der *Odyssee*, die wir, wie alle »Humanisten«, später auswendig lernten, und drehte sich dazu auf dem Podest vor der Tafel im Walzertakt.

Das Jungvolk und seine Lieder

Wenn mir auch vieles im Jungvolk widerstrebte, an einer Sache jedoch hatte ich viel Freude: am Singen. Wir übten entweder im Heimabendkeller oder in der Kienheide nahe unserer Wohnung. Dann saßen wir unter den Kiefern im Gras, vor uns der Jungzugführer, der den Takt mit geballter Faust angab, als hielte er einen Tambourstab in der Hand.

Viele Lieder, die wir im Jungvolk lernten und oft sangen, haben tiefe Spuren in mir hinterlassen, so tief, dass die Melodien mir noch heute zur Verfügung stehen, und längere Textpassagen ebenfalls; es mögen wohl fünf Dutzend Lieder gewesen sein. Ich dachte wenig darüber nach, w a s wir da eigentlich sangen, ich gab mich vor allem den Melodien und den Bildern hin, welche die Verse in mir hervorriefe

Ein junges Volk steht auf, zum Sturm bereit!
Reißt die Fahnen höher, Kameraden!
Wir fühlen nahen unsere Zeit,
die Zeit der jungen Soldaten.
Vor uns marschieren mit sturmzerfetzten Fahnen
die toten Helden der jungen Nation,
und über uns die Heldenahnen.
Deutschland, Vaterland, wir kommen schon!
(...)

Dieses Lied entstand vermutlich am Ende der »Kampfzeit«, also in den Monaten vor dem 30. Januar 1933, da dumpfe Hoffnungslosigkeit, Arbeitslosigkeit, Hunger und Not ihren Höhepunkt erreicht und die »Nationalsozialistische Bewegung« immer mehr Gemüter erfasst hatte. Wir haben es oft gesungen, es ist mitreißend und strahlt Optimismus aus. So empfand ich es jedenfalls.

Hitler hatte den Anfang des Aufschwungs geschafft. Die Zahl der Arbeitslosen ging zurück, es wurde viel gebaut, die ersten Reichsautobahnen feierlich eingeweiht. Der Himmel schien heller zu strahlen. »Ein junges Volk steht auf« und schüttelt die dunkle Vergangenheit ab. Die stampfende Melodie der Strophe forderte zum Marschieren auf, wogegen der Refrain etwas feierlicher ist, den »toten Helden« mehr angemessen und den »Heldenahnen«, die in langen, weißen Gewändern über uns dahinschweben. Die Worte der letzten Zeilen verheißen in fast religiöser Erhabenheit den ewigen

Zusammenhang von heroischer Gegenwart mit der heroischen Geschichte und zeigen den Weg in eine heroische Zukunft.

Unvergänglich, also für die Ewigkeit bestimmt schienen mir die Lieder von Hans Baumann zu sein. Sie hatten holzschnittartige Texte und einfache Melodien. Sie klingen in mir nach bis zum heutigen Tag.

Baumanns Lieder öffneten mein Herz für große, patriotische Gefühle. Schließlich war ich in einem Alter, in dem man für derartige Einflüsterungen empfänglich ist.

Nur der Freiheit gehört unser Leben,
laßt die Fahnen dem Wind!
Einer stehe dem andern daneben,
aufgeboten wir sind.
Freiheit ist das Feuer,
ist der helle Schein,
so lang' sie noch lodert,
ist die Welt nicht klein.
(...)

Was Freiheit ist, wusste ich nicht, und was die hier besungene sein sollte, nämlich eine Freiheit, die lodert, das wusste ich erst recht nicht. Aber das Wort Freiheit klang so schön und löste feierliche Stimmungen in mir aus; die Verbindung mit Flammen ließ mich an Sonnenwendfeuer denken: In brüderlicher Gemeinschaft schreiten wir, einander die Hände haltend, singend um den auflodernden Holzstoß. Den Erbhofbauern auf seiner Scholle, der von früh bis spät hart arbeitend für unser täglich Brot sorgt, haben wir zu verteidigen. Und in der letzten Strophe die Fahnen, die im Morgenrot wehen, es ist wie ein Rausch! »Eure Herzen reißt auf!« .Die Brust dehnt sich, die Lungen saugen die frische Morgenluft ein, Bodennebel auf den Feldern verbergen die frische Saat. Marschkolonnen ziehen der aufgehenden Sonne entgegen, und in der Ferne auf hohem Berge leuchtet die Gralsburg.

Jahrzehnte später fuhr ich regelmäßig mit dem Fahrrad zur Arbeit. Auf diesem Wege, an Wiesen und Feldern vorbei, habe ich oft solche Bilder gesehen. Ich radelte durch Bodennebelschwaden in das Morgenrot hinein. Allerdings wehten keine Fahnen vor mir her, ich hörte kein Pferdegetrappel und kein Waffengeklirr, und die Landwirte fahren heute mit ihren Mähdreschern erst dann auf die Felder, wenn der Tau auf den Halmen verdunstet ist. Ein Gefühl der Freiheit aber hatte ich immer, wenn ich mit dem Rad in die Stadt fuhr. Ich war allein mit mir, mit den Wolken und der weiten Landschaft, mit den Lerchen, die von den Feldern aufsteigen, und mit dem Duft der Rapsblüten. Das allerdings ist eine andere Freiheit.

Als Zwölfjähriger nahm ich nur die einzelnen Bilder und Wörter auf und verinnerlichte sie, erfasste jedoch nicht den Sinn des Ganzen. Ich hatte — Gott sei Dank — genügend seelische Widerstandskraft, um den ständigen Einflüsterungen dieser Texte nicht ganz zu erliegen.

Die Jahre 1938 und 1939

Mein Interesse an Politik wuchs, denn das Jahr 1938 gab reichlich Anlass dazu. So verkündete am 15. März Hitler vom Balkon der Wiener Hofburg:

> *Als Führer und Kanzler der deutschen Nation und des Reichs melde ich vor der deutschen Geschichte nunmehr den Eintritt meiner Heimat in das Deutsche Reich.*

Das deutsche Volk, wozu jetzt auch die Bevölkerung von »Deutsch-Österreich« gehörte, jubelte. Welcher europäische

Staatsmann hatte bisher vermocht, ohne Krieg sein Land zu vergrößern? Zur Bestätigung seines Vorgehens ordnete Hitler eine Volksabstimmung an. Ich weiß noch genau, dass die Zustimmung in der »Ostmark«, so wurde Österreich jetzt genannt, wesentlich höher war als im »Altreich«.

Wenige Monate danach, in den Sommerferien, besuchte ich Verwandte im Sudetenland. Das war meine erste Eisenbahnreise allein. Ich fuhr morgens in Dessau ab, musste in Leipzig umsteigen und in Dresden auch. Dann rollte der Zug durchs Elbtal zur tschechischen Grenze. An die Kontrolle durch Polizei und Zoll habe ich keine Erinnerung mehr, demnach kann sie nicht besonders aufregend gewesen sein. Nach einer weiteren Stunde Bahnfahrt holten mich meine Verwandten vom Zielbahnhof ab. Ich war stolz, dass ich dieses Abenteuer gut überstanden hatte. Von irgendwelchen Unruhen hatte ich nichts bemerkt, obwohl die Zeitungen davon berichteten. Und was mir besonders auffiel: In der Tschechoslowakei herrschte Linksverkehr!

Nach Ende der Sommerferien erweckte die Politik erneut mein Interesse. Zudem besprachen wir jetzt im Schulunterricht regelmäßig die aktuelle Lage. Im September traf sich Hitler mit Mussolini, dem britischen Premierminister Chamberlain und dem französischen Ministerpräsidenten Daladier zur »Konferenz in München«. Sie regelte die Abtrennung des Sudetenlands von der Tschechoslowakei an das Deutsche Reich. Wir Schüler gaben uns folgendes Rätsel auf:

MU**S**SOLINI,
HI**T**LER,
CH**A**MBERLAIN *und*
DA**L**ADIER *verhandeln über den*
FR**I**EDEN *in*
MÜ**N**CHEN.

Wer fehlt?

Am 1. Oktober marschierten deutsche Truppen in das Sudetenland ein, von den Sudetendeutschen mit Blumen überschüttet. Schon wieder war Deutschland größer geworden, und wieder ohne Krieg!

Ein Monat verstrich, da geschah etwas, was heute noch heftig diskutiert wird: Am 8. November berichtete unsere Tageszeitung unter einer Schlagzeile, die über die ganze Titelseite ging, dass Ernst von Rath, hoher Diplomat der Deutschen Botschaft in Paris, von dem »Judenlümmel« Herschel Grynszpan erschossen worden sei. Am nächsten Abend übte die SA überall in Deutschland Rache für Ernst von Rath: Synagogen wurden angezündet, jüdische Wohnungen und Geschäfte geplündert. Tags darauf gingen wir, die ganze Familie, in die Stadt. Wir standen vor einem verwüsteten Kaufhaus. Die großen Schaufensterscheiben lagen in Scherben auf dem Bürgersteig, zertrampelte Waren auf der Straße. Die Inneneinrichtung war völlig zerstört.

»Hier ist Volksvermögen vernichtet worden!«, sagte mein Vater.

Bis zu diesem Tage hatte meine Mutter auch in jüdischen Geschäften eingekauft und war immer gut bedient worden, wie sie mir erzählte. »Es gibt auch gute Juden«, sagte sie und berichtete von Ärzten, die bedürftigen Patienten kein Honorar abverlangten. Sie kannte keine Christen, die sich ähnlich verhielten. Meine Mutter sah also die Juden als gleichberechtigte Glieder der deutschen Bevölkerung an. Für sie waren Juden Angehörige einer anderen Konfession, etwa so wie die Katholiken, die mir, der ich in einer konservativ-protestantischen Welt aufwuchs, ähnlich exotisch vorkamen wie die Anhänger des mosaischen Glaubens.

Dass unser Kinderarzt Jude war, erfuhr ich erst nach dem Zusammenbruch der DDR, als man in Dessau anfing, die Vergangenheit der bedeutsamen jüdischen Gemeinde aufzuarbeiten. Aus ihr sind der Philosoph Moses Mendelssohn hervorgegangen, Lessings Freund »Nathan der Weise«, und der Komponist Kurt Weill, Sohn des Kantors an der Dessauer Synagoge.

Als Elfjähriger beobachtete ich aufmerksam, was um mich herum geschah. Wer weiß heute noch, dass damals, also ein Jahr vor Kriegsbeginn, einige Lebensmittel bereits rationiert waren? Es gab für jeden Haushalt kleine dunkelgrüne Butterkarten, auf denen der Kaufmann abstempeln musste, wann ein Stück Butter über die Ladentheke in den Einkaufskorb wanderte. Auch Eier konnte man auf dem Wochenmarkt nicht mehr in beliebiger Anzahl kaufen.

Im Frühling des nächsten Jahres kriselte es schon wieder. Diesmal bestand durchaus Kriegsgefahr. Ich hatte Angst davor, denn Krieg bedeutet Tote, das hatte ich inzwischen begriffen, Krieg bedeutet Granaten und Bomben, und Krieg bedeutet Hunger und Not.

Meine Mutter hatte uns plastisch den Kohlrübenwinter des Jahres 1917 geschildert: Statt Brotscheiben gab es auf der heißen Ofenplatte geröstete Kohlrübenscheiben, und Kohlrüben als Gemüse, Kohlrüben als Kartoffelersatz und ich weiß nicht als was sonst noch. Da mir Kohlrüben nicht schmecken, sind mir diese Erzählungen als etwas besonders Unangenehmes in Erinnerung geblieben. Nein, Krieg wollte ich gewiss nicht. Im März 1939 marschierten deutsche Truppen mit Panzern in Prag ein, die Tschechoslowakei war zerschlagen, dort, wo die Tschechen wohnten, wurde das »Protektorat Böhmen und Mähren« errichtet. Der Krieg war noch einmal knapp an uns vorübergezogen.

Gegen Ende der Sommerferien, im August, reiste der Außenminister Hitlers, Joachim von Ribbentrop, nach Moskau und schloss mit seinem sowjetischen Kollegen Molotow den Deutsch-Sowjetischen Nichtangriffspakt ab. In unserem Erdkundebuch stand über die Sowjetunion bisher nur ein schmaler Absatz, es war ja das Land des Bolschewismus, das Land des Teufels also. Ganz schnell wurde die neue Auflage verändert, viele Seiten Text mit interessanten Bildern russischer Städte und Landschaften waren eingefügt worden. Die Sowjetunion war auf einmal ein Freund Deutschlands!

Dann kam der 1. September 1939. Ich habe noch die Worte im Ohr, die Hitler vor den Abgeordneten des deutschen Reichstags sprach und die wir im Radio mithörten:

> *Polen hat heute Nacht zum ersten Mal auf unserem eigenen Territorium auch mit bereits regulären Soldaten geschossen. Seit 5.45 Uhr wird jetzt zurückgeschossen. Und von jetzt ab wird Bombe mit Bombe vergolten.*

Der Zweite Weltkrieg hatte begonnen. Aus diesem Anlass bekamen wir zwei Wochen schulfrei. Als dann der Unterricht wieder begann, fragte unser Klassenlehrer, mit dem wir seit Monaten regelmäßig die politische Lage erörterten: »Was gibt es Neues?« Mich stach der Hafer, und ich meldete mich: »Wir haben Krieg, Herr Studienrat!« Er blickte mich erst streng an, aber dann zwinkerte er mit den Augen: Ich sollte über den aktuellen Stand der militärischen Operationen berichten, was ich dann auch ausführlich tat.

Kriegsbeginn

Adolf Hitler hatte eines seiner Ziele erreicht und das Tor zum Osten aufgestoßen. Viele Deutsche lebten seit dem Ende des Ersten Weltkriegs »jenseits der Grenzen«, in Teilen Oberschlesiens und in den ehemals preußischen Provinzen Posen und Westpreußen. Außerdem sollte die Freie Stadt Danzig wieder dem Deutschen Reich eingegliedert werden. Diese Gebiete waren in den überall erhältlichen Landkarten und in unserem Schulatlas besonders gekennzeichnet.

Die Zeitungen berichteten von Greueltaten der Polen. Die Deutschen sollten überfallen, drangsaliert, ja getötet worden sein. Ich glaubte, was ich da las. Ich glaubte, was der Führer gesagt hatte, und ich glaubte nun an eine große deutsche Zukunft im Osten. Im März hatte ich mich noch sehr vor einem Krieg gefürchtet; jetzt war das vergessen. Aufgeregt verfolgte ich, wie schnell die deutschen Truppen in Polen einmarschierten. Der »Blitzkrieg« dauerte nur achtzehn Tage, dann waren die »geraubten« Gebiete wieder ins Reich heimgekehrt.

Unmittelbar nach Kriegsbeginn traten wir Pimpfe auf dem Schlageterplatz an. Es wurde uns eröffnet, dass wir Lebensmittelkarten verteilen sollten. Jeder von uns erhielt einen Stapel dieser großen, rosafarbenen Blätter und eine Liste, worin die Empfänger zu unterschreiben hatten. Die Lebensmittelkarten hatten in der Mitte einen »Stammabschnitt«, in den Name und Anschrift eingetragen werden mussten, und ringsherum waren lauter kleine Abschnitte angeordnet, auf denen »50 g Fleisch«, »125 g Butter«, »500 g Mehl« und so weiter stand. Wenn man beispielsweise ein Stück Butter kaufen wollte, musste der Kaufmann zwei solcher Abschnitte einbehalten.

Die Lebensmittelkarten der nächsten Zuteilungsperiode waren kleiner, denn es gab jetzt spezielle Fleischkarten, Fettkarten, Nährmittelkarten etc. in unterschiedlichen Farben. Die Zuteilungsmengen waren so reichlich bemessen, dass wir keinen wesentlichen Unterschied zu der Zeit davor feststellen konnten. Butter und Eier waren ja schon lange rationiert, wir hatten folglich genügend Zeit gehabt, uns an Einschränkungen zu gewöhnen. Einem einschneidenden Verzicht mussten sich allerdings alle Autobesitzer unterwerfen, denn für private Fahrten gab es kein Benzin mehr. Unser kleines Auto, ein DKW, stand aufgebockt in der Garage und wartete auf bessere Zeiten. Größere Automobile beschlagnahmte die Wehrmacht.

Im Frühjahr des nächsten Jahres überfielen deutsche Truppen Dänemark und Norwegen, zwei Monate später marschierten sie auch in die Niederlande ein, in Belgien und Frankreich. Ich studierte die Ereignisse aufmerksam, markierte auf einer Frankreichkarte mit farbigen Stecknadeln die von den deutschen Truppen eroberten Orte und verband sie mit einer Kordel. Damit wollte ich deutlich machen, wo ungefähr die Grenze zwischen dem von den Deutschen bereits eroberten Gebiet und dem noch französischen liegen könnte. Nach sechs Wochen kapitulierten die Franzosen. Hitler hatte dieses Ereignis im Wald von Compiègne großartig inszeniert: Die Unterschriften wurden im Salonwagen von General Foch geleistet, an den gleichen Tischen, an denen 1918 die deutsche Kapitulation unterzeichnet worden war.

Inzwischen war ich dreizehn Jahre alt geworden und fing an, mich für Kriegsliteratur zu interessieren. In unserer Schulbibliothek gab es viele derartige Bücher. Allen war gemeinsam, dass sie den Krieg verherrlichten, vor allem den Stellungskrieg vor Verdun, der so viele Menschenleben auf beiden Seiten gefordert hatte. Damit sollte wohl der Sinnlosigkeit dieser Opfer entgegengewirkt, der »Heldentod« als ein fast religiöses Ritual gefeiert werden.

Ich erlebte die Angriffe der englischen Tanks und hörte das Trommelfeuer der Artillerie. In den Schützengräben flogen den Soldaten Granatsplitter und Erdklumpen um die Stahlhelme. Der Hauptmann schaute auf die Uhr, winkte mit der Hand, und die Kriegsfreiwilligen kletterten aus ihrer Deckung zu einem Sturmangriff mit aufgepflanztem Bajonett. Beim Lesen dieser Bücher war ich innerlich zerrissen: Ich bewunderte das Heldentum der Frontsoldaten, aber ich hatte auch Angst.

Ich las nicht nur Kriegsbücher, sondern auch die technischen Zukunftsromane Hans Dominiks. Der Autor hatte schon vor dem Ersten Weltkrieg solche Geschichten geschrieben und viele Dinge vorausgesagt, die später tatsächlich Realität wurden. Seine Bücher waren spannend, ich habe sie verschlungen, zumal die Deutschen immer die Guten waren. Die Bösen hingegen hatten Schlitzaugen, sprachen Englisch oder Russisch.

Es standen auch schmale Kunstbände in der Schulbibliothek, die ich auslieh. Die Farben des Bildes *Blaue Stunde* von Max Klinger öffneten mir die Augen für die Schönheit der Dämmerung. Und nicht zu vergessen der *Panische Schrecken* und andere Szenen aus der klassischen Mythologie, die der Fantasie Arnold Böcklins entsprungen waren, und natürlich seine *Toteninsel*.

Daneben war mir die Musik wichtig. In den Klavierstunden lernte ich Noten lesen und das Klavier so weit zu spielen, dass ich Freude an kleinen Stücken bekam, bis hin zum *Klavierbüchlein vor Anna Magdalena Bachin*. Immer häufiger schaltete ich unser Radio ein. Wenn möglich, hörte ich mir die Sendung *Musik zur Dämmerstunde* an, die der Deutschlandsender ausstrahlte. Ich lernte Haydn-Sinfonien kennen und lieben, die Musik Mozarts, Beethovens und Schuberts.

Meine Leidenschaft für Theater und Konzerte nahm zu. Im Alter von dreizehn Jahren durfte ich zum ersten Male allein in eine Oper gehen, nämlich in *Schwarzer Peter* von Norbert Schulze, dem Komponisten der *Lili Marleen*. Es folgten Opern von Albert Lortzing, Wolfgang Amadeus Mozart, Gaetano Donizetti, Carl Maria von Weber, sogar von Richard Wagner. Daneben besuchte ich Schauspiele und Ballette. Unvergessen ist mir der *Valse triste* von Jean Sibelius: Auf der großen leeren Bühne vor einem schwarzen Vorhang tanzte eine einsame Frau in einem violetten Gewand. Die Vorstellungen waren bis auf den letzten Platz an Abonnenten vergeben, es gab also keinen freien Kartenverkauf. Ich bemühte mich daher immer um Karten, die zurückgegeben wurden.

Schullandheim Besenitz

Unser Gymnasium besaß ein Schullandheim im Fläming, etwa fünfunddreißig Kilometer nördlich von Dessau, namens Besenitz. Jeden Sommer fuhren wir für vierzehn Tage dorthin, begleitet von zwei Lehrern. Das zweistöckige Fachwerkhaus lag nahe einer großen Waldwiese, etwa drei Kilometer vom nächsten Dorf entfernt. Es hatte weder Stromanschluss noch Wasserleitung, aber duschen konnten wir trotzdem, denn an jedem Morgen wurden zwei Schüler zum Pumpen eingeteilt, um das Wasser aus der Tiefe an die Oberfläche und dann mit einer Druckpumpe in einen großen Bottich auf dem Dachboden zu befördern.

Besenitz spielte im Leben sowohl der Schule als auch der einzelnen Schüler eine große Rolle. Voller Eifer schrieben wir Arbeiten darüber, und das Gymnasium veranstaltete Besenitz-Ausstellungen. In der Regel fuhren wir mit Fahrrädern dorthin. Die aus Dessau herausführenden Hauptstraßen hatten alle einen guten Radweg.

Die Lehrer versuchten uns in Besenitz Kenntnisse zu vermitteln, die sie uns sonst im Unterricht nicht oder nur beiläufig beibringen konnten und die über reine Wissensvermittlung hinausgingen. So versuchte unser Griechischlehrer, uns den Unterschied zwischen Kitsch und Kunst zu demonstrieren. Er sang mit seiner knarrenden Offiziersstimme den Schlagerrefrain »Regentropfen, die an dein Fenster klopfen, das merke dir, sie sind ein Gruß von mir« und erklärte, das sei Kitsch. Dann breitete er die Arme aus, schritt auf die sonnenbeschienene Waldwiese zu und zitierte voller Emphase Verse von Eichendorff. »Das ist Kunst!«, sagte er.

Auf dem Wege von Besenitz ins nächste Dorf überquerte man eine zweigleisige Eisenbahnlinie, auf der überwiegend Güterzüge fuhren. Sie wurde »Kanonenbahn« genannt, weil sie schon im Deutsch-Französischen Krieg für Truppentransporte benutzt wurde. Zwischen unserem beschrankten Bahnübergang und dem nächsten, der die Landstraße nach Wiesenburg absicherte, stand ein Bahnwärterhaus mit einem gepflegten Garten, dessen Bewohner beide Schranken zu bedienen hatte. Nahte ein Zug, ertönte laut und durchdringend eine elektrische Klingel. An der Art des Klingelns konnte der Bahnwärter erkennen, aus welcher Richtung der Zug kam, welche Schranke er als Erste zu bedienen hatte. Er trat aus dem Hause, atmete tief durch und fing an, die Kurbeln zu drehen. Das war eine schwere Arbeit, denn die Stahldrähte, welche die Kurbeln mit den Schranken verbanden, waren etwa fünfhundert Meter lang.

Einer unserer Lehrer besaß ein Kofferradio. Es war so groß wie ein Reisekoffer und hatte einen kräftigen Tragegriff, denn es war schwer. Betrieben wurde es von einem Bleiakkumulator, der für die Heizung der Röhren zuständig war, und einer sog. Anodenbatterie für deren elektronischen Betrieb. Der ganze Koffer sah mit seinen vielen Drehknöpfen, Schaltern und sonstigen Einstellvorrichtungen wie ein großes Messgerät aus. Am Sonntag in der Früh öffnete dieser Lehrer die Tür zum Schlafsaal und ließ sein Kofferradio laufen: Der Nachrichtensprecher verkündete, dass seit dem frühen Morgen deutsche Truppen in die Sowjetunion einmarschierten. Ich erschrak, denn mir war schlagartig klar: Dieser neue Kriegsschauplatz kann nur der Anfang vom Ende sein; das Riesenreich im Osten können wir nicht so leicht erobern wie Frankreich, und beherrschen und kontrollieren schon gar nicht. Im Geschichtsunterricht hatten wir gelernt, dass Napoleon 1812 bei seinem größenwahnsinnigen Feldzug gegen Russland zwar bis Moskau vorgestoßen, aber dann am russischen Winter und der unendlichen Weite des Landes gescheitert war.

Wie wir in Besenitz darauf reagiert haben, weiß ich nicht mehr. Mir wurde jedoch nachträglich bewusst, wozu in der

Woche davor die vielen Truppentransporte auf der Kanonenbahn in östliche Richtung gefahren waren. Ich hatte sogar einen Zug fotografiert, was natürlich verboten war. Wir warteten in den nächsten Tagen immer auf den Wehrmachtsbericht, aber der drückte sich nur diplomatisch nichtssagend aus. Am folgenden Sonntag jedoch wurde es lebendig, eine Sondermeldung jagte die andere. Die Fanfare aus *Les Préludes* von Franz Liszt leitete jede Sondermeldung ein, dann verkündete der Sprecher, welche Städte erobert, wie viele sowjetische Soldaten gefangen genommen und wie viele Panzer erbeutet worden waren.

Gegen Mittag traf die Ablösung ein, die nächste Klasse also, und wir radelten nach Hause. In jedem Dorf hielten wir an und fragten die Bauern nach den neuesten Nachrichten. Alle meine Zweifel waren zerstoben. Uns erfasste Jubel, und beschwingt fuhren wir heim. Erst viel später begriff ich, wie raffiniert Reichspropagandaminister Dr. Joseph Goebbels das alles arrangiert hatte: Eine ganze Woche wurde die Bevölkerung im Unklaren gelassen, und dann, am Sonntag, wenn sich die meisten Leute zu Hause behaglich um das Radio versammeln konnten, kam es Schlag auf Schlag. Die vielen Siegesnachrichten mussten alle Volksgenossen davon überzeugen, welch ein überragendes Feldherrengenie unser Führer war!

Zu Hause las ich in dem Buch *Der verratene Sozialismus* von Karl Albrecht. Der Autor war früher überzeugter Kommunist gewesen, emigrierte in die Sowjetunion, drohte in die Mühlen der Stalinschen Säuberungen zu geraten, kehrte dann, ich weiß nicht mehr auf welche Weise, nach Deutschland zurück und stellte sich den Nationalsozialisten als Werkzeug zur Verfügung. Die Bolschewiken, so Albrecht, hatten etwas von blutgierigen Bestien an sich, mordeten und wollten die Welt zugrunde richten. Dieses Buch erzeugte in mir einen unterbewussten Widerwillen gegen den sowjetischen Kommunismus, ja geradezu einen Ekel davor.

Der Feldzug in Russland forderte mehr Opfer als die früheren, das spürten wir auch im Alltag. Der Winter war hart, wir Pimpfe mussten für die Soldaten an der Ostfront Skier und Schlitten sammeln, auch warme Sachen wie lange Unterhosen, Wollsocken und dergleichen. Immer mehr Männer aus der Produktion wurden eingezogen. Dafür kamen Menschen aus den besetzten Gebieten nach Deutschland, die niedere Arbeiten verrichten mussten. Auf ihrer Kleidung hatten sie ein etwa handtellergroßes, weiß umrandetes, dunkles Quadrat mit dem Wort »OST« zu tragen, das waren die »Ostarbeiter«, in gewisser Weise den Juden vergleichbar, die den gelben Davidsstern tragen mussten.

Im öffentlichen Dienst ersetzten immer häufiger Frauen die eingezogenen Männer, als Schaffnerinnen bei der Eisenbahn, als Straßenbahnfahrerinnen und bei der Post. In den Weihnachtsferien wurden wir Pimpfe zu Posthilfsdiensten eingesetzt: Selbst an den Feiertagen musste ich Pakete austragen. Mein Revier war ein Arbeiterviertel. Ich klingelte, die Wohnungstür wurde geöffnet: Da stand ein Mann mit eingeseiftem Gesicht und rasierte sich. Ich trat nicht in den Flur der Wohnung ein, wie ich es von uns und von allen meinen Klassenkameraden her gewohnt war, sondern stand direkt in der Küche. Hier begegneten mir zum ersten Male ärmliche Wohnverhältnisse. Dieser Post- einsatz machte mich sehr nachdenklich und öffnete mir die Augen für soziale Probleme.

Das Jungvolk beauftragte uns auch, für gebrechliche Leute Kohlen zu holen. Mit einem soliden Handwagen — fast jede Familie hatte einen — fuhren wir zum Kohlenhändler und transportierten in einem alten Jutesack die Kohlen, meist Briketts, zu der betreffenden Wohnung und trugen sie dann in den Keller.

Eine andere regelmäßig wiederkehrende Aufgabe war das Einsammeln von Altmaterial, also von verwertbaren Rohstoffen wie Zinntuben, Silberpapier, Lumpen, Alteisen. Früher fuhr der Lumpensammler durch die Siedlung, jetzt zogen wir Pimpfe mit einem Handwagen die Straßen entlang und sangen lauthals:

Lumpen, Knochen, Eisen und Papier,
ausgeschlag'ne Zähne sammeln wir,
ja, das sammeln wir (für Hermann)!

»Hermann« war natürlich Hermann Göring, der »Beauftrage für den Vierjahresplan«, der auch Reichsjägermeister und Oberbefehlshaber der Luftwaffe war und der den eigens für ihn geschaffenen Titel »Reichsmarschall« trug.

Im August 1940 fielen die ersten Bomben auf Dessau. Bereits 1934 war das Reichsluftschutzgesetz erlassen worden. Es schrieb vor, dass in jedem Haus ein Kellerraum als Luftschutzkeller ausgebaut sein müsse, mit zusätzlichen Stützen für die Kellerdecke und einer Stahltür, die auch bei eventuellen Gasangriffen Sicherheit gewähren sollte. Wir hatten den Vorratskeller dazu ausersehen. Notbetten standen neben den Regalen, in denen Konservendosen, gefüllte Weckgläser und andere Vorräte lagerten. Sollte es einmal kritisch werden, konnten wir ein paar Tage im Luftschutzkeller überleben. Wenn in der Nacht die Sirenen heulten — und das geschah immer häufiger — packten wir unsere Sachen zusammen und stiegen die Treppe hinab, mein Vater nahm den Dokumentenkoffer mit.

Für Dessau gab es eine besondere Form der Vorwarnung: In den Junkers-Motorenwerken standen lange Reihen von Prüfständen, in denen neue Flugmotoren einen Dauertest zu bestehen hatten. Das waren haushohe, oben offene, gemauerte Steinkästen; darin liefen die Motoren Tag und Nacht mit voller Leistung, so dass immer ein Brummen über der Stadt lag. Wenn sich feindliche Bombergeschwader der Stadt näherten, wurden zuerst die Prüfstände abgeschaltet (warum, weiß ich nicht). Kamen die Bomber näher, gab es richtigen Fliegeralarm mit Sirenengeheul, und wir mussten den Luftschutzkeller aufsuchen. Hatten die Dessauer sich früher über das ständige Brummen beschwert, so waren sie jetzt froh, wenn sie nachts das Brummen hörten.

Die letzten Schuljahre

Inzwischen war ich vierzehn Jahre alt geworden, und in mir reifte ein erster Berufswunsch: Ich wollte Architekt und Stadtplaner werden. Eine Großstadt hatte ich bereits gezeichnet, deren Avenuen sternförmig einem runden Hauptplatz zustreben, auf dem eine Kathedrale stehen sollte, wobei mir Notre Dame in Paris als Vorbild diente. Wichtig waren mir die stumpfen Kirchtürme. Ob hier vielleicht schon die turmartigen Versatzstücke bei den »Bauten des Führers« Pate standen?

Mein damaliges Verständnis für Architektur wurde geprägt durch das reich bebilderte Buch *Das Bauen im Neuen Reich*. Am Anfang werden die Bauten in München, der »Hauptstadt der Bewegung«, vorgestellt. Hitlers erster Architekt, Paul Ludwig Troost († 1934), hatte sie entworfen. Sein Hauptwerk ist die Gestaltung des Königlichen Platzes, dazu gehören die beiden »Ehrentempel« zum Gedenken der »Blutzeugen« vom 9. November 1923: die »Ewige Wache«.

Ich zitiere aus dem Textteil des Buches:

> *Die Bauten des Führers sind Selbstdarstellung der ureigensten Kulturkräfte eines erwachten, rassebewußten Volkes, Stein gewordene Verkörperung eines Glaubens . Das künstlerische Genie des Schöpfers der deutschen Weltanschauung gab ihnen den Stil jenes Heroismus, der den politischen Entscheidungskampf gegen Zersetzung und Niederbruch zum Siege führte. Die in Stein verewigte seelische Größe wird auch in den fernsten Zeiten*

den heldischen Geist ihres Schöpfers ausstrahlen auf das ganze Volk.

Ein Autor ist nicht genannt. Nur aus der Angabe »Herausgegeben in Verbindung mit Frau Professor Gerdy Troost« kann man Schlüsse ziehen.

Das Bauen im Neuen Reich berichtet aber nicht nur von großen Bauten, sondern auch von kleineren. Ich empfand sie als menschlicher und wärmer, zumal auf allen Bildern die Sonne schien. Rathäuser in Landstädten sind abgebildet, Jugendherbergen, Bauernhöfe und Wohnsiedlungen. Vorbild für diese kleineren Bauten war offensichtlich die ländlich geprägte Bautradition, einerseits die bayerische, schließlich stammt Hitler aus diesem Kulturkreis, und andererseits die norddeutsche, denn bei einem Reetdach dachten wohl viele gleich an Wotan und Thor und in Fell gekleidete Germanen, die mit dem Schlachtruf »Hojotoho!« aus dem Gebüsch stürmen.

Natürlich ist auch von den Reichsautobahnen die Rede, von den »Straßen des Führers« also. Darüber besitze ich ein anderes Buch, nämlich »*Reichsautobahn — Mensch und Werk*« von Erna Lendvai-Dircksen. Es ist in erster Linie ein Bildband und enthält nur wenig Text. Erna Lendvai-Dircksen war eine der profiliertesten Fotografinnen in der Mitte des 20. Jahrhunderts. Ihr Buch enthält viele eindrucksvolle Bilder von Landschaften mit Brücken und Straßen und von den Menschen, die an den Reichsautobahnen gebaut haben. Aber auch in diesem Buch gibt es pathetische Texte, die von einem dem Nationalsozialismus ergebenen »Dichter« stammen und von der Fotografin ausdrücklich gewünscht waren. Ich zitiere Unterschriften zu einigen Bildern:

Wie ein König in keiner Kate haust, so braucht ein siegendes Volk erhabene Straßen zu seinem Schicksalsmarsch.

Wie ein wogender Wal auf weitgedehnter Dünung tauchen und steigen die ewigen Straßen.

Die Menschen, die Erna Lendvai-Dircksen fotografiert hatte, sind nur zum kleinen Teil Angehörige der »Nordischen Rasse«. Vom braunen Rassenstandpunkt aus gesehen war das deutsche Volk, das mussten auch unsere Lehrer eingestehen, eine rassische Gemengelage. Wenn ich mir die typisch nordischen Menschen vor Augen führe, wie sie die Nationalsozialisten in ihren Schriften, Bildern und Plakaten vorstellten, so sind sie nach meinem Empfinden kalte, machtbesessene Gestalten; aber auch die »nordischen« Frauenköpfe lassen Wärme vermissen, strahlen statt dessen Härte aus, aber »Herrenmenschen«, müssen wohl so sein.

Obwohl ich damals äußerlich eher als Beispiel für den nordischen Rassetyp dienen mochte, war ich von meinen geistig-seelischen Anlagen her gewiss nicht »nordisch«. Ich war kein Kämpfer der Faust, kein Ellenbogenmensch, sondern eher weich, musisch, gar »verträumt«, wie es in einem meiner Schulzeugnisse hieß.

Dann, im Jahre 1942, widerfuhr mir etwas, dessen Hintergrund mir bis heute rätselhaft ist. Ich verabscheute die Waffen-SS. Warum ich das tat, weiß ich nicht, und wie ich auch mein Gehirn zermartere, ich finde keine Antwort auf diese Frage. Obwohl mein Vater nur noch förderndes Mitglied war, steckte die SS-Zeitung *Das Schwarze Korps* regelmäßig in unserem Briefkasten. Ich las viel darin und hätte mich eigentlich für diese »Elite« begeistern müssen. Und dann wurde ich mit fünfzehn Jahren, fast ein Kind noch, für die Waffen-SS gemustert.

Ich hatte von der HJ den Befehl bekommen, zur Musterung zu gehen. Sie fand in einer großen Turnhalle statt, vor SS-Ärzten, wie man sie aus Veröffentlichungen über Konzentrationslager her kennt, in Breeches und Reitstiefeln, darüber einen weißen Kittel. Was sie mit mir im Einzelnen gemacht haben, weiß ich nicht mehr; nur eines: Ich musste mich vor den vielen fremden Leuten nackt ausziehen. Das *verletzte mein Schamgefühl.*

Nach der Musterung war ich für die Waffen-SS vorgemerkt. Ich versuchte natürlich, ihren Fängen zu entkommen. Ein Jahr darauf bot sich mir die Möglichkeit; ich griff sofort zu und meldete mich freiwillig zur Infanterie. — Kein vernünftiger Mensch meldet sich in einer modernen Armee freiwillig zur Infanterie, denn wer will schon Kanonenfutter sein?

In dieser Zeit kam ein Erlass, der den Schulen vorschrieb, nur noch die lateinische Schrift zu verwenden. Die Schulbücher mussten in Antiqua neu gesetzt werden, Fraktur war nicht mehr erlaubt, und wir durften in der gewohnten »deutschen Schrift« nicht mehr schreiben. Auch die lateinische Schrift, wie sie Ludwig Sütterlin gestaltet hatte, war uns nicht mehr erlaubt. Wir mussten wieder neu schreiben lernen, und das mitten im Krieg! Zwischen Homer und Tacitus war Schreibunterricht angesetzt wie im ersten Schuljahr.

Aus Trotz wollte ich mich dieser Anordnung widersetzen und weiter die alte »deutsche Schrift« verwenden, entdeckte aber plötzlich, dass ich doch in der lateinischen Schrift schrieb, wenn auch nicht in der Normalschrift, sondern in einer von mir selbst gestalteten Variante. Ihre runden Formen passten besser in den Ablauf meiner Schreibbewegungen. Die Normalschrift habe ich nie benutzt, außer beim Schreibunterricht im Gymnasium.

Der Krieg belastete unseren Alltag mehr und mehr. Immer häufiger mussten wir des Nachts in den Luftschutzkeller. An den Fronten im Osten war es mit den siegreichen Schlachten vorbei. Im Wehrmachtsbericht tauchte immer wieder das Wort »Frontbegradigung« auf, die wohlklingende

Bezeichnung für einen Rückzug, denn unter Begradigung stellt man sich etwas Rationales vor, weil eine Gerade die kürzeste Verbindung zwischen zwei Punkten ist.

Die Versorgung mit Lebensmitteln, Bekleidung und sonstigen Dingen wurde schlechter. Von offizieller Seite versuchte man hier und da, etwas dagegen zu tun. So bekamen wir jeden Morgen in der Schule eine Tablette Ascorbinsäure, Vitamin C also, um damit dem Mangel an Obst und Gemüse zu begegnen. Und ich erinnere mich, dass im Gymnasium Schreibhefte verteilt wurden, die eigentlich für Kolumbien bestimmt waren, jedenfalls war das kolumbianische Staatswappen auf dem Umschlag abgebildet. Das Papier war vorzüglich, wesentlich besser, als wir es in der letzten Zeit gewohnt waren. Woher diese Hefte stammten, weiß ich nicht; es bereitete mir jedenfalls ein sinnliches Vergnügen, die Schreibfeder über die glatte Papieroberfläche gleiten zu lassen.

Während im Osten heftig gekämpft wurde, blieb es im besetzten Frankreich ruhig. Herr Rex, ein guter Bekannter von uns, war in Paris stationiert und konnte meinem Vater französischen Cognac besorgen. Aber wie sollte der nach Dessau transportiert werden? Einfach eine Flasche gepolstert in ein Paket legen und abschicken, das war nicht möglich, denn für Feldpostpäckchen war ein einheitliches Format vorgeschrieben. Diese Kartons kaufte man in einem Papierladen. Mein Vater lötete einen kleinen Blechkanister zusammen, der genau in diesen kleinen Karton passte, mit einem eingelassenen Schraubverschluss. Diesen Kanister füllte er mit Wasser, und zwar randvoll, denn es durfte auf keinen Fall gluckern! Herr Rex schüttete das gute Dessauer Wasser dann in die Pariser Kanalisation und füllte den Kanister stattdessen randvoll mit Hennessey. Da sich die Versorgung mit dieser edlen Flüssigkeit gut bewährte, baute mein Vater noch einen zweiten solchen Kanister, so dass immer zwei Päckchen hin und her reisten.

Das Jahr 1943 hatte begonnen. Die Schlacht um Stalingrad erreichte ihren Höhepunkt. Und als dann die 6. Armee unter Generalfeldmarschall Paulus kapitulierte, liefen die Leute mit gesenkten Köpfen durch die Straßen. Der Glaube an den Endsieg nahm ab. Das war die Stunde von Reichspropagandaminister Dr. Joseph Goebbels. Er hielt am 18. Februar jenes Jahres die berühmteste Rede des Zweiten Weltkriegs, die »Sportpalastrede«:

Ich frage euch: Wollt ihr den totalen Krieg?

Ja!!

Wollt ihr ihn, wenn nötig, totaler und radikaler, als wir ihn uns heute überhaupt erst vorstellen können?

Ja!!

Und darum lautet von jetzt ab die Parole: Nun, Volk, steh auf, und Sturm brich los!

Heil!!

Wie groß die rhetorische Verführungskunst von Joseph Goebbels war, habe ich viel später am eigenen Leibe erfahren. Als ich in Göttingen studierte, wohnte ich gegen Ende der fünfziger Jahre in einem Studentenheim, das den Namen »Akademische Burse« trug. Irgendjemand hatte ein Tonband besorgt, das die vollständige Sportpalastrede enthielt. Es handelte sich um eine Aufnahme der BBC aus dem Kriege. Als Dokument der Zeitgeschichte wurde sie in einer Sonderveranstaltung der Burse vorgeführt. Die Wirkung auf die Zuhörer war ungeheuer! Wir fühlten uns fast hilflos der Rede ausgeliefert. Danach war mir klar, dass Goebbels für seine Auftritte keine ausgesuchten Zuhörer brauchte, er packte sie, so wie sie waren, und brachte sie auf seine Seite. Ein genialer Teufel!

2. Beim Militär

Luftwaffenhelfer

Der Krieg wurde total, wie Goebbels gefordert hatte. Wir mussten uns immer mehr einschränken, konnten uns vieles, was früher selbstverständlich war, nicht mehr kaufen. Aber weil wir alle nicht mehr sehr elegant herumliefen, schien dieser Zustand dann doch wieder normal zu sein; jedenfalls nahm ich ihn als ein »von Gott gegebenes Schicksal« an.

Natürlich hatten wir manchmal Hunger, aber der hielt nie sehr lange an. Dafür sorgte schon meine Mutter, die eine fantasievolle Köchin war. Im Verlaufe des Krieges wurde der Semmelanteil bei Fleischklößchen immer größer, und als dann auch Semmeln knapp wurden, versuchte sie es mit gekochten Kartoffeln, so dass aus den verlängerten Fleischklößchen bald verlängerte Semmelklößchen wurden.

Und weil auch Brennstoffe knapp wurden, erfanden die NS-Propagandisten die Figur »Kohlenklau«. Das war ein kleiner, schwarz gekleideter Mann mit einem Seehundsbart und einer verbeulten Schiebermütze; er trug einen schweren Sack auf dem Rücken und schaute sich vorsichtig um, denn er wollte beim Kohlenklauen nicht erwischt werden. Diese Figur war als Silhouette an Wänden zu sehen, erschien auf Plakaten und in Zeitungen; sie sollte vor unnützer Vergeudung von Heizmaterial warnen.

Trotz des totalen Kriegs war das kulturelle Leben kaum eingeschränkt. Noch durften die Theater spielen, noch gab es Sinfoniekonzerte, und noch wurden Tonfilme gedreht, sogar in Farbe! Aber es gab immer weniger Bücher, die Zeitungen wurden immer dünner und das Papier immer schlechter.

Das war die Welt, in der wir lebten, als mein fünftes Schuljahr auf dem Gymnasium zu Ende ging. Ich war fünfzehn Jahre alt. Die Sommerferien hatten gerade begonnen, da wurde ich am 15. Juli 1943, gemeinsam mit einigen Klassenkameraden, zur »Heimatflak«, also zu den Luftwaffenhelfern, eingezogen; das heißt, wenn man's genau nimmt: Ich wurde Soldat. Wir Luftwaffenhelfer (LWH), auch Flakhelfer genannt, waren Zwitterwesen: Zum einen waren wir richtige Soldaten und taten Dienst an Flugabwehrkanonen (Flak), hatten also unseren Kopf hinzuhalten. Zum anderen, allerdings kleineren Teil waren wir ganz normale Schüler, die von ihren ganz normalen Lehrern ganz normalen Schulunterricht in der Flakstellung erhielten, wenn auch Griechisch, Englisch und die musischen Fächer fortfielen.

Zwitterwesen waren wir auch noch in einem anderen Sinne: De jure waren wir Angehörige der Hitlerjugend, de facto bereits Soldaten. In der Stellung trugen wir die Uniform der Flaksoldaten. Zu besonderen Anlässen oder wenn wir mit einem Urlaubsschein die Stellung verlassen durften, mussten wir die Uniform der Flieger-HJ anziehen. Offenbar wollte Hitler formal so wenig wie möglich gegen die Haager Landkriegsordnung verstoßen, denn ihr zufolge waren wir für den Kriegsdienst zu jung.

Nachdem wir frischgebackenen Luftwaffenhelfer alle Uniformen und Ausrüstungsgegenstände erhalten hatten, bezogen wir unsere Unterkunft im Gelände der Dessauer Waggonfabrik. Die Baracke, in der wir jetzt wohnten, war sehr einfach, fast primitiv. Wir schliefen in doppelstöckigen Holzbetten. Anstelle von Matratzen hatten wir Strohsäcke, die auf Holzbrettern lagen. Etwa zwanzig Mann hausten in einem Raum. Es gab weder fließendes Wasser noch Toiletten, nur eine kleine Waschbaracke mit einer großen emaillierten Rinne in der Mitte, über der ein paar Hähne schwebten. Wenn man sie aufdrehte, floss kaltes Wasser. Etwas abseits der Baracken hatten wir eine Latrine, einen richtigen »Donnerbalken«; in regelmäßigen Abständen wurde über das dort Produzierte Chlorkalk gestreut.

Wenn wir nicht gerade exerzierten oder militärischen Unterricht erhielten, konnten wir uns bis zu einem gewissen Grade auf dem Werksgelände frei bewegen, aber verlassen durften wir es nicht. Ich schaute mir die Hallen an, in denen Arbeiter Eisenbahnwagen montierten. Das war für mich eine fremde, aber aufregende Welt; diese Geräusche und Gerüche, Farben und Formen beeindruckten mich sehr. Von der Außenwelt trennte uns ein hoher, mit Stacheldraht bewehrter Zaun, der mir das Gefühl gab, ein Gefangener zu sein. Als mich meine Eltern und Geschwister einmal besuchten, konnten wir uns nur durch das Drahtgitter unterhalten.

Der Beginn meiner »Militärzeit« war für mich Anlass, Tagebuch zu führen. Ich verzeichnete darin nicht nur, wann irgendetwas geschah, sondern versuchte auch, meine Stimmungen und Beobachtungen wiederzugeben. Die zerfledderte Kladde habe ich durch die Jahrzehnte retten können. In der Waggonfabrik notierte ich:

> *Es ist ein schöner Abend heute. Das Dröhnen und Poltern, Rattern und Knallen in der großen Montagehalle ist verstummt. Tot ragt das Gerüst des Brückenkrans gegen den gelb-rot leuchtenden Abendhimmel. Während ich dies niederschreibe, beschleicht mich ein Gefühl der Wehmut.*

»Wehmut« ist sicherlich untertrieben — ich fühlte mich schrecklich mies, das geht aus anderen Sätzen in meinem Tagebuch hervor. Mit Lesen und Schreiben, mit Naturbetrachtung und Aquarellieren versuchte ich mich gegen das Versinken in der Geistlosigkeit des militärischen Trotts zu wehren.

Unser Aufenthalt bei der 2-Zentimeter-Flak in der Waggonfabrik dauerte nur zwei Wochen, dann wurden wir Luft-

Das Kommandogerät. In dem großen Kasten wurden auf elektromechanischem Wege der Vorhalt für die Einstellwerte der Geschütze errechnet.

waffenhelfer nach Dessau-Süd in eine Batterie verlegt, die mit 8,8-Zentimeter-Flak ausgestattet war. Neben den sechs Geschützen gehörten auch ein Kommandogerät und ein Funkmessgerät (FuMG), also ein primitives Radargerät, zur Batterie. Diese waren etwa 250 Meter von den Kanonen entfernt aufgestellt, weil die beim Abfeuern der Geschosse entstehenden Druckwellen die empfindliche Feinmechanik dieser Geräte stören können. Aufgrund meines naturwissenschaftlichen Interesses fand ich das Zusammenwirken von Kommandogerät und Kanonen spannend:

Die viermotorigen Bomber kamen in einer Höhe zwischen 4.000 und 8.000 Meter angeflogen und hatten eine Geschwindigkeit von etwa 400 Kilometer pro Stunde. Eine Granate brauchte mindestens eine halbe Minute, bis sie das Flugzeug erreichte. Dann löste der Zeitzünder die Detonation aus. Während dieser Zeit legte das Flugzeug mehrere Kilometer zurück. Im Augenblick des Abschusses mussten also die Geschütze entsprechend vorhalten, und diese Berechnungen nahm das Kommandogerät vor.

Auf dem großen Kasten war ein optischer Entfernungsmesser mit einer Basis von vier Metern montiert, den drei Soldaten bedienten, je einer für den Höhenwinkel, für den Seitenwinkel und für die Entfernung. Aus diesen drei Eingangsdaten berechnete der mit komplizierter Feinmechanik vollgestopfte Kasten die Einstellwerte für die Geschütze (Computer gab es ja noch nicht!). Aber vollautomatisch war das Ganze keineswegs, denn bei einigen Funktionen musste der Mensch eingreifen. Das war überwiegend Aufgabe von Luftwaffenhelfern.

Neben dem Kommandogerät war in einem bunkerähnlichen Verschlag die sogenannte Umwertung untergebracht. Dort wurden die von unserer Batterie ermittelten Daten telefonisch an andere Batterien weitergegeben. Umgekehrt rechneten wir die Werte anderer Batterien mit Linealen und großen Winkelmessern für unsere Batterie um, damit wir das Flugzeug schnell beschießen könnten, wenn es in unseren Wirkungsbereich kam. In der Umwertung waren Luftwaffenhelfer, also Oberschüler, besonders gern gesehen, weil sie dank ihrer schulischen Vorbildung schnell begriffen, worauf es ankam, denn was wir da trieben, war angewandte Geometrie.

Mitte August waren die Schulferien zu Ende, und der Unterricht begann. Wenige Tage danach, am 17. August, notierte ich in meinem Tagebuch:

> *Heute Nachmittag war Reichsarbeitsführer Konstantin Hierl zur Besichtigung in der Stellung. Man hatte vorher viel Umstände gemacht: Großreinemachen mit anschließendem Stubendurchgang, der gesamte Dienstplan wurde umgeschmissen; alles nur wegen diesem einen Manne! Mit viel Begleitung kam der Reichsarbeitsführer runter in die Umwertung. Ein Hauptmann erklärte ihm, was sich in der Umwertung abspielt. Hierl hörte schweigend zu, ich weiß nicht, ob er das alles kapiert hat. Die Vorgesetzten waren zum Teil sehr aufgeregt. Ich war gar nicht aufgeregt.*

Am 18. August notierte ich:

> *Ich war immer ein Gegner der Jazzmusik, überhaupt jeglicher moderner Tanzmusik . Jetzt merke ich, daß mir diese Musik gefällt. Ich habe Sachen gehört, die schön sind, die keine Negermusik sind. Wir haben hier ein Grammophon, und ein Kamerad hat Platten mitgebracht, darunter Tangos, gespielt von Barnabas von Geczy, melodisch, rhythmisch und schön instrumentiert. Ich kann mich für diese Musik begeistern.*

Diese Eintragungen von zwei aufeinander folgenden Tagen machen deutlich, womit ich mich mit meinen gerade sechzehn Jahren auseinandersetzte: einerseits das Militär mit seinen oft albernen Auswirkungen, andererseits die für mich zeit meines Lebens immer sehr wichtige Beschäftigung mit Kunst, Literatur und Musik. Die Eintragungen zeigen auch, wie stark der Einfluss der Propaganda auf mich war (»Negermusik«), ebenso wie meine kritische Einstellung dazu. Was Jazz eigentlich ist, wusste ich damals nicht, das Wort war für mich jedenfalls negativ besetzt, zumal ich einen gehässigen Bericht über »den Juden Benny Goodman« gelesen hatte.

Ende August bekam ich zwei Wochen Urlaub. Ich reiste für ein paar Tage ins Erzgebirge, in die Heimat meines Vaters. Die Züge waren sehr voll, von Leipzig bis Zwickau stand ich stundenlang im überfüllten Gang. Weil ich einen Militärfahrschein besaß, musste ich meine Uniform tragen. Am Ziel eingetroffen, zog ich sie sofort aus und lief während meines ganzen Ferienaufenthalts nur in »Räuberzivil« herum. Hier schien die Welt noch in Ordnung zu sein — keine Fliegeralarme, dafür frische Luft und erholsame Stille. Dann schrieb ich in mein Tagebuch:

Heute war ich in Berlin. Früh bin ich nach Wannsee gefahren und von hier mit meiner Tante zum Reichssportfeld. Wir wollten das Olympia-Stadion besichtigen, aber es war gesperrt, weil es vollgepfropft war mit Sachen und Möbelstücken von Bombengeschädigten. Aber trotzdem hatte ich einen starken Eindruck von diesem gigantischen Bau. Im grellen Gegensatz dazu die zerstörten Häuser, an denen wir mit der S-Bahn vorbeifuhren. Am Potsdamer Platz stiegen wir aus. Ich war ganz überrascht von dem großstädtischen Verkehr, wie muß das erst im Frieden gewesen sein! Wir gingen an der Neuen Reichskanzlei und dem Reichsluftfahrtministerium vorbei zum Brandenburger Tor, Unter den Linden, Opernhaus, die zerstörte St.-Hedwigs-Kathedrale, das Schloß.

Berlin ist eine Stadt der Gegensätze. Auf der einen Seite die sauberen Straßen der Innenstadt mit ihren schönen Gebäuden; auf der anderen die elendsdreckigen Hinterhöfe der Mietskasernen, und jetzt im Krieg kommen noch die verkohlten Ruinen der durch Bomben zerstörten Wohnhäuser hinzu. Wie Grabsteine ragen die Reste der Giebel anklagend in den Himmel.

Im November wurde unsere Batterie in ein Dorf südlich von Dessau verlegt. Der Schulunterricht fand jetzt in der ehemaligen Dorfkneipe statt. Als Verstärkung bekam die Batterie russische Kriegsgefangene, die an den Kanonen

Hilfsdienste zu leisten hatten. Sie wohnten in runden flachen Holzzelten mit kleinen Glasfenstern, Finnenzelte genannt. Mit den Russen kamen wir gut zurecht, nur machte uns neidisch, dass sie mehr Kartoffeln zu essen bekamen als wir. Abends nach Dienstschluss sangen sie bei untergehender Sonne ihre wehmütigen Lieder und begleiteten sich auf selbst gebastelten Balalaikas.

Das Jahr 1943 neigte sich seinem Ende zu. Ich berichtete in meinem Tagebuch von der Weihnachtsfeier in der Batterie am 20. Dezember:

> *Erst hatten wir »Kriegsweihnacht«, dann wurde es »christlich«. Der Batterie- und der Abteilungschef hielten nichtssagende Reden. Dann kam der Weihnachtsmann und verteilte Feldpostpäckchen unter den Klängen Schubertscher Musik, von einer Jazzkapelle gespielt. Tanzmusik begleitete die Kaffeepause. Der Abschluß der Feier war nationalsozialistisch. Lesungen von Kurt Eggers, einem verrückten Dichter, der Christentum und Bolschewismus auf eine Stufe stellte, und das Lied Nur der Freiheit gehört unser Leben (!) beendete sie.*

Jeder LWH erhielt eine Flasche Weißwein. Als wir um halb neun in die Betten gehen sollten, mussten wir die Flaschen unangetastet wieder abliefern!!

21. Dezember: *Heute haben wir unsere Weinflaschen wiederbekommen.*

Am Heiligen Abend durfte ich zu Hause sein. Ich berichtete in meinem Tagebuch über die Christmette:

> *Wunderbar diese vierstimmigen, alten deutschen Weihnachtslieder! Und unser Pastor hat recht: Nur die alten deutschen und christlichen Weihnachtslieder wollen die Soldaten hören und singen, und nicht die neuen, die sich doch nur auf die Wintersonnenwende beziehen.*

Bomben auf Dessau

Meine Tagebucheintragungen wurden spärlicher, denn es spielte sich ja doch immer wieder dasselbe ab. Ostern war schon vorbei, da notierte ich am 25. April 1944:

Es ist geschehen! Wir sind Luftwaffenoberhelfer geworden!

Und im Mai gab es wieder mal eine Besichtigung: Man hielt einen Appell ab, bei dem wir auch zeigen sollten, dass wir Gasmasken auf- und wieder absetzen konnten. »Erstes Glied sechs, zweites Glied drei Schritte vortreten!« Auf Kommando mussten wir die vorgeschriebenen und eingedrillten Bewegungen ausführen. Da ich kurzsichtig bin, setze ich meine Alltagsbrille ab- und die Maskenbrille auf, bevor ich die Gasmaske überzog. Beim Absetzen das Gleiche in umgekehrter Reihenfolge. Natürlich war ich dadurch langsamer als die anderen, und beim Zurücktreten fummelte ich immer noch mit meinen Brillen herum. Dabei erntete ich zwar finstere Blicke, aber niemand wagte etwas zu sagen, denn ohne Brille wäre ich ja nicht einsatzbereit gewesen. Ich hätte natürlich auch meine Brille in die Hosentasche stecken und die Gasmaske ohne sie aufziehen können, um einen besseren Eindruck zu machen. Das aber tat ich nicht

.

Immer häufiger musste der Schulunterricht abgebrochen werden, weil die Alarmklingel schrillte. Dann liefen wir in die Stellung. Meistens standen wir dann allerdings nur um die Geräte herum und warteten. Einige spielten Skat, andere lasen. Von meiner Großmutter, der Pastorenwitwe, hatte ich einige kleine christliche Heftchen bekommen. Während wir so dösten und warteten, blätterte ich leidenschaftslos, fast gelangweilt darin. »Was lesen Sie denn da?«, fragte der junge Leutnant. Ich zeigte ihm das Traktat, das ich gerade in der Hand hielt. Auf der Titelseite war eine bunte Zeichnung wiedergegeben, die eine Stadt mit überdimensionalen Wolkenkratzern zeigte, mit großen Flugzeugen und Luftschiffen dazwischen. »Das ist verboten! Geben Sie das Heft her!« Was daran verboten sein sollte, verstand ich nicht; ich gab es ihm, weil ich keine Lust auf eine Auseinandersetzung hatte.

Vielleicht hätte er auch gern das Buch beschlagnahmt, in dem ich auf der Stube las, nämlich *Das Bildnis des Dorian Gray,* denn das ist ja nicht gerade eine deutsch-vaterländische Lektüre. Sicherlich verstand ich in der Naivität meiner sechzehn Jahre nicht alles, was ich da las, aber ich war empfänglich für die lyrischen, ja auch wohl dekadenten Stimmungen, die Oscar Wilde ausbreitet, und für die Ironie, die sich durch das ganze Buch zieht.

Am Pfingstsonntag, dem 28. Mai 1944, notierte ich:

> *Heute Mittag gab's Alarm. Fette Verbände waren im Anflug. In 7.000 bis 8.000 Metern Höhe kamen die Fliegenden Festungen über uns in Pulks dahergeflogen. Deutlich konnte ich vor dem wolkenlosen Himmel die Maschinen erkennen, wenn ich meinen Blick vom Tachometer am Kommandogerät zum Himmel richtete. Zwei Abschüsse konnten wir beobachten, an denen wir auch beteiligt waren.*
>
> *Und in Dessau waren, wie wir anschließend erfuhren, Bomben gefallen (14.17 Uhr MESZ). Das »Alte Theater«, die Zuckerraffinerie, Post und Rathaus waren getroffen.*

Zwei Tage später, am 30. Mai, ein weiterer Angriff:

> *Wieder haben wir heute Mittag Alarm gehabt. Kaum hatten wir aufgefaßt, da riefen die Richtleute fast zur gleichen Zeit: »Bombenwurf!« (11.09 Uhr MESZ). Wir feuerten, was das Zeug hielt, aber über 28 Gruppen (Salven) ging's nicht hinaus, denn im Nu waren die Maschinen aus unserem Wirkungsbereich geraten. Wir wandten unsere Blicke der Stadt zu. Eine*

riesige, 3.000 bis 4.000 Meter hohe Wolke lagerte über Dessau. Dunkel, von Schwarz über Violett bis Braun, stach sie scharf gegen den blauen Himmel ab. Weil die Wolke in der Richtung entstand, wo wir wohnten, erhielt ich Erlaubnis, nach Hause fahren zu dürfen.

Nachmittags radelte ich auf die Stadt zu. Der Qualm war verschwunden. Langsam fuhr ich durch die Muldstraße. Da stand plötzlich das Gerippe eines Hauses vor mir. Dann nur noch Ruinen. Haufen von zertrümmerten Ziegeln und Glasscherben lagen herum. Überall sah ich nur zerborstene Wände, zerfetzte Bretter und Balken, und alles in einem rosa Ton von Ziegel- und Kalkstaub überpudert.

Dieses Bild der Vernichtung bot sich mir immer wieder. Aber jenseits des Hauptbahnhofs war kein kaputtes Haus mehr zu entdecken. Zu Hause war alles in Ordnung.

Ich fuhr dann weiter, mir Junkers anzusehen. Ich durfte aber nicht ran, da überall abgesperrt war . Ich konnte nur in den Straßendurchblicken erkennen, daß die großen Montagehallen ausgebrannt waren. Schutt, Steinbrocken lagen auf der Straße. In den Telegrafenleitungen hing ein Brett! Wie das da hochkam, möchte ich wissen. Dessau-Alten dagegen war, wie die Siedlung auch, fast unversehrt. Die Yankees hatten Maßarbeit geleistet.

Auf einem Messtischblatt hatte ich mir markiert, wo am Sonntag die Bomben einschlugen. Da ich wusste, aus welcher Richtung die Fliegenden Festungen kamen, konnte ich leicht feststellen, dass die Amerikaner Junkers treffen wollten, aber eine halbe Minute zu spät ausgelöst hatten (das entspricht etwa drei Kilometern). Diesen Fehler hatten sie zwei Tagen später korrigiert.

Wenige Tage danach, am 6. Juni 1944, notierte ich:

In der letzten Schulstunde, die wir heute bei unserem Schuldirektor hatten, rief plötzlich die Frau, welche die Schulräume immer sauber hält, durchs geöffnete Fenster: »Herr Direktor! Es geht los!« Weil es so schwül war, fragte er erstaunt: »Was? Das Gewitter?« — »Nein«, sagte sie ganz aufgeregt, »im Westen! Die Invasion!«

Und zehn Tage später, am 16. Juni 1944:

Die Vergeltung hat angefangen! Dieses Gerücht strich während des Batterieexerzierens durch die Reihen. Wir waren zwar mißtrauisch, aber trotzdem gaben wir uns gern dieser Illusion hin. Mich ergriff wieder ein Gefühl, das sich wohl nur mit dem Siegesrausch vergleichen läßt, der mich in den ersten Jahren dieses Krieges durchpulste. Mit neuartigen Sprengmitteln, so hieß es im Wehrmachtsbericht, wurde die Südküste von England und London belegt!

Als ich dann wieder einmal auf dem Weg nach Hause war, erschrak ich, denn aus der Einfahrt eines Bauernhofes schlich ein schwarz gekleideter Mann mit tief ins Gesicht gezogenem Schlapphut, der sich vorsichtig umsah. Näher kommend gewahrte ich, dass dieser Mann gemalt war, einfach auf die Bretter des Tors gemalt, so ähnlich wie Kohlenklau. Was sollte das nur bedeuten? Später erfuhr ich's: Neben diesem Mann, der auch andernorts an Wänden und Holztoren erschien, stand einige Tage später der Schriftzug: »Vorsicht bei Gesprächen! Feind hört mit!«

Am 19. Juli 1944 notierte ich:

Gestern haben wir sieben Alarme gehabt: um Mitternacht etwa, um 2 Uhr, 9 Uhr, 10 Uhr, 12 Uhr und 14 Uhr. Es war kaum Zeit zum Essen. —— Und heute ist es ähnlich: um 1 Uhr etwa, 10 Uhr, 12 Uhr, 13 Uhr, 15 Uhr, 16 Uhr.

Und einen Tag später:

Heute mittag kamen aus Richtung Leipzig wieder feindliche Verbände angeflogen. Das Kommandogerät war in der Waffenwerkstatt zur Überholung, und wir mußten in der Umwer-

tung mit dem Malsi-Gerät schießen, einem primitiven Kommandogeräteersatz, das nach seinem Erfinder, einem Luftwaffenoffizier, genannt ist. Oben hatte das FuMG aufgefaßt. Aber die Werte kamen nur verstümmelt unten in der Umwertung an. Aufgeregt brüllte alles durcheinander. Und in diesem Tohuwabohu verschwand auch noch das Licht. Die Arbeit im fensterlosen Umwertungskeller war gelähmt, die Batterie schoß ziellos in den blauen Himmel. — In Dessau waren Bomben gefallen.

Am Abend begann der Nachrichtendienst mit der erschütternden Meldung: »Sprengstoffattentat auf den Führer!« — Es verschlug uns die Sprache, wir waren auf alles gefaßt. Dann kam aber sofort die Auflösung dieser schmerzenden Spannung: »Der Führer ist unversehrt!« — Wir atmeten auf. Nun kam anschließend die Meldung, daß dreizehn Mann seiner Umgebung verletzt waren, der Führer nur leichte Verbrennungen und Prellungen abbekommen habe.

In der Nacht wurden wir geweckt. Der Sprecher im Rundfunk kündigte eine Führeransprache an. Gespannt warteten wir. Und dann sprach der Führer. Ernst und entschlossen waren seine Worte. Unverhohlen ließ er seiner Wut freien Lauf. Er schilderte den Verlauf des Verbrechens und zog daraus seine Konsequenzen. Was uns am meisten erschütterte, war, daß die treibenden Kräfte dieses Attentats nicht unsere Gegner im Osten oder Westen waren, sondern daß der Verbrecher aus unseren eigenen Reihen stammte. Eine gewaltige Wut ergriff uns, wir wollten die Usurpatoren in Stücke zerreißen. Eine unbändige Liebe haben wir zu unserem Führer, und es ist keine Phrase, was ich hier schreibe.

In dieser Tagebuchnotiz wird meine — und nicht nur meine — innere Spaltung deutlich: Trotz unserer kritischen Einstellung zum Militär und der Skepsis gegenüber dem Nationalsozialismus gewann immer wieder die fast religiöse Verehrung des Führers die Oberhand.

Dem Attentat auf Hitler folgte zunächst eine erhöhte Alarmbereitschaft, was uns unmittelbar einleuchtete. Sodann mussten die Flaksoldaten neu grüßen lernen, was uns weniger einleuchtete, denn der militärische Gruß, die rechte Hand gestreckt an die rechte Schläfe geführt, der in allen Ländern üblich ist, wurde durch den Hitlergruß ersetzt.

Am 8. August 1944 steht in meinem Tagebuch:

> *Im Flugzeugerkennungsdienst machte man uns oberflächlich mit einem neuen Jäger bekannt, der Me 163, ein einmotoriges Flugzeug, mit breiten Tragflächen, einem dicken, bombenförmigen Rumpf, ohne Propeller und Höhenleitwerk! Ich vermute, daß diese Me 163 reinen Raketenantrieb hat, wogegen die bei Junkers entwickelten Triebwerke Turbinen sind, die die Luft vorne einsaugen, komprimieren und hinten mit großem Druck herausjagen, also auch nach dem Rückstoßprinzip arbeiten. Die mit den Junkers-Triebwerken ausgerüstete Me 262 ist bis jetzt noch nicht zum Einsatz gekommen.*

Am 12. September 1944, nach vielen sich teilweise widersprechenden Gerüchten über unsere bevorstehende Entlassung, notierte ich:

> *Heute sind wir nun entlassen worden. Am Morgen zogen wir uns nicht wie Tag für Tag die Uniform an, sondern Zivil. Um 10 Uhr traten wir ehemaligen Luftwaffenoberhelfer auf dem Appellplatz an. Der Batterieführer und der Schuldirektor traten vor die Front und verabschiedeten uns. Letzterer händigte uns das Abgangszeugnis aus und eine Bescheinigung für einen halbjährigen Sonderlehrgang zur Ablegung des Abiturs nach Beendigung des Krieges.*

Mein Dienst als Luftwaffenhelfer war zu Ende. Aber es ging gleich weiter, denn zu Hause wartete schon der Einberufungsbefehl zum Wehrertüchtigungslager auf mich.

WEL und Reichsarbeitsdienst

Wehrertüchtigungslager, welch ein Wort! Wir sollten wohl zu »Wehr und Waffen« tüchtig gemacht werden — als ob wir das nicht schon längst wären! Was heißt für lang gediente, ehemalige Luftwaffenhelfer »vormilitärische Ausbildung«? (denn nichts anderes bedeutet ja das Wort Wehrertüchtigung!) V o r militärisch ausgebildet hatte man uns bereits im Jungvolk und in der HJ, und zwar ausreichend und viele Jahre lang. Was wir als Luftwaffenhelfer erfahren hatten, war schon richtige m i l i t ä r i s c h e Ausbildung gewesen. Aber was soll's: wir mussten ja für das WE-Lager nichts bezahlen, erhielten freie Kost und Logis, und eingekleidet wurden wir auch. Also folgten wir nach fünf erholsamen Tagen zu Hause unseren Einberufungsbefehlen, bestiegen in Dessau den Zug und fuhren nach Fallingbostel in der Lüneburger Heide.

Mein Tagebuch hatte ich mitgenommen und notierte gleich nach unserer Ankunft:

> *Gegen Mittag kamen wir in Fallingbostel an. Obwohl das WE-Lager nur einen Kilometer vom Bahnhof entfernt liegt, brauchten wir — wie es sich für alte Oberhelfer gehört — über eine Stunde. Es war ein köstliches Bild, wie sich das Volk langsam, an den großen Koffern hängend, die Straße voranwälzte.*
>
> *Zum Empfang ließ man uns natürlich gleich traben, aber wir grinsten nur und trotteten ganz langsam dahin.*

Die lange Zeit bei der Heimatflak hatte uns dank militärischer Ausbildung zu einer Elefantenhaut verholfen. Wenn man uns nach dem Motto »Hinlegen! — Sprung auf! Marsch, Marsch!« schikanieren wollte, schalteten wir auf eine Technik um, die wir uns erarbeitet hatten, weil sie Kräfte spart, aber nicht als Befehlsverweigerung ausgelegt werden konnte: Man knickst mit dem vorderen Bein, streckt die Hände etwas vor, geht langsam in den Liegestütz und geruhsam nach unten. Dann erhebt man sich wieder, auch langsam, in entsprechender Weise. Das kann man ziemlich lange aushalten. Versuchten die Vorgesetzten in der Flakbatterie, uns in eine Pfütze zu legen, stolperten wir so lange, bis wir im Trockenen zur Ruhe kamen. »Schleifen« als reine Schikane war nach der Heeresordnung nicht erlaubt. Das wussten die Unteroffiziere, und wir »alten Oberhelfer« wussten das auch; vor allem aber wussten die Unteroffiziere, dass wir das wussten. Darum ist uns auch nie etwas passiert. Weil der Feldwebel im WE-Lager aber nicht wusste, dass wir das alles wussten, war er derjenige, der nach dieser »Begrüßung« in Schweiß gebadet war.

Untergebracht waren wir in Baracken wie bei der Heimatflak, zusätzlich umzäunt von Stacheldraht und Wachtürmen, als wären wir Gefangene. Radio und Zeitungen gab es nicht, und Urlaub oder wenigstens Ausgang bekamen wir auch nicht, unser Aufenthalt hier sollte ja nur drei Wochen dauern.

Wenige Tage nach unserer Ankunft schrieb ich in mein Tagebuch:

> *Eines gefällt mir hier nicht: Es herrscht Briefzensur. Sogar verklebte Briefe werden aufgerissen — und Ausschnitte daraus der angetretenen Mannschaft vorgelesen. Eine mir äußerst unsympathische Sache.*

Einige Tage später:

> *Heute nachmittag war eine Geländeübung angesetzt. Wir hatten den Auftrag, anhand der Karte und dann mit Hilfe eines (allerdings schlechten) Kompasses einen uns bisher unbekannten Punkt zu suchen. Wir verirrten uns, weil die angegebenen Marschzahlen zu ungenau waren und auf der veralteten Generalstabskarte die Hälfte fehlte. Auf diese Art und Weise lernte ich etwas mehr die Gegend hier kennen. Ich sah alte Gehöfte im Niedersachsenstil mit Pfannen- oder uralten Strohdächern. An*

einem riesigen Gefangenenlager ging es vorbei; über 10.000 Tommies und Yankees, auch Russen und Serben sollen hier hausen . In Massen standen sie am Drahtgitter und starrten uns grinsend an. Überall erhoben sich Wachtürme, mit MGs und Scheinwerfern versehen.

Etwa eine Woche danach schrieb ich einige Sätze, die deutlich machen, wie ich diese Zeit überstand:

Am gestrigen Abend haben wir einen Zwanzig-Kilometer-Marsch gemacht. Es hatte vorher stark geregnet. Jetzt war die Luft ganz klar, kräftige Farben mit tiefen Schatten in der Landschaft, dazu die leicht angeherbstelten Bäume und Sträucher, das feuchtfrische Grün der Moose. Dazu ein eindrucksvolles Abendrot: hellviolette Cumuli mit gold-orange verbrämten Rändern vor diesem eigenartig grünlich-warmen Abendhimmel.

Und drei Tage später:

Gestern hatten wir eine Lönsfeier. Bei Nieselregen marschierten wir zum Hermann-Löns-Grab, das mitten in einem kleinen Heidegelände liegt. In dem Vorgetragenen zeigte man uns Löns nur als heroischen Kämpfer und deutschen Patrioten, als Vorgänger der Nationalsozialisten also, und nicht als Naturfreund und Waidmann. Diese Feier hinterließ bei mir ein unbehagliches Gefühl.

Ich hatte inzwischen gelernt, bei den zahlreichen Propagandaveranstaltungen, verstärkt im WE-Lager, das Gehirn auf Durchlauf zu stellen: Die Worte kamen durch das rechte Ohr herein und gingen durch das linke gleich wieder hinaus. Ich gewöhnte mir also an, die Parolen zwar zur Kenntnis zu nehmen, sie aber nicht zu verinnerlichen.

Heute benutze ich die gleiche Technik beim Lesen von Zeitungen, denn ich registriere zwar die Werbung, die Anzeigen und die Reklame beim Umblättern, aber ich nehme sie nicht zur Kenntnis. Bei Rundfunk und Fernsehen ist das schwerer, deshalb existieren für mich Privatsender und Rundfunkprogramme mit Werbung nicht.

Fallingbostel, am 8.10.1944

Unsere Zeit hier ist zu Ende! Am Nachmittag gaben wir unsere Sachen ab, und jetzt — um Mitternacht — sitzen wir bei Lampenschein und warten; wir wollen bald nach Walsrode pilgern, um von dort gegen 4 Uhr mit der Bahn nach Hause zu fahren.

Wieder zu Hause, berichtete ich über die Heimfahrt:

Obwohl in Hannover der Personenzug nach Magdeburg erst eingesetzt wurde, hatte ich meine Not mitzukommen. Ich preßte mich noch in ein volles Abteil hinein. Zwei Stunden stand ich auf einem Bein. Dann konnte ich mit krummen Knien auf beiden Füßen stehen. In Magdeburg-Sudenburg mußten alle den Zug verlassen. Wir gingen durch die zerstörte Stadt zum Hauptbahnhof, weil wir hofften, von dort weiterzukommen. Aber erst in Biederitz konnten wir unseren Zug erreichen, mit Straßenbahn und per pedes gerade noch in letzter Minute. Gegen Nachmittag trafen wir in Dessau ein. Die Einberufung zum RAD (Reichsarbeitsdienst) lag schon vor.

Wenn man mich heute fragt, was mir das Wehrertüchtigungslager gebracht hat, so kommt prompt die Antwort: die Liebe zur norddeutschen Landschaft, zu ihrer klaren Luft, ihren Wolken und Winden, Birken und Kiefern, Weiden und Mooren.

Gerade zwei Tage blieben mir, um auszupacken, etwas auszuschlafen und wieder einzupacken, denn es ging gleich weiter, und mein Tagebuch reiste mit. Ich übergebe ihm für die nächsten Seiten die Regie:

Rotenburg (Hannover), den 13.10.1944

Früh um 7 Uhr fuhren wir gestern in Dessau los. Der Zug rollte bis in den Magdeburger Hauptbahnhof hinein, man hatte also inzwischen die größten Zerstörungen beseitigen können.

Viele Menschen warteten auf dem Bahnsteig, als der leere Eilzug herankam. Wie wilde Tiere stürzten sie sich auf die Türöffnungen, ja sogar zum Fenster stiegen sie ein. Und Platz war für alle da, denn im Gang stand kaum jemand. Und wir »alten Kämpen« aus der 4. Batterie hatten uns in einem Abteil wieder zusammengefunden.

Die Fahrt verlief zunächst glatt. Bei Peine hielt plötzlich der Zug auf freier Strecke. »Tieffliegergefahr!« Als in der Nähe auch tatsächlich Flugzeugkanonen husteten, wurde das Zugpersonal aufgeregt und beorderte die verehrten Reisenden in die Büsche neben dem Bahndamm; wir blieben, wie viele andere auch, im Zug sitzen, aus der einfachen Überlegung heraus, daß zum einen der Eisenmantel der Wagen doch einigen, wenn auch nur geringen Schutz bietet und zum anderen die Möglichkeit, getroffen zu werden, im Zug selbst kaum größer ist, als wenn man neben dem Zug in den Büschen steht. So blieben uns die Unannehmlichkeiten eines Aussteigens auf freier Strecke erspart.

In Rotenburg angekommen, erkundigten wir uns, wo das RAD-Lager sein sollte, und zogen mit unseren Koffern los. Nach etwa zwei Kilometern Marsch gelangten wir dorthin. Zögernd bewegten wir uns auf den Schlagbaum zu. Da kam uns so ein komischer »Arbeitsobermann« entgegen, ein sogenannter »Vormann«. Er brüllte uns an: »Wehrpässe her!«

Mittlerweile sammelten sich um uns mehrere solcher Oberpiepse, die auch nicht älter waren als wir. Man komplimentierte uns in zwei Stuben. Gleich darauf traten wir vor der Kammer an. Der Reihe nach gab man uns Wäsche, Drillich und so weiter. Immer wieder gingen wir am Fenster vorbei. Bis in die Dunkelheit hinein dauerte der Sport. Zählenderweise schmiß uns der »Kammerbulle« buchstäblich die Sachen an den Kopf. Ganz rigoros. »Untereinander austauschen!« Fertig!

Nur vorläufig konnten wir uns einrichten, denn wir sollten noch neu eingeteilt werden.

Wecken ist früh um 6 Uhr. Ich hatte die Nacht gut geschlafen. Der Fliegeralarm war schon am Abend.

Nach dem Frühstück war Antreten. Ohne weitere Formalitäten teilte uns ein höherer RAD-Führer zur Arbeit ein. Er fragte uns nach Namen und Beruf. Mich frage er, ob ich mit dem großen Juden verwandt sei (!).

Genau so, einschließlich des eingeklammerten Ausrufungszeichens, steht es tatsächlich in meinem Tagebuch. An welchen »großen Juden« er dabei dachte, weiß ich nicht; mir fallen spontan die folgenden ein: der Amerikaner Isidor M. Singer, Erfinder der Schiffchen-Nähmaschine, und der Berliner Paul Singer, führender SPD-Mann um 1900, Stellvertreter von August Bebel. Den späteren Nobelpreisträger für Literatur Isaac B. Singer wird er wohl nicht gemeint haben. Und wenn ich wirklich »mit dem großen Juden verwandt« gewesen wäre, dann hätte ich in diesem Moment sicherlich nicht vor ihm gestanden!

Antreten am Tag darauf. Zunächst ordnete man uns nach unseren Angaben der Größe nach in Gruppen. Da merkten wir, daß die »hohen Herren« darangingen, die gesamte Kolonne genauestens der Größe nach einzuordnen. Wir sanken zusammen oder streckten uns — so standen wir Dessauer ziemlich dicht beieinander. Man teilte uns dann in Trupps ein, und wir bezogen unsere Stuben. In dem nun entstehenden Chaos wurde wiederum getauscht und geschummelt, so daß in unserer Stube, deren Stärke elf Mann beträgt, sich acht Dessauer befinden, die sich alle gut kennen.

Eine große Rolle spielt hier der Bettenbau. Die Karos des Bettbezugs müssen genau ausgerichtet sein, das Kopfkissen präzise viereckig. Um das genau und schnell hinzubekommen, hat hier jedermann ein Brett, das in den Bettbezug gesteckt wird. Das fertig gebaute Bett sieht dann so aus, als hätte man einen mit kariertem Stoff bespannten Kasten draufgelegt. Zum Abzählen der Kästchen ist es noch nicht gekommen, aber es fehlt nicht mehr viel daran.

Wir hatten am Tage Alarm. Mit Stahlhelm und Gasmaske, Brotbeutel und kunstvoll hergerichtetem »Sturmgepäck« stolperten wir in langen Reihen in den angrenzenden Wald. Ich genoß das, wie ich überhaupt die ganze Gegend hier genieße. Man teilte jedem Einzelnen von uns ein Erdloch zu. Hier sitze ich nun, von gelben Birkenblättern, Kiefernstreu und würziger Erde umgeben, und schreibe diese Notiz in mein Tagebuch, während es über mir brummt. — Jetzt höre ich in der Ferne in Richtung Bremen die Luft beben. Es rumpelt und rumort in einem fort, ähnlich wie bei einem fernen Gewitter. — Anschließend mußten wir Kartoffeln schälen.

Seit einigen Tagen haben wir mit schwerer körperlicher Arbeit Bekanntschaft gemacht, schließlich sind wir beim Arbeitsdienst. Zuerst mußten wir auf der Übungsbaustelle einige spaßige Unterrichtsminuten über uns ergehen lassen. Wir haben uns halb totgelacht, als der Vormann erzählte: »Der Spaten besteht aus« Und dann »Stich — Hub — Wurf! Dabei ist zu beachten ...«

Dann haben wir mit dem Vorschlaghammer Steine »kleingekloppt«.

Heute Mittag ist wieder Alarm, und wieder sitze ich in meinem Loch. Ich glaubte schon, es sei nichts los, denn es war außer einigen Motorengeräuschen nichts zu hören. Da kamen plötzlich einmotorige Jäger in den dicht hängenden, feuchten Schichtwolken ganz tief dahergeschnurrt. Ich konnte nur hier und da einen vorbeiflitzenden Schatten erkennen. Sie entfernten sich und kamen gleich wieder — und da knallte es auch schon. Es war ein eigenartiges Gefühl. Unwillkürlich setzte ich den bereitliegenden Stahlhelm auf und kauerte mich in mein Loch. Sausend flogen die Geschosse durch die Luft. Etwa 100 Meter von mir entfernt knickte ein Baum um. Dann war der Spuk vorbei.

Es regnet wieder den ganzen Tag. Daher machten wir heute Fußdienst in der Stube: »Deeen Spat'n — ürrr (1, 2, 3, 4).« Es strengt auf die Dauer ziemlich an, in der Grundstellung den

Spaten zu schwingen. War es erst langweilig, die Zeiten (1, 2, 3, 4) einzeln zu üben, so macht es mir jetzt Spaß, wenn die Hände fest in den Stiel hauen und es leise im Spatenblatt singt.

Ehe ich's vergesse: Jeder von uns hat zwei Spaten, einen zum Arbeiten, der ist grau, wie Spaten üblicherweise sind, und den anderen zum Exerzieren. Den Exerzierspaten müssen wir mit Schmirgelpapier bearbeiten, dabei kommt es auf die Richtung der Schmirgelbewegungen an, denn das Licht soll sich einheitlich an den Spatenblättern brechen; die etwa zwei Zentimeter breiten Ränder werden besonders behandelt, denn sie sollten sich deutlich abheben.

In den letzten Tagen haben wir fast jeden Tag nur einen mit Regenwolken bedeckten Himmel gesehen. Das ganze Lager versinkt im Schlamm und Dreck. Desgleichen mein Erdloch, das ich jetzt fast jeden Mittag aufzusuchen gezwungen bin. Ich sitze an der oberen der drei Erdstufen, die in die Tiefe hinabführen. Unten steht etwa einen halben Meter hoch das Wasser. Der Regen rieselt auf meinen Stahlhelm wie Sand auf ein dröhnendes Blech und fällt in großen Tropfen vom Rand auf meine Knie. Das Wasser im Grunde kommt nicht zur Ruhe. Überall diese kleinen Fontänen, von auseinanderlaufenden Kreiswellen umgeben, Lichtflecken schaukeln hin und her, die welken Birkenblätter, die obenauf schwimmen, zittern. Winzige, dunkelbraune Fröschlein schwimmen umher, krabbeln am Rand hoch und lassen sich wieder ins Wasser fallen. Während ich das Idyll zu meinen Füßen beobachte und mich über das muntere Treiben freue, zittert über mir die Luft von den großen Verbänden der viermotorigen Bomber. Ein ständiges Brummen.

Am kommenden Sonntag werden wir vereidigt und anschließend in Rotenburg der Volkssturm. Dazu ist eine Abordnung vom RAD ausgesucht, der auch ich angehöre. Wir bimsen den ganzen Tag. Heute vormittag nur Spatengriffe. Und am Nachmittag lernen wir den Achtungschritt, im Zivilleben Parademarsch genannt. Diese Anstrengungen machen mir Spaß.

Rotenburg, am Sonntag, dem 12.11.1944

Heute früh war unsere Vereidigung. Wir standen früher auf als sonst am Sonntag und machten uns fertig. Dann ging es gleich raus auf den Exerzierplatz. Ein feiner Nieselregen setzte für einen Augenblick ein. Die Abteilung stand in offenem Karree angetreten. In der Mitte ein Rednerpult, mit der RAD-Fahne geschmückt; rechts eine Spatenpyramide und links eine Gewehrpyramide, die symbolisch unsere Ausbildung und den Krieg darstellten. Die Führerschaft war dahinter angetreten. Die Fahne marschierte ein . Die kurze Feier begann. Nach zwei Liedern und knappen Sprüchen hielt der Abteilungsführer eine schlichte Ansprache. Er machte uns auf die Wichtigkeit dieser Stunde aufmerksam und verwies auf den 9. November 1923. Wir erhoben die Schwurhand und legten den Eid ab. Es war der erste meines Lebens. Bisher hat man nur Verpflichtungen von mir verlangt. Den Wortlaut des Eides habe ich leider nicht bekommen können, aber er lautete etwa so: »Ich schwöre dem Führer des deutschen Volkes und Reiches unverbrüchliche Treue, daß ich ihm und den von ihm bestellten Führern gehorsam und allen Angehörigen des Reichsarbeitsdienstes ein guter Kamerad sein werde.«

Nach dem Eid schritt der Abteilungsführer durch die Reihen und reichte jedem die Hand als Bekräftigung. Damit war die Feierstunde beendigt, und wir zogen uns in die Unterkünfte zurück.

Wir waren vollkommen durchgefroren, als wir in die warme Stube traten. Wir konnten uns aufwärmen, traten dann aber bald wieder raus. Die Spatengriffe wurden noch einmal kurz »überholt«. Dann marschierten wir nach Rotenburg, denn wir sollten als Ehreneinheit zur Vereidigung des Volkssturms auftreten. Am Rande des Städtchens bogen wir in einen großen Bauernhof ein. Er war flankiert von zwei alten Niedersachsenhäusern. Ringsum standen hohe Buchen, die schon einen großen Teil ihres Laubes verloren hatten. Die braunen Blätter raschelten unter unseren Füßen, als wir einrückten.

Die Männer des Volkssturms waren schon versammelt. Ehrbare Handwerker konnte ich beobachten und alte Bauern, die störrisch breitbeinig, die Hände in den Hosentaschen, dastanden, als könnte sie nichts erschüttern. Mit uns marschierte ein Zug Flaksoldaten ein. Vorne am Rednerpult stand eine kümmerliche Marschkapelle. Mit der Zeit sammelte sich eine große Menge von Offizieren aller Art an und setzte sich auf die bereitgestellten Stühle. Das machte einen sehr spießbürgerlich-unmilitärischen Eindruck. Zum Schluß marschierten mit schrägen Fanfarenschreien, oder besser Fanfarendissonanzen, die Massen der Rotenburger HJ ein.

Dann begann die Feier, die eine typische Parteifeier war. Es wurde viel geredet und Tschingbummdara gemacht. Wir standen lange da, »kloppten« hin und wieder einen Spatengriff und langweilten uns. Zum Schluß nahm ein Offizier den Männern des Volkssturms den Eid ab. Als dann das Ende der Feier da war, marschierten wir als Erste aus dem Hof heraus. Draußen warteten wir, bis die Kapelle vorbeimarschierte.

Als wir da so standen, nahmen wir auf Kommando den Spaten ab, und ein kleiner Junge rief seinem Freunde zu, in dem Platt, das hier gesprochen wird: »Sieh dich vor, die schlagen dir noch die Schaufel ins Gesicht!« Dann marschierten wir mit der Kapelle und den Flaksoldaten durch Rotenburg. Die kleinen Kerle immer mit uns mit. Weil ein ursprünglich vorgesehener Vorbeimarsch nicht stattfand, »paradierten« wir einmal kurz im Achtungschritt vor unserem Abteilungsführer. Am Straßenrand öffnete ein ganz gemeiner Spötter seinen Mund: »Es zittern die morschen Knochen!« Da war's mit unserer Haltung natürlich vorbei und der Stechschritt wurde sofort abgesetzt.

Heute haben wir in der Mittagsstunde wieder Fliegeralarm gehabt. Meine Patentante hatte mir das Buch von Walter Flex Wanderer zwischen beiden Welten *geschenkt; ich nahm es mit und las. Die seltsam herbe und doch so süße Poesie durchströmte mich. Ich vergaß alles um mich. — Es brummte jetzt gewaltig über mir. Über das Blau mit den kleinen heiteren*

Wölkchen flogen die »Liberator« und »Fortress«. Das Brummen wuchs zu einem gefährlich brausenden Dröhnen. Ich legte mich in einen Graben, da mein Loch bis obenhin voll Wasser war, und las weiter. Ich merkte nicht, wie ein Birkenblatt von dem starken Wind, der gewaltig in die Wipfel griff, in die Seiten geblasen wurde, wie die Regentropfen das Papier färbten, wie die Regenschauer gleich grauen Gazevorhängen zwischen den Bäumen durchwanderten.

Rotenburg, den 30.11.1944

Heute haben wir am Vormittag unsere Zivilklamotten geholt und am Nachmittag die Ausrüstungsstücke abgegeben. Im Geiste bin ich schon entlassen. Der RAD liegt hinter mir.

Grenadier

Am ersten Sonntag im Advent pflegte meine Mutter unser Wohnzimmer mit Tannengrün auszuschmücken. Einige Zweige steckte sie hinter gerahmte Bilder an der Wand, besonders schöne in drei große Kartuschen, die mein Vater aus dem Ersten Weltkrieg mitgebracht hatte; das dunkle Grün ließ die blank geputzten Messingrohre aufleuchten, die kleinen, vergoldeten Papiersternchen, die in den Zweigen hingen, wiederholten das warme Licht. Ein großer Adventskranz hing von der Decke herab. Kleine Jugendstilengelchen aus bemaltem Sperrholz standen auf der Kredenz und hielten Kerzen in ihren Händen, der Bergmann aus dem Erzgebirge und seine Engelfrau taten dasselbe. Wenn wir die Kerzen anzündeten, hielten wir auch ein Weihrauchkegelchen in eine Flamme, bis die Spitze anfing zu glühen, dann stellten wir es in den Bauch des Räuchermännleins. Ein

Die Familie singt Weihnachtslieder am 13. Dezember 1944. Zwei Tage später rückte ich zum Wehrdienst ein.

würziger, vorweihnachtlicher Duft erfüllte das Zimmer. Wir sangen Advents- und erste Weihnachtslieder, die meine Mutter am Flügel begleitete. Und wenn mein Vater zu Hause war, spielte er auf seinem Cello die Melodie dazu.

Inzwischen war der Einberufungsbefehl eingetroffen. Ich packte die erforderlichen Dinge zusammen. Auch mein Tagebuch nahm ich mit:

Blankenburg am Harz, den 15.12.1944

Meine Eltern begleiteten mich noch an die Bahn. Es war ein kurzer Abschied. Fast schweigsam, ohne viele Worte, aber mit unterdrückten Tränen. Es dauerte lange, bis ich mit meinen Reisekameraden die ersten Worte wechselte. — Leider er-

reichten wir den Bummelzug nach Blankenburg nicht mehr, weil der Schnellzug nach Halberstadt Verspätung hatte. Wir konnten daher erst abends um 20 Uhr weiterfahren. Es war furchtbar dunkel.

Die Dunkelheit rührte nicht allein daher, dass Kohlenklau Stromsparen befohlen hatte, nein: wenn es dunkel wurde, dann wurde es richtig dunkel. Keine Straßenbeleuchtung wurde nach Sonnenuntergang eingeschaltet, und aus keiner Wohnung drang einladend warmes Licht nach außen, vielmehr musste man die Fenster zuhängen, also »verdunkeln«. Wer sein Licht leuchten ließ, musste mit harten Strafen rechnen, denn das Ganze war seit Kriegsanfang verordnet, damit feindliche Bombenflugzeuge die deutschen Städte nicht entdecken sollten. Verdunkelte Städte aber haben die Bomber auch in der Nacht getroffen, wie jedermann weiß.

Neumond und dicker Nebel kamen hinzu. Trotzdem haben wir die Regensteinkaserne gefunden. Wir gaben im Stab des Bataillons unsere Wehrpässe ab. Dann durften wir unsere schweren Koffer wieder den zwei Kilometer langen Weg zurück in die Stadt schleppen. Hier irrten wir erst eine Weile herum, bis wir die Schloßkaserne fanden, einen uralten, wohl noch aus friderizianischen Zeiten stammenden Bau, der keine Waschräume hatte und nur spärliche, winzige Lokusse. Man fiel hier aus allen Wolken, denn auf neue Rekruten war man nicht vorbereitet. Die Koffer blieben geschlossen, und wir verbrachten die Nacht in unseren Anzügen.

Jetzt sind wir umquartiert und schlafen zu 44 Mann auf Matratzen im Unterrichtsraum. Wir laufen in einer Kombination von Uniform und Zivil herum.

Als wir heute zur Regensteinkaserne marschierten, ging die Sonne rotgolden auf. Ich vergaß Krieg, Soldaten, ich vergaß alles. Ich sah nur das zauberhafte Licht. Mein Auge konnte sich nicht sattsehen. Aber ach, mich hielt ja die Marschkolonne fest.

Da fiel mir wieder ein: Ich bin ein Grenadier. Welch ein jähes Erwachen! Der Marschtritt ließ mich nicht weiter denken. Die Lieder tönten zu laut.

Wie »feinfühlig« das Singen beim Marschieren war, muss ich kurz schildern, denn davon steht nichts in meinem Tagebuch, weil wir es ja oft genug exerziert hatten. Die Kolonne marschiert: links — zwo — drei — vier! Der Feldwebel schreit: »Ein Lied!« Ein Unteroffizier antwortet genauso laut: »Erika!« Der Feldwebel: »Ton!« Irgendjemand röhrt, damit ist der Befehl ausgeführt. Der Feldwebel: »Drei — vier!« Alle brüllen, denn singen kann man das nicht nennen:

Auf der Heide blüht ein kleines Blümelein, bumm bumm bumm — und das heißt, bumm bumm bumm — Erika

Doch weiter in meinem Tagebuch:

Heute ist nun der Heilige Abend. Draußen ist es lausig kalt, der Boden steinhart gefroren. Raureif liegt auf allen Pflanzen.

Die Stahlhelme glänzten, als wir zur Vereidigung heraustraten. Im Karree standen wir angetreten. Der Bataillonskommandeur sprach. »... mein Leben einzusetzen«, betonte er immer wieder. Dann erhoben wir unsere Schwurfinger:

»Ich schwöre bei Gott diesen heiligen Eid, daß ich dem Führer des deutschen Reiches und Volkes ewige Treue halten werde und bereit sein will, als tapferer Soldat für diesen Eid mein Leben einzusetzen!«

Die Hände sanken herab. Unser Leben gehört uns nicht mehr.

Hier muss ich den Redefluss meines Tagebuchs unterbrechen. Wir empfanden damals die Heiligkeit des Fahneneides durchaus, waren uns seiner Bedeutung bewusst: »Unser Leben gehört uns nicht mehr.« Wir standen ja alle mehr oder minder in der Tradition des Bürgertums, also des Wilhelminischen Zeitalters. Unsere Väter hatten sich 1914 freiwillig zu den Waffen gemeldet. Singend sind sie in die ersten Schlachten gezogen, so hatten wir es in der Schule gelernt.

Wir weihten also dem Vaterlande unser junges Leben, so glaubten wir. Wenn man aber die Eidesformel genau betrachtet, weihten wir unser Leben nicht unserem Vaterlande, was ja noch verständlich wäre, sondern bloß einem Manne, nämlich »dem Führer«. Was aber geschieht, wenn »der Führer« nicht mehr existiert? Das ist in unsere Überlegungen damals nicht eingeflossen, denn der Führer war dem alltäglichen Leben schon so weit entrückt, so weit verklärt, dass er gleichsam als göttlich angesehen wurde. Alles, was in der Realität schiefging, war nicht ihm, sondern anderen zuzuschreiben, »den kleinen Hitlers« nämlich, so die weit verbreitete Meinung, der auch ich anhing. »Wenn das der Führer wüsste!« war eine oft zu hörende Redewendung.

> *Vorhin wurde Post verteilt. Ich bekam ein Bild von daheim, das wir am Abend vor meiner Einberufung gemacht hatten. Die ganze Familie singt Weihnachtslieder. Der Bergmann aus dem Erzgebirge steht auf dem Flügel und beleuchtet mit seinen beiden Kerzen die Notenblätter. Es war für mich das schönste Weihnachtsgeschenk.*
>
> *Dieses Bild trug ich bei mir, als die Weihnachtsfeier begann. Der Kompanieführer sprach. Er redete den allgemeinen Zimt von Treue und so. Dann gingen wir hoch in unsere »Stube«, die Unterkunft. Hier stand ein geschmückter Christbaum. Pfefferkuchen und anderes Gebäck kam auf den Tisch.*
>
> *Der Kompanieführer setzte sich mitten unter uns. Wir sangen zwei Weihnachtslieder, die aber kläglich verstummten. Dann wurde Schnaps aufgefahren. Für je sieben Mann eine Flasche! Es dauerte keine Viertelstunde, und alle Weihnachtsstimmung war verschwunden. Der Chef hatte schon längst den Raum verlassen. Die Massen balgten sich, ihre Stimmen brachen sich an den Wänden, ihre Köpfe wankten.*

Ich floh sie. Ich ging mit meinem Bilde und dem Tagebuch runter in die Kantine. Kein Mensch war hier. Ich mußte erst verdunkeln. Da kam die besoffene Meute hinterher. Stühle wirbelten durch die Luft. Ein Aschenbecher sauste in rasanter Flugbahn quer durch den Raum und zerschellte klirrend am Ofen in tausend Splitter. Ich konnte keinen Gedanken fassen und ging hoch.

Der Wahnsinn verfolgte mich. Oben ging es weiter. Die Tür platzte auf. Der angetrunkene Spieß kam hereingeschleudert. Er stellte sich auf die Bank, eine Tasse in der Hand. Sie mochte wohl voller Branntwein gewesen sein. Er hielt eine Ansprache voller Zoten. Die Masse johlte und wälzte sich vor Vergnügen auf den Matratzen.

Wieder ging ich hinab. Ein Grenadier saß allein im kalten, leeren Raum am Klavier und spielte. Mit aufgestütztem Kopf lauschte ich den Tönen. Beethoven. Schubert. Mozart. Einige Ruhige hörten mit zu.

Als ich auf die Stube kam, schlief schon alles. Die Kerzen des Weihnachtsbaums waren abgebrannt. Die Stube sah wie ein Schlachtfeld aus. Meine Decke war bekotzt.

Blankenburg, den 25.12.

Heute Nachmittag hatten wir Ausgang. Ich schloß mich einer kleinen Gruppe an . Wir pilgerten erst in langsamem Tempo zum Schloß, wo man eine schöne Aussicht auf die Stadt hat. Dann spazierten wir auf die Teufelsmauer. Die Sonne wollte bald untergehen. Mühsam kraxelten wir auf den »Großvater«, einen einzeln stehenden Sandsteinfelsen. Die Ebene lag im Dunst, der scharf von der klaren Höhenluft getrennt war. Es sah aus, als stünde das Land unter Wasser. Einzelne Bergkuppen tauchten wie Inseln aus diesem Meere auf. Ein unvergeßliches Bild.

Blankenburg, Silvesterabend 1944

Heute Nachmittag gab es Ausgang. Ich nutzte ihn, um mir Blankenburg einmal genauer anzusehen. Ich setzte mich auf die

Brüstung der Schloßaussicht. Unter mir lag die Stadt. Dicht aneinandergekuschelt standen die beschneiten Häuser da, als frören sie unter dem dünnen Leinentuch des Winters, als wollten sie die warme Wolldecke des Waldes über sich ziehen. Schützend lehnten sich die Berge an sie.

Allein bestieg ich den Großvaterfelsen. Der Wind pfiff. Dunkle Wolken rasten vorbei und verdeckten mehr und mehr den Himmel. Im Westen ließen sie einen schmalen Streifen frei. Die untergehende Sonne wurde sichtbar. Immer schmaler wurde der goldene Saum. Die schwarzen Wolken drückten mehr und mehr auf die schlafenden Wälder. Der Sturm nahm zu. Er brauste. Er schrie in meinen Ohren. Kein Ton drang zu mir in die einsame Höhe. Nur das fortwährende Brausen. Ein Brausen aus West. Sollte es die Entscheidungsschlacht ankündigen?

Eine halbe Stunde mochte ich wohl da oben im Sturm gestanden haben, oder mehr. Es ist schön, sich so vom Sturme durchschütteln zu lassen.

Blankenburg, den 1.1.1945, 1 Uhr

Soeben hörten wir die Ansprache des Führers. Leider war die Übertragung stark gestört, so daß wir nur einen Teil verstanden. Es sprach aber eine große Siegeszuversicht aus seinen Worten. In diesem Jahr muß die Entscheidung fallen! Und die zerstörten Städte werden in wenigen Jahren wieder neu erstehen!

Blankenburg, den 2.1.1945

Am heutigen Vormittag hatten wir Geländedienst. Ein eisiger Wind wehte uns entgegen. Geöffnete Ordnung! Auf dem Sturzacker sprangen wir lange Zeit herum. Der Schneesturm sauste gewaltig und ungehindert auf uns zu. Er biß hart in die Ohren und Fingerspitzen, die vor Kälte gefühllos waren. Da ging mir ein Gedicht von Walter Flex durch den Kopf: »Es knarrt der Frost im Eise / Der Wind singt harsche Weise / Der Frieden, den ich preise / Der liegt in Bann und Acht ...«

Blankenburg, den 14.1.

Mt einigen Kameraden habe ich heute einen Spaziergang auf den Regenstein gemacht. Die tief stehende Sonne schien mit ihren gelben Strahlen auf den Schnee und erzeugte dunkelblaue Schatten. Am Horizont verlor sich der blaue Himmel im Nebel, der aus dem Tale langsam immer höher kam. Deutlich hoben sich die dunkelgrünen Kiefern mit ihren orangefarbenen, schlangenhaften Stämmen gegen den blauen, kalten Himmel ab.

Wir stiegen auf die Felsen. Eine wunderbare Aussicht mochte man wohl hier haben, aber jetzt verschwand alles in dickem Nebel. Scharf war die obere Grenze. Die Sonne schien darauf. Wir sahen unsere Schatten. Es war eine wundersame Stimmung: der Sonnenschein, der blaue Schnee, die Felsen und die Mauerreste der alten Burg, der tiefe Nebel und dann unsere Schatten darauf.

Blankenburg, den 17.1.45

Im Wehrmachtsbericht ist Dessau wieder genannt: Terrorangriff auf Wohnbezirke. Ich bin in großer Sorge. Ob daheim etwas geschehen ist?

Blankenburg, den 22.1.45

Heute Mittag bekam ich eine Eilnachricht, daß bei uns alles in Ordnung sei.

Später erhielt ich einen Feldpostbrief von meiner Mutter. Er lautet (in Auszügen):

Du wirst nun schon lange auf Nachricht warten. Soviel ich gehört habe, wird die Post wieder befördert. Du wirst auch unsere Eilkarte erhalten haben. Insofern weißt Du, daß wir noch leben und bei uns noch alles beim Alten ist. Die Sorge trägst Du, Gott sei Dank, nicht mehr mit Dir herum.

Ja, es war wieder mal ein schwerer Angriff und kein erbauliches Gefühl, als man plötzlich wieder das Schütten der Bomben hören mußte. Wir hockten alle auf der Erde, Deine kleine Schwester zitterte ganz sehr und sagte immer: »Ich habe so Angst.«

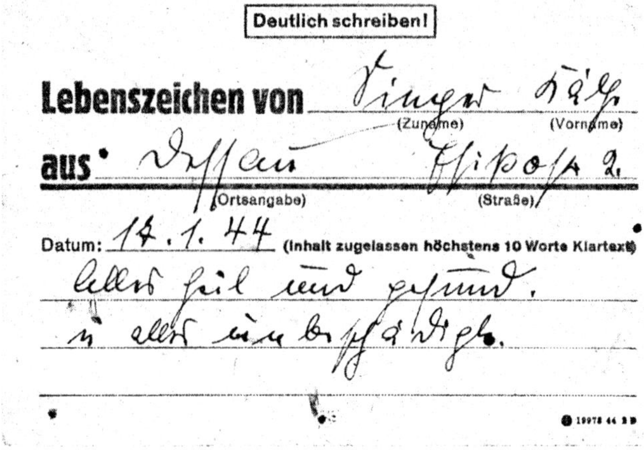
Deutlich schreiben!

Lebenszeichen von (Zuname) (Vorname)

aus (Ortsangabe) (Straße)

Datum: 17.1.44 (Inhalt zugelassen höchstens 10 Worte Klartext)

Alles heil und gesund.

u. alles unbeschädigt.

Das Lebenszeichen meiner Mutter vom 17. Janauer 1945

Beim Mittagessen sagte Dein Vater, daß jemand zu Frau Rex gehen sollte, dort wäre sicher vieles entzweigegangen. Darauf sagte ich: »Ich werde hingehen.« Ich machte mich mit Besen und Kehrblech auf den Weg. Das Haus gegenüber von Frau Rex, vollkommen zertrümmert. Die Bombe war bis in den Luftschutzkeller gegangen und dort explodiert, die Leichen zur Unkenntlichkeit zerstückelt. Wie ich hinkam, wurde geschippt und zu bergen gesucht, weil man noch Lebende zu finden hoffte, bis in die Nacht hat man gearbeitet.

Bei Frau Rex sah es schlimm aus. Keine Fenster, keine Tür mehr, alles kaputt. Das Wohnzimmer ist unbewohnbar. Nun hat sie nach hinten noch ein Zimmer, Frau Rex richtet sich dort ein. Sie schläft mit ihrer Tochter bei uns. So haben sie wenigstens eine ruhige Schlafgelegenheit. Dort soll es furcht-

bar klappern, da alle Fensterkreuze, Jalousien und so weiter abgerissen sind und oft ein ziemlicher Wind weht.

Dessau hat bis jetzt 161 Tote zu beklagen. Aber das sind noch nicht alle. In der Gropiussiedlung zum Beispiel wird immer noch gegraben. Sie fördern meist nur Leichenteile zutage. Ach, es ist schon schlimm. Wie dankbar müssen wir sein, daß wir unser Heim noch behalten durften. Es ist für die Betroffenen bei der Winterkälte doppelt schwer.

Man selbst hat beinahe ein schlechtes Gewissen, daß es einem noch so gut geht. Ich bin noch nicht in der Stadt gewesen. Mir graut davor.

So weit der Brief meiner Mutter. Doch nun weiter in meinem Tagebuch:

Heute, am 3.3.1945, wurde bekannt, daß wir nach Stendal umziehen sollen.

Es nieselte, als wir in voller Ausrüstung losmarschierten, mit Tornister, Stahlhelm und Gewehr. Ein feuchter, kalter Wind pfiff. Luftschutzsirenen heulten, als wir durch Halberstadt marschierten. Langsam fingen meine Füße an wehzutun. »Klotz — Klotz — Klotz am Bein ...« Wir fluchten. Kilometer reihte sich an Kilometer. Die Dörfer schienen endlos zu sein. Nach jeder Ecke neue Häuser. Dann wieder die öde, schnurgerade Chaussee. Endlich — endlich hatten wir unser Ziel erreicht. Ich fiel ins Stroh. Meine Füße schmerzten, die Muskeln waren ausgeleiert, ich konnte mich nicht mehr bewegen. Über vierzig Kilometer im Gewaltmarsch zurückgelegt, das war auch für mich zu viel, der ich sonst auf Märschen keine Beschwerden kannte.

Und so ging es Tag für Tag, besser Nacht für Nacht, denn wir marschierten erst in der Dämmerung los, damit wir kein Ziel für die feindlichen Tiefflieger würden.

Fischbeck, den 13.3.1945

Der letzte Marsch. Erst durch einen dreizehn Kilometer langen Wald, dann folgte Dorf auf Dorf, wir waren in die Elbniederung gelangt. In der Dunkelheit marschierten wir durch Tangermünde. Als wir unsere müden Knochen über die endlose Elbbrücke schleiften, wollte ich bald aufgeben. Gott sei Dank war das Quartier nahe. Ich war so erschöpft wie noch nie. Große Schwierigkeiten bereitete mir allein das Hinsetzen. Dann konnte ich nicht mehr aufstehen. Alle Muskelpartien schmerzten bis hinauf zum Schultergürtel und in die Arme hinein. An meinen Füßen zählte ich fünf zum Teil blutige Scheuerstellen. Das macht aber nichts. Ich habe gut in dem engen Stall geschlafen.

Mich hat mal wieder eine gräßlich trostlose und öde Stimmung erfaßt. Es sind mündliche Nachrichten aus Dessau eingetroffen. Steht unser Häuschen noch? Und immer wieder diese Ungewißheit. Wenn nur bald dieses Elend ein Ende nähme! Ein Unteroffizier hat mir ja wieder neue Hoffnungen gemacht, wonach die Sowjets am Ende seien.

Neben dem Lebenszeichen meiner Mutter — »Wie durch Wunder alles heil und gesund. Haus fast heil« — hat auch mein Vater einen langen Brief geschrieben:

Ich schreibe, wie vor vielen Jahren im Felde, bei einer Kerze, da es Strom, Wasser und Gas in Dessau nicht mehr gibt und so bald nicht mehr geben wird.

Deine Vaterstadt ist am 7.3.45 zwischen 21 und 22 Uhr praktisch eine tote Stadt geworden.

Von Wallwitzhafen bis Haideburg, von Wasserstadt bis Alten ist Dessau niedergebrannt. Unbeschädigt ist wohl nicht ein einziges Haus in ganz Dessau, insbesondere, vom Feuer abgesehen, durch die Luftminen mit ihrer verheerenden Wirkung. Nur ein paar Inseln sind noch einigermaßen erhalten, darunter unsere Straße. Wie durch ein Wunder, wie Deine Mutter schon schrieb, ist unser Haus relativ verschont geblieben. Die Stabbrandbomben lagen rings ums Haus in einem halben bis einem Meter Entfernung; eine einzige steckt noch wie eine Kerze auf der äußersten Nordostecke. Wir haben sie erst später bemerkt; ich werde sie von außen abklopfen. Wenn der Frühling kommt und es wieder grünt und blüht, würdest Du unverändert den alten Eindruck von unserem Häuschen haben.

Neben den tollen Erschütterungen durch Bomben und Minen — Dein kleiner Bruder hatte fest geschlafen — hörte man die leichten Schläge der einfallenden Stabbrandbomben. Durch das Kellerfenster drang das Magnesiumlicht. Ich war in großer Sorge, daß das Haus brennt; die Sprengbomben hielten uns aber noch lange im Keller. Beim ersten Kontrollgang ums Haus sah ich, daß alles bei uns heil war, aber ringsherum Feuer . Bei unserem Nachbarn brannte der Dachstuhl . Weit konnte man vor Rauch nicht sehen. Die großen Brände entstanden auch erst allmählich. ... Unendlich viele besitzen nur das, was sie auf dem Leibe haben. In der inneren Stadt war ich noch nicht, aber dort stehen nur Ruinen. Es gibt keine Geschäfte mehr.

Es brennt jetzt nach achtundvierzig Stunden immer noch. — Wir haben in der Nachbarschaft nach Vermögen geholfen. Du darfst stolz sein, wie resolut und tapfer Deine Mutter sich in Gefahr einsetzen kann.

Weiter in meinem Tagebuch:

Fischbeck, den 26.3.1945

Die Ausbildung geht in gewohnter Weise weiter. Es ist warm, die Knospen an den Bäumen platzen bald auf. Die Natur ist im Aufbruch, der Frühling ist da!

Gegen Abend wurde bei der Befehlsausgabe bekanntgegeben, daß wir nach Nienburg/Weser zu einem Fahnenjunkerlehrgang kommen sollen. Wir machen uns marschfertig.

Wir versuchen, daß wir über Dessau fahren können, und lassen alle Überredungskünste spielen. Hoffentlich klappt es! Es wäre zu schön!

Dessau, den 29.3.1945

Und es hat geklappt. Nachts im Magdeburger Bahnhofsbunker ließen wir ein Trommelfeuer auf unseren Unteroffizier los, bis er schließlich nachgab. So machten wir eine freche, gewagte Fahrt nach Dessau. Ach, bin ich glücklich! An sich wollten wir schon heute früh zurückfahren, da aber am heutigen Karfreitag Sonntagsfahrplan gilt, sind noch weitere vierundzwanzig Stunden Heimat dazugekommen. Ich genieße diese beiden Tage im Kreise meiner Lieben. Jetzt kann kommen, was will, ich bin gewappnet.

Aber schauerlich das Bild Dessaus. Ruinen überall. Ausgebrannte Gebäude, schwarz die Wände und Fensterhöhlen. Kahl ragen die Schornsteine gen Himmel. Es ist grauenhaft. Der Krieg ist furchtbar. Wie lange müssen wir noch aushalten, bis diese überspannte Lage zu Ende ist?

Mit der Eintragung vom 29. März 1945 endet das Tagebuch. Es war eine steif gebundene Kladde im Format eines Schulheftes, dick wie ein Finger und daher zu groß und zu sperrig, um »ins Feld« mitgenommen zu werden, außerdem waren nur noch wenige Seiten frei. Die Sekretärin meines Vaters schenkte mir ein kleines, rot eingebundenes Büchlein, das sie eigenhändig für mich angefertigt hatte. Das Papier war allerdings sehr schlecht, besseres gab es nicht mehr; wenn ich mit dem Füller schrieb, zerfaserte der Strich wie auf Löschpapier. Und was ich mit Bleistift notierte, ist nur noch schwer zu lesen, weil die Graphitpartikelchen auf dem rauen Papier sich abzulösen beginnen.

Verwundet in Gefangenschaft

Zur Abfahrt des Zuges waren wir wenigen Dessauer mit unserem Unteroffizier wieder beisammen. Meine Mutter begleitete mich zur Bahn. Wir schüttelten uns noch einmal die Hände, nachdem ich in den dreiachsigen Abteilwagen geklettert war. Der Stationsvorsteher rief »Fertig!« und winkte mit seiner Kelle. Der Zug ruckte an. Ich schlug die Tür zu und erschrak, denn meine Mutter war verschwunden. Ich konnte ihr nicht nachwinken — anstelle des zerborstenen Fensterglases hatte man Bretter in die Wagentür eingesetzt. Da saßen wir nun in dem düsteren Abteil und hingen unseren Gedanken nach.

Später kam ein Feldgendarm durch den Zug. Er ließ sich von uns allen die Soldbücher zeigen und trug in sein Buch ein, woher wir gekommen waren, wohin wir wollten, zu welcher Einheit wir gehörten. Er machte Meldung an seine vorgesetzte Dienststelle, denn der Umweg über Dessau war »unerlaubtes Entfernen von der Truppe«. Aber wir waren noch einmal zu Hause gewesen.

Als wir in Nienburg eintrafen, hieß es, der Fahnenjunkerlehrgang sei weiter nach Westen verlegt worden, und wir sollten ihm nachfolgen. Also marschierten wir an den Osterfeiertagen bei österlichem Wetter gen Westen. In einer kleinen Stadt wurden uns Privatquartiere zugewiesen. Drei Tage weilten wir hier, während »feindliche Panzerspitzen« immer näher rückten.

An den Fahnenjunkerlehrgang dachte niemand mehr. Ich war siebzehn Jahre alt und sollte in einem Jahr als Leutnant Soldaten kommandieren, von denen viele, vielleicht die meisten, wesentlich älter waren als ich — Männer, Familienväter, die Fronterfahrung hatten . Meine Fantasie reichte nicht aus, mir das auszumalen. Es ist ja auch — Gott sei Dank — nicht mehr dazu gekommen.

Von der Front kamen lange Kolonnen deutscher Soldaten zurück, ohne Stahlhelme, ohne Waffen, in zerrissenen Uniformen. Mit eingefallenen Gesichtern latschten sie wie Kriegsgefangene durch die kleine Stadt. Die Geschäfte hatten mit Totalausverkauf begonnen, man brauchte keine Marken mehr abzugeben.

Wir empfingen Munition für unsere Gewehre sowie einige Panzerfäuste und fuhren mit einem Lastwagen etwa zehn Kilometer westwärts in ein Dorf. Aus jedem Haus hing eine weiße Fahne heraus. Unser jugendlich-romantischer Patriotismus flackerte noch einmal auf. »Runter mit den Fetzen!«, brüllten wir die Leute an, die verstört vor den Häusern standen. Als wir vom Lastwagen absprangen, verschwanden überall die Laken. Ich hatte ein dumpfes Gefühl im Bauch, da Panzer im Anrollen waren, schließlich war es für mich das erste Mal, dass ich im Kriege »feindlichen Soldaten« gegenüberstehen würde. Ich schrieb in mein kleines rotes Büchlein:

> *Heute erlebte ich meine Feuertaufe. Einige Panzer beschossen das Dorf. Wir versuchten, die Brücke am Ortseingang zu sprengen, aber erfolglos. Dann zogen wir uns zurück, bestiegen unseren Laster, der schon einen Kilometer vorausgefahren war, schlossen eine Panzersperre und fuhren Richtung Osten.*

Große Heldentaten waren es nicht gerade, von denen das kleine rote Büchlein berichtet. Aber warum sollten wir unser Leben aufs Spiel setzen, wo doch schon alles verloren schien?

Wir erhielten Befehl, uns einer Panzerjagdabteilung anzuschließen. Als uns aber der Tommy mit Panzern verfolgte, waren wir nur noch auf unsere eigene Rettung bedacht und marschierten wild drauflos. Gegen Abend liefen wir sogar querfeldein und kletterten über Drahtzäune.

Am nächsten Tage erreichten wir die Weser nördlich von Verden. Wir bekamen Artilleriebeschuss. Zwei Schulkameraden wurden verwundet, einen dritten sah ich am Straßenrand mit offenem Bauch liegen. Er war tot. Während die Artillerie weiter schoss, setzten wir in Ruderbooten zum anderen Ufer über. Am Weserdeich gruben wir Erdlöcher, in denen wir jetzt wohnten. Etwa eine Woche lang blieben wir dort, bei strahlendem Frühlingswetter. Die Sonne schien den ganzen Tag, und wir faulenzten, wenn nicht ab und zu ein Tiefflieger oder ein paar Artilleriegranaten uns in die Löcher trieben.

Als ich einmal den Auftrag hatte, ins Dorf zu gehen, um Kaffee zu holen, hörte ich, wie sich jaulend Artilleriegranaten näherten. Ich warf mich auf den Boden, wie ich es gelernt hatte. Granatsplitter und Dachziegel flogen mir um die Ohren, aber ich hatte seltsamerweise keine Angst, sondern fühlte mich sicher. Ob mir dabei mein Schutzengel half und seine Hand über mich hielt, weiß ich nicht, ich fühlte aber in dieser lebensbedrohenden Lage deutlich Geborgenheit.

Dann ging ich weiter und ließ mir die beiden großen Aluminiumkannen mit einer warmen, braunen Flüssigkeit füllen, die mit Kaffee nur die Farbe gemeinsam hatte, und trug sie zur Stellung, damit wir etwas zu trinken bekamen. Später legte ich mich im Schutz eines Knicks auf die Wiese, schaute den kleinen weißen Wolken nach, hörte den Lerchen zu und den Bienen, die in den Schlehenblüten summten. Manchmal summten auch Tiefflieger in der Ferne. Ich vergaß, dass wir Krieg hatten, und zog meine kleine Taschenausgabe von Goethes *Faust I* hervor.

Mitte April schrieb ich in das kleine rote Büchlein:

> *Wir liegen hier faul in unseren Erdlöchern, und vor Dessau steht der Yankee. Wenn kein Wunder geschieht, ist der Krieg verloren. Wir überlegen schon, wie wir uns am besten zur Heimat durchschlagen.*

Kurz darauf mussten wir unsere Stellung räumen, der Krieg holte uns wieder ein, denn die Engländer hatten südlich von uns die Weser überschritten. Wir setzten uns ab und verloren dabei unsere Einheit; in Stärke einer Gruppe machten wir uns mit unserem Unteroffizier auf die Suche.

> *Bis Mittag irrten wir von Panzern getrieben umher. Am Nachmittag stellten wir uns der nächstbesten Ortskommandantur und bekamen einen Marschbefehl nach Rotenburg. Da diese Stadt aber inzwischen vom Feind besetzt war, versuchten wir*

uns ans rechte Elbufer durchzuschlagen . Bis Mitternacht zogen wir, zum Teil auf Pferdewagen, bis in die Gegend von Zeven.

Und so marschierten wir unverzagt weiter durch die sonnenbeschienene Frühlingslandschaft zwischen Weser und Elbe, meist am Tage, aber auch in der Nacht, jedoch stets in östlicher Richtung. Wir hatten keine konkreten militärischen Aufträge mehr, versuchten möglichst unbehelligt aus den unklaren Verhältnissen herauszukommen, wichen britischen Panzerkolonnen aus, meldeten uns dann wieder irgendwo und erhielten einen neuen Marschbefehl. Ich genoss die frische Luft, die Wolken, die ersten Frühlingsblumen am Wegesrand und empfand das als eine erquickende Wanderung, nur waren die begleitenden Umstände etwas ungewöhnlich.

Am 20. April 1945, also zu Hitlers 56. Geburtstag, hatten wir in einem verlassenen Fliegerhorst Station gemacht. Zerstörte Flugzeuge standen auf dem Rollfeld, aber in den nur teilweise beschädigten Kasernen konnten wir auf richtigen Betten schlafen. Im Gang stehend hörten wir eine Rundfunkansprache von Dr. Joseph Goebbels, in der er den folgenden Satz sprach (ich zitiere aus dem Gedächtnis):

Und unsere Soldaten werden in diese letzte Schlacht hineingehen wie in einen Gottesdienst!

Wir waren hin- und hergerissen: Auf der einen Seite hatten wir die Worte von Goebbels im Ohr, fühlten unsere patriotische Verpflichtung, dachten an unseren Fahneneid. Auf der anderen Seite wurde vor Dessau, also in der Mitte Deutschlands, »zäh gekämpft«, so der Wehrmachtsbericht. Und was wir hier machten, waren beileibe keine Kämpfe, die an einen Gottesdienst gemahnten!

Ein kasernenmäßiges Leben hatte wieder begonnen mit Wecken, Antreten, Exerzieren, Kommandos. Vormittags war Geländedienst angesetzt und nachmittags Schießen auf

Scheiben. Und die Engländer standen nur wenige Kilometer entfernt. Ein absurdes Theater.

Bei Nieselregen zogen wir hinaus in einen Wald. In der Ferne dumpfes Grollen, Artillerie und rollende Panzer. Wir schliefen unter jungen Fichten. Die Nacht war nass und kalt. Ich war froh, als der Morgen graute. Da hörten wir eine Gewehrsalve im Walde. Wie wir später erfuhren, war ein Soldat, der sich unerlaubt von der Truppe entfernt hatte, füsiliert worden.

Gegen Abend näherten sich Panzer; die Art des Geräusches ließ auf größere Kolonnen schließen. Wir bezogen Stellung am Waldrand. Am nächsten Morgen kamen einige schwere Exemplare in Feldordnung auf uns zu. Es war ein unbehagliches Gefühl, so am Waldrand zu liegen, und über den Acker fuhren diese stählernen Kolosse, die nichts Gutes im Schilde führten, genau auf uns zu. Wir machten unsere Panzerfäuste schussbereit. Aber dann bogen die Panzer plötzlich ab. Wir waren noch einmal davongekommen.

Am 1. Mai 1945, dem »Tag der nationalen Arbeit«, marschierten wir nach Norden, wie immer mit vollem Gepäck. Die Panzerfaust, die ich neben dem umgehängten Gewehr zu tragen hatte, drückte schwer auf meiner Schulter. Vor feindlichen Truppen ausweichend waren wir, ein Unteroffizier und zehn Mann, schließlich nördlich von Stade in einem Dorf nahe der Elbe angelangt. Hier sollten wir uns erneut verteidigen! Jedenfalls übernachteten wir zunächst einmal in einem Bauernhof am Rande des Dorfes.

Nachdem ich auf Wachtposten gestanden hatte, kletterte ich auf den Heuboden der großen Scheune und versuchte, ein Schläfchen zu halten. Plötzlich gab es einen mordsmäßigen Knall. Als mich meine Kameraden sahen, wie ich munter die Leiter heruntergeklettert kam, waren sie baß erstaunt: »Du lebst ja noch!« Ich blickte nach oben und sah nur wenige Meter von meiner

Schlafstelle entfernt ein großes Loch im Dach. Ich ging hinaus auf den Hof, da platzte wieder so ein Ding unmittelbar neben mir, so daß ich den Feuerschein sah. Ich ging in die Scheune zurück, schnallte das Koppel um und versuchte, zur feindabgewandten Seite herauszugehen, da platzen drei bis fünf Granaten in der Scheune. Wie durch ein Wunder geschah mir nichts.

Was da so geknallt hatte, waren Panzergranaten, die mit Überschallgeschwindigkeit angeflogen kamen, die man also nicht, wie jaulende Artilleriegeschosse, vorher hört. Sie sind einfach da und knallen. So war es mit dem Loch im Scheunendach. Und so war es auch bei den anderen »Dingern«. Erstaunlicherweise blieb ich ganz ruhig. Es ist unglaublich, aber ich hatte keine Angst, wirklich nicht! Ich fühlte mich geborgen, behütet.

Zu dritt gingen wir in Richtung Deich, um aus der unmittelbaren Gefahrenzone zu kommen, und gelangten zu einem einzeln stehenden Gehöft . Hier trafen wir ein paar Luftnachrichtenunteroffiziere, die sich gefangen nehmen lassen wollten. Anfangs wollten wir uns ihnen anschließen, da es den Anschein hatte, daß der Tommy ins Dorf eingedrungen sei und unsere Einheit aufgerieben hätte. Als aber der Feuerzauber gegen Nachmittag aufhörte, gingen wir doch ins Dorf zurück und trafen unsere Kumpels in der zerschossenen Scheune an.

Gegen Abend standen wir drei, die wir uns unerlaubt von der Truppe entfernt hatten, an einem Wassergraben parallel zur Straße auf Vorposten. Auf einmal schoss es mit MG. Da war der Tommy mit seinen Panzern den ganzen Tag hinter der Kurve außer Sichtweite stehen geblieben.

Die Sonne ging gerade unter, als zwischen den noch kahlen Obstbäumen farbige Punkte über unsere Köpfe hinwegflogen: Leuchtspurgeschosse. Plötzlich tauchte ein englischer Soldat auf, etwa dreißig Meter vor mir. Ich konnte nicht zur Waffe greifen. »Das ist ein Friseur aus London«, schoss es mir durch den Kopf, »was hat der dir getan?« Dieser Gedanke ist mir wirklich und wahrhaftig so gekommen. Warum sollte er ausgerechnet ein Friseur sein? Warum gerade aus London? Ich weiß es nicht. Jedenfalls konnte ich nicht schießen.

Ich schaute mich nach meinen Kameraden um, die hinter mir lagen. Wir drei verständigten uns wortlos, standen auf, warfen unsere Gewehre mit deutlichen Gesten in den Wassergraben und erhoben die Hände. Da stand ich nun, ich Unglückswurm mit meinen siebzehn Jahren, und hielt die Arme hoch. Ein erbärmliches Gefühl.

Und hier ist sie wieder, diese innere Spaltung, diese Ambivalenz: Auf der einen Seite sah ich meine Lage ganz nüchtern, und mir war klar: Ich werde jetzt gefangen genommen. Damit ist der Krieg für mich zu Ende. Auf der anderen Seite geisterten immer noch diese patriotischen Gedanken durch meinen Kopf. Die vielen Jahre in Schule, Jungvolk, Hitlerjugend und Militär ließen sich nicht einfach wegwischen, ebenso wenig die Kriegsbücher, die ich gelesen hatte, und die vielen von mir so oft und gern gesungenen Lieder. Und nicht zuletzt die Verpflichtungen aus dem Fahneneid. All das strömte in diesem Augenblick zusammen, und ich schämte mich entsetzlich. Ich ließ die Arme sinken. Und dann knallte es. Ein kräftiger Schlag traf meinen rechten Oberschenkel. Ich fiel um.

Einen Vorwurf konnte ich dem Schützen nicht machen. Den Engländern ist sicherlich erzählt worden, dass fanatisierte Jugendliche in Uniform oder in Zivil als »Werwölfe« kämpften, hinterlistig und unberechenbar. Sie sahen, dass wir noch Jugendliche waren, Jugendliche in Uniform. Ich hätte ja in der Tasche zu einer Pistole greifen können oder zu einer Handgranate.

So bin ich verwundet in Gefangenschaft geraten. Die Tommys haben mich sehr kameradschaftlich versorgt.

Man legte mich auf einen englischen Panzer, der sich langsam in Bewegung setzte. Stade tauchte als Silhouette vor dem orangefarbenen Abendhimmel auf.

Das englische Feldlazarett war in einer Schule untergebracht. Während ich auf dem Operationstisch lag und behandelt wurde, unterhielt sich der englische Feldarzt mit mir; er sprach überraschend gut Deutsch. Vielleicht war er ein Jude, der vor den Nationalsozialisten nach London emigriert war. Er fragte mich nach meinem Berufswunsch. »Architekt!«, antwortete ich ihm. Das begrüßte er sehr und meinte, dieser Beruf habe in Deutschland angesichts der zerstörten Städte sicherlich gute Aussichten.

Dann schrieb ich, auf der Tragbahre liegend, in mein kleines rotes Büchlein, mit Bleistift und entsprechend krakeliger Schrift:

> *Schrecklich war für mich die Kunde, daß der Führer gestern Abend in Berlin gefallen ist. Deutschlands letzte Rettung ist dahin, die Hoffnung, an die sich alles klammerte. Der Krieg ist für uns verloren.*

Diese Zeilen kann ich hier nicht unkommentiert stehen lassen. Ich schrieb sie im englischen Feldlazarett, als der Krieg für mich zu Ende, als alles vorbei war. Ich will nichts verheimlichen, denn schon Pilatus sagte: »Was ich geschrieben habe, das habe ich geschrieben.« Einerseits war meine Einstellung kritisch gegenüber dem, was ich beobachtete und erlebte, mein logisches Denken, manchmal auch von etwas Ironie begleitet, hatte mich nie ganz verlassen. Andererseits war meine gläubige Verehrung für »unseren Führer« ungebrochen.

Verstehen kann ich meine damalige Einstellung heute nicht mehr, aber weil ich es aufschrieb, so wie es da steht, und dazu auch noch an diesem Tage, dem 2. Mai 1945, und an dieser Stelle, bleibt mir nichts anderes übrig, als dies zu akzeptieren oder, besser gesagt: mir einzugestehen.

Auf der Tragbahre schlief ich bis zum frühen Morgen. Nach dem Aufwachen verspürte ich das Bedürfnis, vorher aufgenommene Flüssigkeit wieder loszuwerden. Ich suchte in meinem kleinen englischen Wortschatz, fand aber nichts. Das Wort »Urin«, so dachte ich mir, ist international und in der Medizin geläufig; ich sagte es dem Sanitäter. Er verstand nichts, wahrscheinlich hatte ich das Wort zu deutsch ausgesprochen. Dann fiel mir ein, dass man bei derartigen Bedürfnissen auch von »Wasserlassen« spricht, und erzählte ihm etwas von »water«. Er nickte verständnisvoll und holte mir etwas zu trinken. Ich schüttelte energisch meinen Kopf. »Oh«, sagte er, »to piss!«, und brachte mir dann das entsprechende Gefäß.

Zum Frühstück bekam ich belegte Toasts, zusätzlich noch eine Scheibe Weißbrot, die in der Pfanne mit Fett gebraten war. Lecker! Und den englischen Tee mit Zucker und Sahne genoss ich in vollen Zügen. Dann legte man mir meine persönlichen Sachen auf die Decke, nämlich meinen Waffenrock und mein kleines rotes Büchlein. Die Tragbahre wurde in einen Sanitätswagen geschoben, und ich wurde nach Zeven ins Lazarett gefahren.

Der Fahrer versuchte, mich in ein Gespräch zu verwickeln, was schwierig war, denn meine Englischkenntnisse waren wirklich nur ganz kümmerlich. Er meinte, der Krieg werde jetzt zu Ende sein, weil Hitler tot sei. Er versuchte auch, die Schuldfrage mit mir zu diskutieren, aber da konnte ich ihm nicht folgen. Adolf Hitler war für mich immer noch eine in religiösem Licht strahlende Ikone; er war nicht schuld, durfte nicht schuld sein, vielmehr schob ich die Schuld an dem Versagen im Krieg »den kleinen Hitlers« zu, und ich glaubte das wirklich!

Das Lazarett in Zeven, von der Wehrmacht in einer Schule eingerichtet, war von den Engländern unverändert übernommen worden. In jedem Klassenzimmer standen zehn Betten, mit verwundeten deutschen Soldaten belegt.

Ärzte und Sanitäter waren Deutsche; unsere Schwester wohnte in Zeven. Ich vergaß völlig, dass ich mich in englischer Kriegsgefangenschaft befand.

Im Gang stand ein Radio, die Türen zu den Zimmern waren geöffnet. Da hörte ich den Sprecher sagen: »Hiermit stellt der Reichssender Hamburg seine Sendungen ein.«

Schweigen.

Kriegsende.

Still lag ich da. Mein rechtes Bein war geschient, ich konnte es überhaupt nicht bewegen. Zum Glück tat es nicht sehr weh. Nach einer Woche wurde ich zum ersten Male neu verbunden und erfuhr etwas über meine Verwundung. Der Einschuss war klein, wogegen der Ausschuss ein tiefes, etwa handtellergroßes Loch in den Oberschenkel gerissen hatte. Ob weitere Schäden entstanden waren, konnte man jetzt noch nicht feststellen.

Das Liegen auf dem Rücken bereitete mir anfangs Schwierigkeiten, nachdem ich mich wochenlang so viel bewegt hatte. Die plötzliche Ruhe und die Umstellung von Kommissbrot auf Weißbrot, also von Vollkorn-Roggen auf ausgemahlenen Weizen, brachte meine Verdauung durcheinander. Zehn Tage vergingen, bis ich zum ersten Male wieder etwas produzieren konnte. Dann aber regelte sich alles bald wieder ein. Die Ernährung war gut, wir bekamen abwechslungsreiches Essen, von deutschem Personal mit englischen Zutaten zubereitet. Wir bekamen auch Zigaretten — englische Zigaretten. Wenn man die Packung aufriss, duftete es würzig, etwas süßlich, mir sehr angenehm. Ich versuchte auch mal eine zu rauchen, fand aber keinen Gefallen daran.

Nach ein paar Tagen juckte es stark in meinem noch festen Verband. Das war sehr unangenehm, weil ich mich nicht kratzen konnte. Ich erzählte das unserer Schwester, und dann stellte sich heraus, dass ich mir Läuse eingefangen hatte, vermutlich mit der ausgetauschten Wäsche, denn Nissen sind bekanntlich resistent gegen Kochen. Später sah ich die Tierchen über mein Hemd krabbeln. Mit dem damals vielfach und universell eingesetzten Mittel DDT wurden sie erfolgreich bekämpft.

Unsere Schwester erkannte bald, dass ich gern las, und versorgte mich mit Literatur. Sie gab mir auch einmal ein Lesebuch für die Mittelstufe; es muss eine der letzten Auflagen gewesen sein. Ich war entsetzt, wie viele Nazitexte darin enthalten war, wie viel »Worte des Föhrers« oder Aussprüche von Göring, Goebbels und anderen Nazigrößen sowie Abschnitte aus Hitlers *Mein Kampf*. Natürlich gab es auch Texte von Schriftstellern und Dichtern zu lesen, jedoch sehr einseitig ausgewählt. Diese Einseitigkeit machte mich betroffen.

Meine Gedanken liefen immer wieder nach Hause. Irgendwelche postalischen Verbindungen gab es nicht und würde es längere Zeit nicht geben. Wie es mit Deutschland weitergehen sollte, konnte ich mir überhaupt nicht vorstellen. Wenn ich an die Zukunft dachte, gab es für mich nur Trümmer, Hunger, Leid und Not.

Nach vier Wochen durfte ich zum ersten Male das Bett verlassen. Ich taumelte, von Helfern geleitet, zwischen den Fußenden der Betten entlang. Das beinahe rauschhafte Gefühl war so lustig, dass ich anfing zu lachen. Wenige Tage später ging es schon ohne Stock, aber etwas Pudding war noch in den Beinen. Bald konnte ich das Haus verlassen und erste Schritte im Freien machen. Weitere Untersuchungen zeigten, dass weder Knochen noch Nerven oder Sehnen beschädigt waren. Nur der Muskel, der das Bein nach vorn bewegt, war geschwächt, denn das Geschoss hatte einen beträchtlichen Teil davon herausgerissen. Wäre der Schuss zwei Zentimeter weiter nach links durch mein Bein gegangen, wäre der Oberschenkelknochen zertrümmert gewesen, und man hätte mir das Bein abgenommen.

Anfang Juli fand die Entlassungsuntersuchung statt. Am gleichen Tage erfuhr ich, dass die amerikanischen Besatzungstruppen Dessau verlassen hatten. Die rote Armee marschierte in meine Heimatstadt ein.

German Labour Company

Am 10. Juli 1945 begann meine eigentliche Kriegsgefangenschaft. Mit einigen Kameraden verließ ich gegen Mittag auf einem Lastwagen Zeven. Wir wurden in ein richtiges Kriegsgefangenenlager gebracht, eine große Wiese, die von hohem Stacheldrahtzaun umschlossenen war. Tausende von ehemaligen Wehrmachtsangehörigen waren hier eingesperrt. Die Gefangenen hatten Löcher gebuddelt und versucht, sich mit Planen gegen die Einflüsse des Wetters zu schützen. Ich konnte keine Zelte entdecken, keine Baracken oder Häuser. Es war trostlos. Ich machte mich auf eine lange Zeit des Stumpfsinns gefasst.

Wenigstens wurde etwas zum Essen verteilt: einige englischen Kekse und, wie e x o t i s c h !, eine Dose Corned Beef. Zum ersten Mal in meinem Leben hielt ich so eine Dose in der Hand und musste mir zeigen lassen, wie man sie aufmacht.

Nur zwei Stunden lang war ich hinter Stacheldraht eingepfercht, dann musste ich wieder einen Lastwagen besteigen und landete in einem kleinen Dorf bei Stade. Hier wurden Kriegsgefangene gesammelt, deren Heimat die Sowjetische Besatzungszone (SBZ) war oder die aus dem Osten stammten. Wir waren in Scheunen untergebracht und schliefen auf Stroh.

Aus meiner Schlafunterlage zog ich ein paar gut erhaltene Strohhalme und fertigte daraus ein kleines Kreuz, das ich mit einem Kranz und einem Schildchen versah, worauf ich INRI gekritzelt hatte. Auf dem Schreibtisch meines Großvaters hatte die Vorlage gestanden. Das zierliche Strohkreuz liegt noch heute in dem kleinen roten Büchlein.

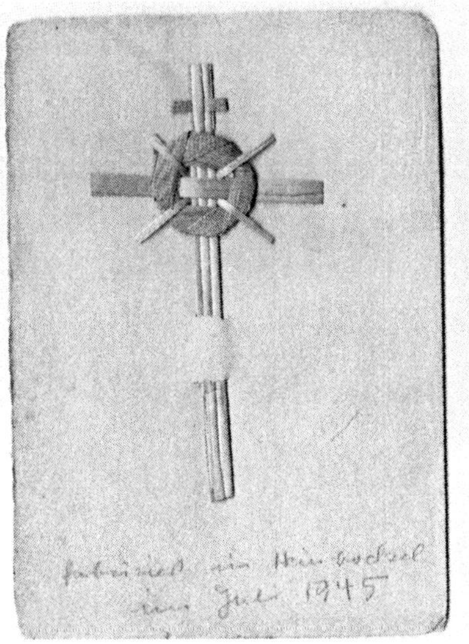

Das kleine Strohkreuz. Ich fertigte es aus Strohhalmen meiner Schlafunterlage. Din Inschrift INRI ist verblaßt.

Die Bauern werden über die Zwangseinquartierung großen Umfangs sicherlich nicht sehr glücklich gewesen sein, aber dagegen wehren konnten sie sich nicht. Mit ihnen hatten wir — außer dem allernötigsten — weiter keinen Kontakt; man ging sich aus dem Weg. Wir durften das Dorf zwar nicht verlassen, aber wir lebten wenigstens nicht hinter Stacheldraht. Die Verpflegung war nicht mehr so gut wie im Lazarett, und die Portionen waren wesentlich kleiner.

Die Bauernfamilie, bei der wir untergebracht waren, aß täglich würzig nach Speck duftende Bratkartoffeln, nicht nur zum Mittagessen, sondern auch zum Abendbrot und sogar zum Frühstück! Später besorgte ich mir eine alte Konservendose, »sammelte« auf Feldern Mohrrüben, Zwiebeln und Kartoffeln, zerschnippelte alles und kochte mir daraus eine Gemüsesuppe; in einer kleinen Grube hatte ich mir aus

Steinen eine Kochstelle gebaut. Der erste Versuch schlug fehl, die Suppe schmeckte sehr fad, denn ich hatte kein Salz.

In dem Dorf stand eine alte Reetdachkate, die keinen Schornstein hatte; der Rauch vom Kochen und Braten, im Winter auch vom Heizen, zog unter das Dach und oben im Giebel nach außen ab, wo unter dem First eine kleine Öffnung war. Drinnen hingen nicht nur Schinken und Würste, sondern da lebten auch Menschen und Tiere. Heute gibt es so etwas nur noch in Freilichtmuseen anzuschauen.

Ein Bauernhaus in der Nähe dieser Kate beherbergte die Schreibstube. Hier stand auch ein Radio, und hier hörten wir die Nachricht, dass am 6. August die erste Atombombe auf Hiroshima abgeworfen worden war. Mir war unbehaglich zumute, aber die Bedeutung dieses Ereignisses begriffen wir damals noch nicht. Die Probleme des täglichen Lebens, die unzureichende Ernährung, die Ungewissheit, was aus uns werden sollte — all das beschäftigte uns viel mehr.

In diesen Tagen wurde aus dem lockeren Haufen eine »German Labour Company« zusammengestellt, eine »Arbeitskompanie«. Nach einem sommerlichen, für mich erholsamen Monat in diesem Dorf transportierte man uns auf Lastwagen nach Nienburg/Weser. Südlich der Stadt lud man uns in einem von seinen ehemaligen Bewohnern verlassenen, unter Kiefern verborgenen Ostarbeiterlager ab.

Was wir hier vorfanden, war das reinste Chaos. Wir mussten erst einmal aufräumen und Ordnung schaffen. Überall lagen verdorbene Lebensmittel herum, Textilien und Gerümpel. Es stank entsetzlich. Hinzu kamen Flöhe, Läuse und Ratten. Am schlimmsten aber waren die Wanzen, die in großen Heerscharen die Baracken bevölkerten. Wir schliefen in Holzbetten. Ich schmiss die Matratze raus, um dem Ungeziefer so wenig Unterschlupf wie möglich zu gewähren, und legte mich auf die blanken Bretter. Wenn es nachts irgendwo krabbelte oder piekte, drückte ich schlaftrunken mit dem Finger auf diese Stelle, schnüffelte und erkannte am Geruch, dass ich wieder eine Wanze erlegt hatte.

Die Baracke, in der ich jetzt wohnte, beherbergte eine bunt zusammengewürfelte Gruppe ehemaliger Soldaten. Einer meiner Stubengenossen war bei der Waffen-SS gewesen; er hatte, wie alle ihre Angehörigen, eine Blutgruppen-Tätowierung am Arm, die er stolz zeigte. Er erzählte, dass er befehlsgemäß an KZ-Gefangenen geübt hätte, wie man das Seitengewehr benutzt, also wie man es richtig in den feindlichen Leib hineinbohrt, dreht und wieder herauszieht. Ob das wahr ist, kann ich nicht beurteilen — glaubwürdig erschien es mir schon, aber andererseits war er ein Angeber und wollte sich mit dieser Erzählung vielleicht nur interessant machen.

Nach Feierabend ging ich, wenn das Wetter es gestattete, an das Ende des Lagers. Dort, am Rande des Urstromtals, hatte man einen weiten Blick über die Weser nach Westen auf die Wälder des jenseitigen Ufers. Ich schaute der untergehenden Sonne zu und dachte an zu Hause. Als die gröbsten Arbeiten in dem Barackenlager erledigt waren, hatten wir mehr Zeit und Bewegungsfreiheit. Ich suchte in Nienburg sofort das Rote Kreuz auf und bemühte mich, eine Nachricht an meine Eltern zu schicken.

Wir erhielten einen geringen Sold, so dass wir in der Stadt, die wir nun öfter besuchten, Geld ausgeben konnten. Ein Kino war wieder geöffnet; man zeigte alte deutsche Filme mit Johannes Heesters und anderen Ufa-Stars, eine angenehme Abwechslung in unserem langweiligen Alltag. In einem Schreibwarengeschäft — auch das gab es inzwischen wieder — kaufte ich mir Papier, Schreibzeug und Tinte sowie ein Heft der Zeitschrift *Ausblick — Zeitfragen im Lichte der Weltmeinung*. Diese von der britischen Besatzungsmacht genehmigte, kleinformatige Zeitschrift, gedruckt auf sehr schlechtem Papier, war eine erste Reaktion auf die Naziliteratur. Ich setzte mich in meinem kleinen roten Büchlein damit kritisch auseinander und schrieb:

> *»Deutschland muß sich für immer vom Nationalismus abwenden«, »... deutsche ›Gemütlichkeit‹, die in ihrem Wesen nichts anderes als Härte, Gefühllosigkeit und Mangel an Seele ist«. Das schreiben Deutsche! »Das künftige Europa kann nicht ohne Deutschland geschaffen werden. ... Wir werden versuchen, ... euch ein neues Vaterland zu schaffen.« Das schreiben Franzosen! Aus dem ganzen Heft schreit es mir ins Gesicht: Die Deutschen taugen nichts, die anderen sind viel weiter in ihrer Kultur; alles, was Deutsche verehrten und als Vorbild nahmen, ist Mist. ??!??*

Als ich diese Zeilen schrieb, einschließlich »??!??«, hatte ich meine alten Einstellungen also immer noch nicht ganz ablegen können. Man braucht Zeit, intellektuelle Verbiegungen aus zwölf Jahren Diktatur geradezurichten. Das Wort »Nationalismus« hatte ich völlig missverstanden; ich glaubte, es bedeute so viel wie Nationalbewusstsein, Bekenntnis zum eigenen Volk, zur eigenen Kultur und Sprache.

Ich erinnere mich auch noch lebhaft an ein Gedicht, das mich anfangs sehr provozierte und ebenfalls in dem Heft abgedruckt war; darin kamen folgende Zeilen vor:

Wenn wir den Krieg gewonnen hätten,
dann legten wir noch in den Betten
die Hände an die Hosennaht.

Ich las das Gedicht zunächst als eines, das unmittelbar nach Ende dieses Krieges geschrieben worden war, also als ein Propagandagedicht, und fand das, was ich da las, völlig übertrieben. Erst bei genauerem Hinsehen entdeckte ich, dass Erich Kästner diese Zeilen geschrieben hatte, und zwar kurz nach dem Ersten Weltkrieg! Das machte mich wiederum nachdenklich.

Im September überstürzten sich die Gerüchte, dann wurde es amtlich: Am 18. 9. verfrachtete man uns auf Lastwagen und fuhr uns in eine ehemalige riesige Munitionsfabrik westlich von Nienburg. Solche Munitionsfabriken, die in großen Wäldern halb unterirdisch angelegt waren und aus vielen relativ kleinen Bunkern bestanden, auf deren Dächern zur Tarnung Gesträuch wuchs, nannte man landläufig »Muna«; überall in Deutschland waren sie anzutreffen. Diese hier sollte 39 Quadratkilometer groß sein und aus mehr als 4.000 Bunkern bestehen, sie war damit eine der größten in Deutschland.

Wir hausten in großen Rundzelten und bekamen »Tommy-Verpflegung«. Dicht dabei war ein Barackenlager, in dem vorher Zwangsarbeiter gewohnt hatten. Wir mussten also erst einmal Ordnung schaffen, für uns inzwischen eine gewohnte Arbeit. Bald konnten wir aus den Zelten in die gesäuberten, desinfizierten und mit allem Notwendigen ausgestatteten Baracken ziehen. Damit wurden wir allerdings auf deutsche Verpflegung umgestellt, die uns zwar besser schmeckte, deren Rationen aber kleiner waren.

Mit Wanzen hatten wir es in den Baracken nicht mehr zu tun, aber anfänglich noch mit Ratten, die manchmal in den Zwischenwänden herumkrabbelten, sich auch an Socken vergriffen und natürlich an die Lebensmittel wollten, was ihnen aber nicht gelang, weil wir vorsorglich alles in sicheren Behältnissen aufbewahrten. Als ich einmal nachts in die Toilettenbaracke musste, trat ich auf etwas Weiches, das schnell weglief. Nach und nach verschwanden unsere »Mitbewohner«, und unser Leben normalisierte sich.

In der Muna, die man jetzt »Depot« nannte, wurde die im Kriege nicht benutzte Munition aus der gesamten britischen Besatzungszone zusammengetragen, sortiert, aufbewahrt und zum Teil auch vernichtet. Unsere Aufgabe war es, die Munitionskästen oder einzelnen Granaten zu transportieren, zu sichten, zu zählen und zu stapeln. Wir waren also Transportarbeiter geworden. Ab und zu mussten wir Muna-Bunker ausräumen, säubern und für die Lagerung der Munition vorbereiten. Oder wir bauten aus gebogenen Wellblechen Unterstände dafür, die gleichen übrigens, die in den zerbombten Städten als Notunterkünfte dienten und Nissenhütten genannt wurden.

In vielen Bunkern sind offensichtlich Kartuschen abgefüllt worden. Reste von zerstörten Maschinen konnten wir noch sehen, auch Überbleibsel des Materials, das man in die Hülsen stopfte. Es sah aus wie dunkelbraune Makkaroni und roch süßlich. Wenn man so ein Stängelchen anzündete, brannte es wie ein Holzspan; wir durften sie aber nicht benutzen, um den Kanonenofen in unserer Baracke damit anzuheizen, denn dann wäre er möglicherweise in die Luft geflogen.

In anderen Bunkern waren Büros untergebracht, die wir in verwüstetem Zustande antrafen. Ich konnte in Personalakten blättern, die mir erzählten, wer hier gearbeitet hatte: Zwangsarbeiter aus vielen Ländern, aus Frankreich, Belgien, Holland, auch aus Jugoslawien und der Sowjetunion. Teile der Büroeinrichtungen waren noch verwendbar: Klebstoffe, Schreibpapier, Stühle. Auch persönliche Dinge der Zwangsarbeiter fand ich, so ein Englischlehrbuch für Franzosen.

Und so sah unser Tagesablauf aus: Am Morgen mussten wir antreten wie beim Militär, wurden zur Arbeit in Trupps von etwa zehn Mann eingeteilt und fuhren auf LKWs ins Depot. Britische Soldaten beaufsichtigten uns während der Arbeit. Wir begannen um 8 Uhr, hatten von 12 bis 13 Uhr eine Mittagspause, in der wir warmes Essen erhielten, und wurden um 17 Uhr zurück in unser Barackenlager gefahren. Es gab Tage, wo wir nicht viel zu tun hatten, warten mussten und uns die Füße vertraten, was im Winter unangenehm war. Es gab aber auch Tage, wo wir bis zur Erschöpfung schufteten.

Nach Feierabend waren wir frei und konnten machen, was wir wollten, durften auch das Lager verlassen. Wir genossen also gewisse Freiheiten, waren Kriegsgefangene ohne Stacheldraht, ja, waren wir überhaupt »Gefangene«? Waren wir nicht eher so etwas wie zivile Hilfskräfte der Besatzungsmacht?

Das Verhältnis zu den Engländern war unterschiedlich. Es gab welche, die uns nicht leiden konnten. Halb gerauchte Zigaretten ließen sie ins Gestrüpp fallen und amüsierten sich, wenn Kriegsgefangene nach ihnen suchten. Es gab aber auch andere, die mit uns ein kameradschaftliches Verhältnis unterhielten und uns rechtzeitig warnten, wenn der Captain nahte. Einige gaben mir englische Illustrierte, mit denen ich meine geringen Englischkenntnisse auszubauen suchte. Andere ließen uns hier und da etwas Essbares zukommen, denn so reichlich war unsere Verpflegung nicht.

In der freien Zeit machte ich oft Spaziergänge in die Umgebung und hing meinen Gedanken nach, denn ich hatte mit meinen Eltern noch immer keine Verbindung aufnehmen können. Als ich einmal abends von einem solchen Gang heimkehrte, hörte ich aus der Offiziersbaracke Musik: *Aida*, wahrscheinlich eine Rundfunkübertragung. Ich blieb stehen und lauschte. Musik fehlte mir sehr.

Bald ging ich zur nächsten Kirchengemeinde und schloss mich mit zwei Kameraden dem Kirchenchor an. Der Gemeindepfarrer, Pastor Mey, Flüchtling aus »den besetzten Ostgebieten«, führte mit uns intensive Gespräche. Und im Pfarrhause erfuhr ich Wärme und Geborgenheit, wofür ich noch heute dankbar bin.

Dann tauchten Gerüchte auf über das Leben »draußen«. Man erzählte, dass in der Sowjetischen Besatzungszone Hungertyphus herrsche. Und in Berlin sollte es zu Straßenkämpfen zwischen Amerikanern und Sowjets gekommen sein. Einige spekulierten auf einen Dritten Weltkrieg zwischen den Sowjets und den Amerikanern und machten sich für einen militärischen Einsatz innerlich bereit.

Eines Abends Mitte November 1945 benachrichtigte man mich, es sei ein Brief für mich da. Ich glaubte erst, man treibe einen Scherz mit mir, war aber dann doch sehr aufgeregt, als ich in die Schreibstube ging, um ihn abzuholen. Es war ein Brief von meinem Vater, erkennbar an seiner markanten Handschrift. Zu Hause war alles so weit in Ordnung, fast so wie früher, schrieb er. Ich war selig, denn sieben Monate lang hatte ich nichts mehr von meinen Eltern und Geschwistern gehört. Später meldeten sich auch andere Freunde und Verwandte. Ich spürte, dass ich nicht vergessen war . Ich schrieb und bekam Briefe.

Diese Korrespondenzen erzeugten in mir Heimweh und einen immer stärker werdenden Drang, nach Hause zu fahren. Da wir nicht hinter Stacheldraht lebten, war es kein Problem, »stiften« zu gehen. Als das Frühjahr kam, verging kaum ein Tag, an dem nicht wieder ein Abgang zu verzeichnen gewesen war. Unser Captain sagte einmal, dass er nichts dagegen habe, nur sollten wir die Decken zurücklassen — es waren helle, weiche Wolldecken.

Ende Mai 1946 verabredete ich mich mit einem ehemaligen Feldwebel, gemeinsam nach Pfingsten über die »grüne Grenze« in unsere Heimat zurückzukehren, die in der Sowjetischen Besatzungszone lag. Wir planten diese Aktion sorgfältig. Ich packte ein Paket mit meiner Wäsche und sonstigen Habseligkeiten und schickte es nach Hause.

Wir hatten ein paar Tage Urlaub bekommen, den wir innerhalb der britischen Besatzungszone verbringen durften. Am Dienstag nach Pfingsten holte ich meinen Urlaubsschein ab und fuhr dann mit meinem Kameraden über Nienburg, Hannover, Braunschweig nach Helmstedt. Aus Sicherheitsgründen wollten wir aber nicht bei Helmstedt die Grenze überschreiten, sondern weiter nördlich bei Oebisfelde. Das war allerdings zeitaufwendig, weil auf den Nebenstrecken weder Züge noch Busse zuverlässig fuhren. Wir suchten uns einen kleinen Dorfgasthof aus und übernachteten in richtigen Federbetten. Welch ein Genuss nach Jahren auf Strohsäcken und Holzbrettern!

Am nächsten Tage wanderten wir dorthin, wo wir die Grenze überqueren wollten. Unterwegs trafen wir zwei Männer, die das schon öfter gemacht hatten und uns mitnahmen; sie handelten mit Heringen, die sie regelmäßig von der Küste holten und über die Grenze »nach drüben« verkauften. In einer Feldscheune warteten wir die Dunkelheit ab.

Es regnete in Strömen, als wir uns nach Mitternacht auf den Weg machten . Durch feuchte Wiesen wateten wir und an Kornfeldern entlang. Einige Male gingen wir in Deckung, weil wir glaubten, dass Grenzposten in der Nähe seien, aber wir schafften es, unentdeckt bis zu demjenigen Dorf im sowjetischen Machtbereich zu gelangen, wo sich im Morgengrauen die Heringshändler von uns verabschiedeten. Völlig durchnässt wanderten wir beide dann mit unseren Koffern zum nächsten Bahnhof und kauften uns Fahrkarten, was ohne weiteres möglich war, denn in Ost und West galt ja noch die Reichsmark als gemeinsame Währung. Im Wartesaal sah ich die ersten sowjetischen Soldaten. Ihr Anblick war mir unheimlich.

Die Eisenbahnfahrt verlief planmäßig. Am späten Vormittag war ich in Dessau. Voller Erregung schleppte ich meinen Holzkoffer, eine ehemalige Munitionskiste, nach Hause. Wie oft war ich in den letzten Monaten im Geiste diesen Weg gegangen! Aber viele Häuser waren verschwunden, andere verstümmelt, das Obergeschoss fehlte, Bretter und Dachpappe schützten vor Regen und Schnee. Bombentrichter auf den Straßen waren notdürftig aufgefüllt.

Je näher ich unserem Haus kam, umso schneller wurden meine Schritte, zum Schluss rannte ich nur noch und stand außer Atem in der Haustür. Meine Mutter begrüßte mich stürmisch. Wohl hatte sie gewusst, dass ich kommen würde, aber natürlich kannte sie den genauen Zeitpunkt nicht. In unserem Hause war vieles wie früher, obwohl eine ausgebombte Familie in das Obergeschoss eingewiesen war. Ich wusch mich und zog mir trockene Sachen an. Ich war endlich wieder zu Hause.

3. In Sowjetrussland

Zurück in Dessau

Wenn im Frühjahr die Natur erwacht und die ersten Blütenknospen sich durch Schichten alter, brauner Blätter bohren, dann muss ich immer an den Sommer des Jahres 1946 denken: Die Luft, die ich einatmete, schien mir leicht und frisch zu sein. Zwar war Deutschland in vier Besatzungszonen geteilt, aber es erholte sich langsam von sechs Jahren Krieg und zwölf Jahren Hitler-Diktatur. Wie hatten wir früher im Jungvolk gesungen?

Wir werden weitermarschieren,
wenn alles in Scherben fällt,
denn heute gehört uns Deutschland,
und morgen die ganze Welt

Es war alles in Scherben gefallen. Hans Baumann hatte das fürchterliche Lied »Es zittern die morschen Knochen« bereits 1932 geschrieben! Als wir es im Jungvolk sangen, ging es uns gut, wir hatten genug zu essen und anzuziehen. Dass uns Freiheit fehlte, war uns Pimpfen nicht bewusst. Wir sind im »Führerstaat« groß geworden. Gläubig sangen wir »Führer befiehl, wir folgen dir!« (auch von Hans Baumann!).

Jetzt ging es uns materiell schlecht. Wo früher in großen Schaufenstern die Auslagen zum Kaufen einluden, versperrten dunkle Bretterwände die Sicht; in Augenhöhe waren kleine Glasscheiben eingefügt, die den Blick auf kümmerliche Ladenhüter freigaben. Wir hatten nur das Nötigste, aber wir konnten »*Schloss Gripsholm*« lesen und Songs aus der »*Dreigroschenoper*« hören sowie die Musik Glenn Millers. Zur

Die Marrienkirche in Dessau 1946. Dieses Bild macht deutlich, wie trostlos eine zertrümmerte Stadt aussieht, wenn die Aufräumungsarbeiten beendet sind, aber man mit dem Wiederaufbau noch nicht beginnen konnte. Jetzt ist die Marienkirche wieder „auferstanden aus Ruinen". (Fotograf unbekannt)

gleichen Zeit, in Westberlin, an der Uhr am Bahnhof Zoo wartend, träumte der Schlagersänger Bully Buhlan »von *Würstchen mit Salat*«.

Wir waren bescheiden geworden.

Und für mich kam hinzu: Meine Militärzeit war zu Ende. Ich musste keine Uniform mehr tragen, keinen Karabiner und keine Panzerfaust. Ich musste nicht mehr antreten, Hacken zusammenschlagen, marschieren, läppische Lieder singen und alberne Befehle ausführen. Allerdings brauchte ich schon im letzten Jahr kein Gewehr mehr zu schultern. Aber wir trugen in der »German Labour Company« noch alte Uniformen, mussten zur Arbeitseinteilung antreten und uns gewissen militärischen Konventionen unterwerfen.

Zwar hatte ich zwei Jahre meiner Jugend verloren, aber das störte mich nicht sehr, denn ich bin so glücklich veranlagt, dass ich auch in Notzeiten immer noch kleine Freuden entdecken kann, die mir helfen, Schwierigkeiten und Leid zu überstehen. Ich bin dankbar für jede Blüte am Wegesrand, für jedes Wölkchen am Abendhimmel und für jeden Teller Suppe.

Am 14. Juni 1946 war ich zu Hause angekommen. Weil ich keine gültigen Papiere hatte, musste ich langwierige, bürokratische Prozeduren über mich ergehen lassen. Ich brauchte vor allem eine Zuzugsgenehmigung, denn erst wenn ich die hatte, bekam ich Lebensmittelkarten. Man drohte mir mit mehreren Wochen Quarantänelager, wozu ich verständlicherweise keine Lust verspürte. Gott sei Dank bekam ich nach wenigen Tagen vom Amtsarzt ein Gesundheitszeugnis. Damit erhielt ich die Zuzugsgenehmigung und war nun endgültig zu Hause.

Wie sah es jetzt bei uns aus? Was hatte sich verändert? Abgesehen davon, dass eine ausgebombte Familie in das obere Stockwerk eingezogen war und wir dementsprechend zusammenrücken mussten, und abgesehen von den vielen Trümmern und der allgemeinen Notlage als Folge des Krieges breitete sich eine gewisse Normalität aus. So empfand ich es jedenfalls, denn ich kam mit vielem wieder zurecht, als sei ich nicht zwei Jahre weg gewesen. Meine Geschwister besuchten wieder die Schule, meine Schwester Annemarie ging sogar zur Tanzstunde, und mein Vater hatte wieder eine Arbeit, und zwar bei Junkers!

Im April 1945 hatten die Amerikaner Dessau erobert. Die Besatzungstruppen verpflichteten meinen Vater zu Strafarbeiten, denn er war langjähriges Mitglied der NSDAP gewesen. Zwei Monate später räumten die Amerikaner die Stadt, einige Junkers-Konstrukteure folgten ihnen. In Dessau rückte die Rote Armee ein.

Die neue Besatzungsmacht stellte die ehemaligen Mitarbeiter der Junkers-Werke wieder ein, soweit man sie auftreiben konnte. Sie erhielten zusätzliche Lebensmittelpakete, die »Junkers-Verpflegung«. Für einen Akademiker wie meinen Vater war diese Ration nicht unerheblich. Arbeiter bekamen weniger.

Zwischen den Junkers-Werken und der Sowjetunion hatte es in den zwanziger Jahren schon einmal eine Zusammenarbeit gegeben: Bald nach dem Abschluss des Vertrages von Rapallo durch den Reichsaußenminister Walther Rathenau wurden in der Nähe von Moskau Junkers-Flugzeuge gebaut. Diese Kooperation war vom Reichswehrministerium unterstützt worden, auch finanziell (Geheimvertrag März 1922).

Diesmal aber ging die Initiative für eine Zusammenarbeit von der sowjetischen Besatzungsmacht aus. Im Wesentlichen drehte es sich um das Junkers-Strahltriebwerk »JUMO 004“, weltweit das erste, welches in großer Serie gebaut worden war. Die Auftraggeber wollten natürlich von den Kenntnissen und Erfahrungen der Junkers-Leute profitieren.

Das blieb mir natürlich nicht verborgen. Eigentlich hätte mich das stutzig machen müssen, aber ich war so froh, endlich wieder zu Hause sein zu dürfen, dass es mir gar nicht in den Sinn kam, derart kritische Überlegungen anzustellen.

Zwei Wochen nach meinem Eintreffen in Dessau, nämlich am 1. Juli, durfte ich wieder die Schule besuchen. Die nach und nach eintreffenden ehemaligen Kriegsteilnehmer versammelten sich in provisorischen Unterrichtsräumen. Das humanistische Gymnasium, mein altes Pennal, war völlig ausgebombt; nur ein Haufen Schutt bezeichnete die Stelle, wo einmal der pompöse Bau gestanden hatte; auch die goldenen Lettern des Spruches von Seneca lagen unter Steinbrocken. Ich ging ins einigermaßen erhalten gebliebene Palais Dietrich, einen schlichten Bau aus der Mitte des 18. Jahrhunderts. Wir, ein bunt zusammengewürfelter Haufen ehemaliger Oberschüler verschiedenen Alters, schritten über knarrende Dielen und saßen an wackeligen Tischen auf irgendwelchen Sitzgelegenheiten, teilweise auf Gartenstühlen.

Mir war bewusst, auf welch historisch bedeutendem Boden ich wieder anfing zu lernen. Im Palais Dietrich war nämlich das Philanthropinum untergebracht gewesen, welches, so hatten wir früher in der Schule gelernt, in der zweiten Hälfte des 18. Jahrhunderts von europaweiter Bedeutung gewesen war: Johann Bernhard Basedow hatte hier die Dessauer Schulreformbewegung begründet und gilt als Erfinder des Anschauungsunterrichts.

Mit den Lehrern im Philanthropinum gab es allerdings Probleme, denn unsere alten Pauker waren ja in der NSDAP gewesen und durften deswegen nicht mehr unterrichten. Stattdessen standen Hilfskräfte vor den Klassen. Ich erinnere mich an einen Ingenieur, der zwar Fachwissen besaß, aber keinerlei pädagogischen Fähigkeiten. Dementsprechend waren seine Unterrichtsstunden.

Diese Schulepisode war nur kurz, denn bald gab es Sommerferien. Wir wurden verpflichtet, während einiger Wochen an Aufräumeinsätzen teilzunehmen; »Enttrümmerung« nannte man diese Arbeiten. Nicht weit von unserer Wohnung entfernt musste ich mit einem Hammer Putzreste von Ziegelsteinen abklopfen. Unser Zahnarzt hatte dort einmal gewohnt und seine Praxis gehabt, jetzt lag hier ein Berg aus Wandstücken, Steinen und zerborstenen Balken. Auch die benachbarten Doppelhäuser sahen so aus. Am Straßenrand wurden die gesäuberten Ziegelsteine zu geordneten Stapeln geschichtet.

In der übrigen Zeit der Sommerferien war ich mehrmals in Berlin. Man konnte vom Dessauer Hauptbahnhof direkt nach Berlin-Wannsee fahren, also nach Westberlin, wo die Schwester meines Vaters wohnte. Von dort brachte ich mir ein paar amerikanische Illustrierte mit. Ich wollte meine Englischkenntnisse verbessern.

Einmal radelte ich mit meinem Vetter Jochen die etwa 100 Kilometer lange Strecke von Dessau nach Berlin, und zwar auf der Autobahn! Wir fuhren gegen die Fahrtrichtung am Mittelstreifen, quasi als Geisterfahrer . Ein- oder zweimal mussten wir auf den Rasen des Mittelstreifens ausweichen, wenn uns ein überholendes Auto entgegenkam; das war jedoch ungefährlich, denn Leitplanken gab es noch nicht. Außerdem waren die wenigen Autos, die überhaupt fuhren, nicht »autobahnfest«, konnten also ein Tempo von 100 Stundenkilometern nicht lange durchhalten. Wir radelten zwar zügig, aber die Fahrt war langweilig, denn die fast leere Autobahn war so entsetzlich breit, und wir bewegten uns so weit vom Straßenrand entfernt, dass wir kein Gefühl für unsere Geschwindigkeit hatten, also keine Empfindung für unser Fortkommen.

Ein andermal durfte ich meinen Vater auf einer Dienstfahrt nach Berlin begleiten. Wir fuhren mit dem »Mützenauto«. Seinen Namen hatte es von dem mützenartigen Aufbau auf dem Dach, eigentlich ein großer Sack voll kleiner Holzstückchen, denn die vornehme Limousine war für Holzgasbetrieb umgebaut worden. Hinten rechts befand sich ein mannshoher, zylindrischer Anbau, der Holzvergaser. Das darin glimmende Holz erzeugte ein Gas, mit dem das Auto angetrieben wurde. Der Chauffeur hielt immer wieder an, weil er im Holzvergaser stochern oder Holz nachfüllen musste.

Nach den Sommerferien fand der Unterricht in denjenigen Teilen des Bauhauses statt, die den Krieg einigermaßen überstanden hatten. Die großen Glaswände des Werkstattgebäudes, die man zuerst vor Augen hat, wenn man an das Bauhausgebäude denkt, waren mit Ziegelsteinen zugemauert worden, in die man kleine Fenster eingesetzt hatte. Diese unverputzten Ziegelsteinwände verliehen dem Haus eine abstoßende Hässlichkeit. Wegen der kleinen Fenster konnte man die Räume dahinter aber wenigstens in irgendeiner Weise nutzen . Unsere Klasse befand sich in der Brücke, der Verbindung zwischen dem Werkstattgebäude und den Hörsälen; möglicherweise war vor zwei Jahrzehnten der Raum, in dem wir jetzt saßen, das Arbeitszimmer von Walter Gropius gewesen. Um diesen zu erreichen, mussten wir die »Bauhaustreppe« hinaufsteigen wie in dem berühmten Bild von Oskar Schlemmer.

Vor den Klassen standen jetzt Lehrer, die sich nur so viel wie unbedingt notwendig mit den Nationalsozialisten eingelassen und auf diese Weise beruflich überlebt hatten. Einige von ihnen kannten wir von früher. Der Unterricht war interessant.

Unser Deutschlehrer brachte einen Rowohlt-Rotations-Roman mit; der sah aus wie eine Zeitung und war auch wie eine solche auf einer Rotationsmaschine gedruckt. Der Verleger Ernst Rowohlt in Hamburg hatte diese Form der Herstellung gewählt, weil Zeitungspapier leichter zu bekommen war als die festen Papiere, die man zur Herstellung gebundener Bücher benötigt. Auf diese Weise konnte er Literatur verbreiten, die unter Hitler verboten war, wie Tucholsky etwa, oder wichtige amerikanische Autoren, wie Ernest Hemingway. Das war eine der Möglichkeiten, den Blick über den Zaun zu werfen und sich mit den Folgen der jüngsten Vergangenheit auseinanderzusetzen.

Hier und da konnte man so etwas wie Schulbücher bekommen. Entweder waren es Nachdrucke von Büchern aus der Zeit vor 1933, oder es waren Repetitorien oder gar technische Fachbücher. Papier war knapp, und ergatterte man irgendwo ein Schulheft oder einen Schreibblock, war man glücklich, trotz der schlechten Qualität. Ich schrieb längere Zeit auf die Rückseite von Quittungsformularen.

Zwar waren wir alle sehr schlank, hungern aber mussten wir nicht. Wir hatten fließendes Wasser, elektrisches Licht, Gas zum Kochen und Braunkohlebriketts zum Heizen. Wir durften zwischen verschiedenen Zeitungen auswählen und konnten auch solche lesen, die in der britischen oder amerikanischen Besatzungszone gedruckt wurden. Am Hauptbahnhof lag der Westberliner *Telegraph* aus, eine Tageszeitung, die später in der DDR als westliches Hetzblatt heftig bekämpft wurde.

Und für Dessau besonders wichtig: Das Theater spielte wieder, wenn auch unter primitiven Verhältnissen in einem ehemaligen Tanzsaal. Ich erlebte dort Shakespeares *Sommernachtstraum* mit der Musik von Felix Mendelssohn-Bartholdy. Konzerte gab es auch, wie früher. Daneben luden kunstbeflissene Bürger, deren Wohnungen den Krieg einigermaßen überstanden hatten und Platz für etwa zwanzig, dreißig Menschen boten, zu Kammermusikveranstaltungen ein; ich erinnere mich an einen Abend mit Liedern von Hugo Wolf.

Eindrucksvoll war ein sommerlicher Abend im Saal des Philanthropinums: Die Türen zum Garten waren leicht geöffnet, die tief stehende Sonne erfüllte den Saal mit warmem Licht. Walter Gerwig an der Laute und Helmuth Koch an der Gambe spielten Musik aus der Renaissancezeit und dem frühen Barock. Es war das erste Mal, dass ich diese Musik und auf diesen Instrumenten hörte . Es war eine leise, fast eine stille Musik, sie nahm mich sofort ganz gefangen und hat mich bis heute nicht mehr losgelassen.

Ich fühlte mich wohl in meiner Haut und sah erwartungsvoll in die Zukunft, in eine zivile Zukunft. Bald würde ich mein Abitur ablegen und mit dem Studium beginnen können. Architektur und Städteplanung war nach wie vor mein ersehnter Beruf.

Der 22. Oktober 1946

Vier Monate war ich zu Hause, da wurden wir am 22. Oktober 1946 in der Frühe von Stimmengewirr geweckt. Es war noch dunkel. Sowjetische Soldaten mit aufgepflanztem Bajonett besetzten unser Haus. Sie teilten uns mit, wir würden in die Sowjetunion eingeladen, im Doppelsinn des Wortes. Auf dem Rasen im Garten hatten sie ein Maschinengewehr aufgebaut.

Wir standen alle unter Schock. Völlig unvorbereitet mussten wir innerhalb weniger Stunden den kompletten Haushalt unserer sechsköpfigen Familie verpacken und verladen, alle Möbel und alles, was im Haus war. Wir hatten keine professionellen Möbelpacker und keine Umzugskartons. Nur einige gute Freunde halfen uns dabei — und die sowjetischen Soldaten, die mir allerdings immer noch unheimlich vorkamen.

Irgendwie fanden sich Kisten, in die wir das Porzellan einpackten, in Tücher eingewickelt, in Wäsche und Socken. Gefüllte Einmachgläser stellte meine Mutter in eine große Zinkwanne. Bücher und Noten legten wir in Jutesäcke. Sogar unseren großen Blüthner-Flügel hatten die Soldaten auf ein Lastauto verladen.

Uns wurde bald klar, dass wir in der kurzen uns zur Verfügung stehenden Zeit nicht alles einpacken konnten, was wir gern mitgenommen hätten. Und weil wir nicht wussten, wohin die Reise ging und ob wir unsere künftige Wohnung so wieder würden einrichten können, wie wir es gewohnt waren, mussten wir schnell entscheiden, was wir zurücklassen sollten, denn was in Dessau blieb, würden wir nicht wiedersehen — wir wussten ja nicht, ob und wann wir jemals zurückkommen würden.

Mein Vater hatte sich am Tag zuvor den Arm verletzt und trug ihn in einer Schlinge, deswegen konnte er uns beim Packen nicht helfen. Mit dem ersten Lastauto fuhr er zur Verladestation, wo er das Verstauen unserer Habe in den Güterwagen überwachte. Zuvor beauftragte er mich, den Arbeitskeller zu bearbeiten. Ich sollte auswählen, was mitgehen und was bleiben sollte. Das war eine schwierige Aufgabe, denn im Arbeitskeller war mein Vater ein Chaot, wie ich in vielen Dingen übrigens auch. Er sammelte vieles, denn man könnte es doch irgendwie und irgendwo einmal gebrauchen! — Später lobte er mich, wie gut ich meine Aufgabe erledigt hätte. Das tat mir wohl.

Zum Nachdenken kam ich nicht, ich funktionierte nur. Ich packte, wie die anderen auch, ging zwischendurch zum Bäcker, kaufte, was unsere Brotmarken hergaben, und packte dann weiter. Wir schufteten bis zum späten Nachmittag. Aber die vielen Hände hatten es schließlich doch geschafft . Mit dem letzten Lastwagen fuhren wir zur Verladestation. Dort trafen wir andere Junkers-Mitarbeiter mit ihren Familien; etliche von ihnen kannten wir.

Viele Jahre später wurde ich immer wieder gefragt, warum ich mich nicht in den Westen abgesetzt habe, denn das sei doch in diesem Durcheinander sicherlich möglich gewesen. Meine Antwort lautet: Ja, das wäre wohl möglich gewesen, aber dieser Gedanke ist mir überhaupt nicht in den Sinn gekommen. Ich war froh, endlich wieder mit der Familie vereint zu sein! Und was hätte ich im Westen tun sollen? Ich hatte noch keinen Schulabschluss. Wohin hätte ich gehen sollen? Ich hatte niemanden im Westen außer meiner Tante in Berlin-Zehlendorf, und die wohnte sehr beengt. Es stand also für mich fest: Ich fahre mit.

In der Abenddämmerung fuhr der Zug ab. D-Zug-Wagen der dritten Klasse waren einige Tage lang Wohnung für uns und die anderen Familien. Wir schliefen auf den Holzbänken der Abteile oder auf Koffern zwischen den Bänken, kleine Kinder in den Gepäcknetzen. In einem besonderen Waggon waren die Soldaten des Begleitkommandos untergebracht, in einem anderen eine Feldküche und Lebensmittel für unsere Versorgung. Es war also alles hervorragend organisiert.

Die Reisegeschwindigkeit war gering. Unser Sonderzug war ja nicht der einzige, der »Spezialisten« in den Osten transportierte. Der normale Personen- und Güterverkehr sollte so wenig wie möglich gestört werden, auch wollte man kein Aufsehen erregen. Wir fuhren also über Nebenstrecken und standen oft lange auf Abstellgleisen. So verging ein Tag nach dem anderen. Viele Stunden warteten wir vor Warschau. Dann kamen wir in Brest-Litowsk an, der Grenzstation von Polen zur Sowjetunion.

Hier gab es einen längeren Aufenthalt, denn es musste, mit Unterstützung sowjetischer Soldaten, umgeladen werden, und zwar von der europäischen Normalspur (1435 Millimeter) auf die russische Breitspur (1524 Millimeter). Obwohl der Unterschied der Spurweiten nur gering ist, waren die russischen Lokomotiven gewaltiger als die deutschen; die schlanken Kriegslokomotiven der Baureihe 52, die wir auch in Polen viel sahen, wirkten wie Zwerge neben den russischen Riesen mit ihrem großen roten Stern an der Stirnseite, der ihnen zusätzlich einen aggressiven Ausdruck verlieh. Die russischen Dampflokomotiven machten sich mit brüllenden Sirenen bemerkbar, während in Deutschland klare Pfeiftöne zu hören waren.

Das Umladen ging relativ schnell vor sich, weil die beiden Züge am gleichen Bahnsteig, also einander gegenüber standen. Wir mussten weder über Gleise steigen noch Treppen benutzen. Untergebracht waren wir jetzt in Liegewagen mit gepolsterten Bänken. Die oberen Betten konnte man hochklappen, so dass die Abteile tagsüber einen wohnlichen Charakter bekamen.

Gegen Abend verließen wir Brest-Litowsk. Ruhig fuhr unser Zug in östlicher Richtung. Mal blieb er stehen, dann fuhr er wieder weiter. Niemand von uns wusste, wohin die Reise geht und wie lange sie dauern würde. Wir schauten in die Landschaft, die wir durchquerten. Sie war nur leicht bewegt, fast flach. Hier und da kleine Dörfer, bestehend aus wenigen Holzhäusern, von Obstbäumen und Gärten umgeben, und auf den Koppeln Rinderherden, dann wieder große Wälder mit Birken.

Wir versuchten das Reiseziel zu erraten, konnten aber aus den Orten, die wir durchfuhren, keine Schlüsse ziehen, denn wir fuhren auf Nebenstrecken. Einige Namen kamen uns allerdings bekannt vor: Sie waren in den Berichten des Oberkommandos der Wehrmacht genannt worden. Ab und zu hielt der Zug an einer Station. Russinnen mit großen, wollenen Kopftüchern versuchten, uns etwas zu verkaufen. Sie hatten aber keinen Erfolg, denn wir verstanden ihre Sprache nicht, und wir hatten ja auch keine Rubel.

Manchmal wurden wir in ein Bahnhofsrestaurant geführt, um eine ordentliche, warme Mahlzeit einzunehmen. Diese Lokalitäten schienen ins 19. Jahrhundert zu gehören. Wir schritten unter schweren Portieren aus dunkelrotem Samt zu den Tischen. Künstliche Blumen verstaubten auf Konsolen, und irgendwo sah aus einem verschnörkelten Bilderrahmen Lenin auf uns herab, und Stalin natürlich auch. Der erste Gang bestand aus einem großen Teller kräftiger Suppe. Dann wurde ein Frühstücksteller mit dem Hauptgericht aufgetragen: ein Stück Fleisch, zwei Kartoffeln und etwas Gemüse. Den Abschluss bildete ein Dessert, wie wir es von Deutschland her kennen.

Auf den Bahnsteigen sahen wir immer wieder Wasserhähne, einen für kaltes Trinkwasser und einen zweiten für kochendes Wasser. Reisende mit Teekannen gingen zu den Zapfstellen und brühten Tee auf. Tee spielt im Leben der Russen eine große Rolle. Unsere Wachsoldaten hatten stets einen Samowar in ihrem Abteil summen. Manchmal gaben sie uns von ihrem Tee etwas ab.

Der Zug rollte recht langsam über die Gleise, denn der Unterbau war schlecht. In vielen Bahnhöfen waren die hölzernen Schwellen nicht mehr zu sehen, sie waren in einer schwarzen Schmiere aus Unrat, Asche und Öl versunken, oft hatten sich ihre Reste von den Eisenschienen gelöst. Während wir in der Nacht dahinfuhren, träumte ich immer wieder, unser Zug bewege sich plötzlich ohne Schienen auf einem Feldweg weiter.

Dann überquerten wir eines Nachts die Wolga. Am nächsten Morgen stand der Zug mehrere Stunden in einem Vorort von Kújbyschew (heute Samara). Diese Ortschaft hieß, wie wir später erfuhren, Bjesimjánka, das heißt »ohne Name«. Eine graue, elektrische Vorortbahn fuhr regelmäßig vom Nachbargleis aus nach Kújbyschew. Neben den Gleisen war ein Wochenmarkt. Zwischen den Verkaufsständen aus rohen Brettern gingen wir umher. Fliegen krochen über frisches Fleisch. »Igitt!«, sagte meine Mutter entsetzt, »hier werde ich nie einkaufen!« Natürlich hat sie später auf derartigen Märkten gekauft. Man gewöhnt sich an alles!

Hinter dem Markt erhoben sich trostlose, sechsstöckige Mietskasernen. Grau und schmutzig waren sie, Putz bröckelte ab, die beschädigten Schnörkel an den Eingängen verstärkten noch die Tristesse. Zwischen den Häusern konnte ich keine befestigten Wege entdecken, keine Gartenanlagen, nur zertrampelten Boden. Hier und da lag Bauschutt herum. Das Buch *Der verratene Sozialismus* kam mir in den Sinn. Und auf einmal löste sich die innere Spannung, die ich seit dem Einpacken unserer Sachen am 22. Oktober verspürt hatte. Grauen packte mich.

Am nächsten Morgen war unser Zug an seinem Ziel angelangt, dem kleinen Bahnhof Krásnaja Gljínka (das bedeutet »rotes Lehmchen«) nahe der Wolga, etwa dreißig Kilometer nördlich von Kújbyschew. Sowjetische Soldaten verluden unsere Sachen auf Lastautos, und nach sechs Kilometern Fahrt waren wir dort, wo wir die nächsten Jahre verbringen sollten. Uns wurde eine Wohnung in einer von zwei Mietskasernen zugewiesen.

Das Umfeld dieser beiden Häuser glich dem in Bjesimjanka, daher waren wir dankbar, dass der Boden gefroren war, als wir unsere Wohnung bezogen. Bei wärmerem Wetter hätten die Soldaten, die uns beim Einzug halfen, dicke

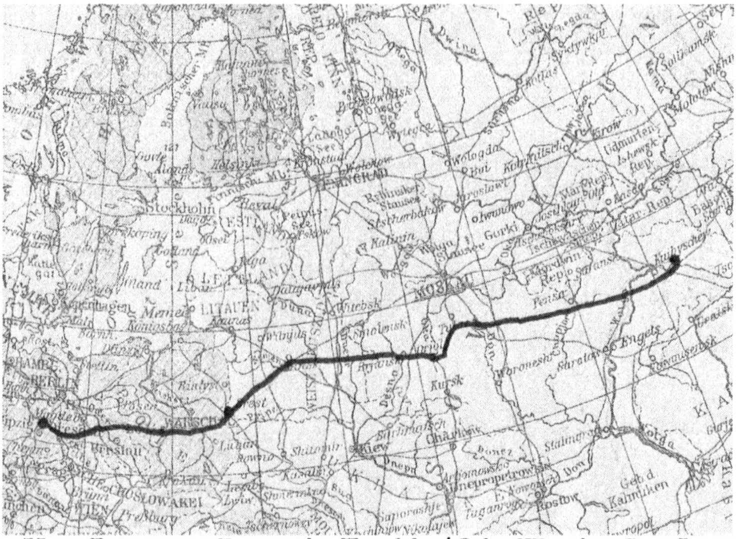

Unser Reiseweg von Dessau über Frankfurt/Oder, Warschau, Brest Litowsk, Minsk, Pensa, Sysran nach Kujbyschew-Upra.

Matschschichten in die Zimmer getragen. Als sie unseren Konzertflügel zu Gesicht bekamen, erstarrten sie vor Ehrfurcht; so etwas war ihnen wohl bei gewöhnlichen Bürgern noch nicht begegnet. Und ich musste feststellen, dass mir die Soldaten nicht mehr unheimlich vorkamen. Im Umgang mit ihnen, sowohl auf der Fahrt als auch jetzt, spürte ich, dass sie auch nur Menschen waren wie wir. Die Kriegspropaganda hatte sie als Bestien beschrieben, das aber stimmte überhaupt nicht. Sie waren hilfsbereit und freundlich zu uns.

Während unseres Einzugs war ein Elektriker damit beschäftigt, die letzten Installationen vorzunehmen. Er montierte gerade den zentralen Sicherungskasten. Der Sicherungskasten war mit alten, bereits durchgebrannten Keramiksicherungen bestückt, die der Elektriker mit einem Draht überbrückt hatte.

Nachdem all unsere Habe in die Wohnung geschafft worden war, atmeten wir auf. Wir hatten einen gewissen Endpunkt erreicht; die Anspannung der Fahrt ins Ungewisse fiel langsam von uns ab. Nun mussten wir unsere Wohnung einrichten, so gut es ging. Die Möbel mussten aufgestellt und der Inhalt der vielen Kisten und Kästen, der Säcke und Wannen eingeräumt werden. Was kam auf uns zu?

Exkurs: Technischer und politischer Hintergrund unseres Aufenthalts in der Sowjetunion

An dieser Stelle muss ich meinen Bericht unterbrechen, um den Hintergrund zu erhellen für das, was mit uns und vielen anderen geschehen war und warum.

Dessau war die Stadt der Junkerswerke. Hier hatte Hugo Junkers sowohl Flugzeuge als auch Flugmotoren entwickelt und hergestellt. Genau gesagt galt das aber nur bis 1933, weil die Nationalsozialisten Prof. Junkers mit Verhaftung bedrohten und nach München verbannten, wo er an seinem 76. Geburtstag, am 3. Februar 1935, starb. In dem 1936 gegründeten NS-Staatskonzern „Junkers Flugzeug- und Motoren-Werke AG“ wurden die von Prof. Junkers angefangenen Arbeiten fortgesetzt.

Gegen Ende der dreißiger Jahre war man mit der Leistungsfähigkeit der Flugmotoren an eine physikalische Grenze gestoßen: Schneller als etwa 600 km/h konnte ein Flugzeug nicht fliegen, weil die Spitzen der Propeller die Überschallgeschwindigkeit erreichten und deswegen zerbrachen. Man suchte also nach neuen Antriebsmöglichkeiten, dachte an Raketen und ähnliches. Bald zeigte sich, dass als Antrieb für schnelle Flugzeuge das sog. Strahltriebwerk am besten geeignet ist. Das Prinzip eines Strahltriebwerks kann man kurz so beschreiben: Von vorn wird Luft angesaugt und verdichtet (komprimiert). Diese verdichtete Luft wird mit Hilfe von Brennkammern, in die Kerosin eingeblasen wird, erhitzt und dient so als Energie für eine Turbine, die zum einen den Verdichter antreibt und zum andern mit der brennenden Abluft den erforderlichen Rückstoß erzeugt.

Diese Idee verfolgte man sowohl in Großbritannien und den U.S.A. als auch in Deutschland. Das erste Flugzeug der Welt mit einem Strahltriebwerk baute Ernst Heinkel. Der Jungfernflug fand im August 1939 in Rostock statt, also wenige Tage vor Beginn des Zweiten Weltkriegs. Die Reichsregierung zeigte aber zunächst wenig Interesse daran.

Unabhängig davon gab es zwei Motorenwerke in Deutschland, welche die Entwicklung von Strahltriebwerken forcierten. Der eine Hersteller war BMW in Berlin. Dieses Werk wurde später in ein Kalibergwerk verlagert, und zwar bei Staßfurt, etwa 45 km westlich von Dessau. Das andere Werk war Junkers in Dessau. Hier war man am weitesten vorangekommen, denn bereits 1942 startete eine Messerschmitt Me 262 mit zwei Strahltriebwerken JUMO 004 (JUMO steht für JUnkers MOtor) und erreichte sofort eine Geschwindigkeit von 870 km/h. Die Me 262 wurde das erste Strahlflugzeug der Welt, das in Serie gebaut wurde. Insgesamt sind 6000 bis 8000 Exemplare des Strahltriebwerks JUMO 004 fertiggestellt worden. Eine genaue Zahl kann man nicht mehr ermitteln, weil die Unterlagen im Chaos des Kriegsendes weitgehend verloren gegangen sind.

Bei der Entwicklung von Strahltriebwerken waren sowohl die Briten als auch die Amerikaner bei Kriegsende über das Versuchsstadium nicht hinaus gekommen. So wird verständlich, dass sich die Siegermächte gierig auf diese deutschen Fabriken stürzten.

In der Konferenz von Jalta (Februar 1945) hatten Stalin, Churchill und Roosevelt vereinbart, Deutschland in Besatzungszonen zu teilen und hatten deren Grenzen bereits festgelegt. Zu der sowjetischen, der britischen und der amerikanischen kam später noch die französische Zone hinzu. Außerdem hatten die drei abgesprochen, dass sich jeder anstelle von Reparationszahlungen aus seiner Besatzungszone bedienen sollte, d. h. also mitnehmen durfte, was ihm wichtig war. Das waren in der Regel Fabrikausrüstungen und Fachleute. Gelegentlich erwähnte mein Vater dieses Ergebnis der Jalta-Konferenz und meinte damit wohl, dass unserem Aufenthalt in der Sowjetunion eine gewisse Legalität nicht abzusprechen sei, schließlich hatten Roosevelt und Churchill dem grundsätzlich zugestimmt. Wir waren also lebende Reparationen!

Bei Kriegsende waren die Amerikaner bis an die Mulde bei Dessau vorgestoßen. In Staßfurt und in Dessau sind ihnen sowohl Konstruktionsunterlagen als auch fertig montierte Triebwerke in die Hände gefallen. Sie haben auch Fachleute angeworben und mitgenommen, als sie sich, wie in Jalta festgelegt, hinter die Grenze der Sowjetischen Besatzungszone (SBZ) zurückzogen. Die Rote Armee rückte nach und versuchte soweit wie möglich die Produktion in den Junkerswerken wieder aufzunehmen.

Es gab in Dessau nicht nur die Produktion von Strahltriebwerken, sondern man arbeitete in den Junkers-Flugzeugwerken auch an schnellen Jägern und Bombern, die mit Strahltriebwerken ausgerüstet werden sollten. Die dort Beschäftigten wurden ebenfalls in die Sowjetunion „eingeladen", genau wie wir, nur landeten sie in Podberesje bei Moskau.

In unserem neuen Wohnort an der Wolga gab es neben den Junkers-Motorenleuten auch solche von BMW aus Staßfurt; beide Gruppen arbeiteten zusammen an der Entwicklung eines neuen Strahltriebwerks. Als dritte Gruppe waren aus Berlin-Friedrichshagen Spezialisten für automatische Flugführung (Autopilot) gekommen.

Außer den genannten gab es noch andere Gruppen von „Spezialisten", die in andere Orte der Sowjetunion transportiert worden waren, so etwa Raketenfachleute aus Peenemünde.

Von geringen Ausnahmen abgesehen wurden alle diese „Spezialisten" — es mögen etwa fünf Tausend gewesen sein — aus dem gesamten Gebiet der SBZ am gleichen Tag (22. Oktober 1946) in aller Früh von sowjetischen Soldaten aufgefordert, ihre Familie und ihren Hausrat für den Umzug in die Sowjetunion fertig zu machen, und das innerhalb weniger Stunden! Objektiv betrachtet muss man feststellen, dass diese Aktion, die sich ohne Vorankündigungen über die gesamte SBZ erstreckte, gründlich vorbereitet worden war, pünktlich und reibungslos verlief und geheim gehalten werden konnte, eine riesige organisatorische Leistung war, zu der ich nichts Vergleichbares kenne.

Upra, die neue »Heimat«

Unser neuer Wohnort hieß Uprawljéntscheskij Gorodók, auf deutsch »Verwaltungsstädtchen«, ein Stadtbezirk von Kújbyschew. Etwa 5.000 Menschen wohnten hier, darunter 2.000 Deutsche. Upra, wie wir verkürzt sagten, lag nahe der Wolga auf einer Hochebene. Unmittelbar am Steilufer erhob sich das »Sanatorium«, ein großer, weiß getünchter Gebäudekomplex, in dem man anfangs auch deutsche Spezialisten unterbrachte, weil noch nicht alle Wohnungen bezugsfertig waren. Hier waren Teile der sowjetischen Regierung ausgelagert gewesen, als deutsche Truppen vor Moskau standen. Ob dort auch Stalin, einen Sonnenuntergang über dem Wolgabogen betrachtend, sein Pfeifchen geraucht hat?

Vom Sanatorium aus führte eine asphaltierte Straße ins Zentrum von Upra, das eigentlich nur eine Straßenkreuzung

Das Sanatorium vom Wolgaufer aus gesehen.

war mit Einkaufsmöglichkeiten, einer Post und einer Omnibushaltestelle.

An besagter Straße lag das Sawód N 2, das Werk Nr. 2, wo unsere Väter arbeiteten. Es war von hohen Holzwänden umgeben, so dass man nicht sehen konnte, was dahinter geschah. Die Dächer der Werkshallen und Steingebäude ragten darüber hinaus. An den Ecken erhoben sich Wachtürme wie bei Gefangenenlagern.

Dem Werk gegenüber war der »Klub«, ein großes Holzgebäude mit pseudoklassischen Säulen und Giebeln. Rote Transparente prangten über dem Haupteingang, deren goldene Buchstaben Parteilosungen verkündeten, daneben hingen überdimensionale Portraits von Lenin und Stalin. Außerdem waren große Lautsprecher an den Ecken des Klubs montiert, deren Schalltrichter ganz Upra vom frühen Morgen bis in die Nacht mit Radio Moskau beschallten. Unsere Zeit ging gegenüber der Moskauer Zeit eine Stunde vor,

Der Klub der Werktätigen.

deswegen hörten wir allabendlich schon um 23 Uhr die sowjetische Nationalhymne.

Im Klub fanden diverse Veranstaltungen und regelmäßige Kinovorführungen statt.

Die Rote Armee hatte in Babelsberg das Archiv der Ufa erbeutet. Wir konnten uns also viele alte deutsche Filme anschauen, die mit russischen Untertiteln versehen waren. Aber auch alte, deutsch synchronisierte Hollywoodfilme, ebenfalls mit russischen Untertiteln, wurden vorgeführt, die englisch gesungenen Lieder erklangen jedoch im Original.

Ich erinnere mich an die *Donkey Serenade* und den *Indian Love Call,* Weltschlager der dreißiger Jahre. Und ich sehe noch Jan Kiepura seine Angebetete anflehen: »Ninon, lach mir einmal zu.«

Diese Kinobesuche stellten ein wenig geistige Freiheit für uns dar, verbunden mit sentimentaler Sehnsucht nach der Heimat und nach früheren, »guten« Zeiten.

Marktszene in Upra

Nicht weit vom Klub lag der »rýnok«, der Markt, eine freie Fläche mit zum Teil überdachten Verkaufsständen aus Holzbrettern, zugig und ungemütlich. Hier verkauften Einheimische, was sie an landwirtschaftlichen Produkten selbst erzeugt und übrig hatten: Kartoffeln etwa oder Kohl, auch Fleisch und Milchprodukte. Die Preise bewegten sich auf Schwarzmarktniveau, daher konnten wir sie meist nicht bezahlen.

Direkt an der zentralen Straßenkreuzung stand ein lang gestrecktes, vierstöckiges Haus, verputzt und ockerfarben gestrichen; in den oberen Etagen wohnten Parteifunktionäre und russische Ingenieure. Wir nannten es deshalb das »Bonzenhaus«. Im Erdgeschoss war das »Magazin« untergebracht, ein staatliches Geschäft, in dem wir das kauften, was es auf Lebensmittelkarten gab — wenn es etwas gab. Die Preise waren, verglichen mit denen auf dem Markt, niedrig. Die Verkäuferinnen trugen alle weiße Kittel, und weiße Kopftücher hielten ihre Haare zusammen.

Der Vorgang des Einkaufens im Magazin war für uns ungewohnt: Zuerst ging man zur Kasse, sagte, was man haben wollte, und bezahlte. Daraufhin erhielt man einen Coupon, der zum Empfang der Ware berechtigte.

Wenn wichtige Nahrungsmittel angeboten wurden, etwa Zucker oder Nudeln, bildete sich rasch eine lange Schlange vor dem Magazin, und irgendein Familienmitglied musste schnell hingehen, um die Chance zu nutzen. Bei nasskaltem Wetter war das Anstehen unangenehm, aber manchmal war diese »sozialistische Wartegemeinschaft« auch eine Informationsbörse: Wir erfuhren Neuigkeiten aus Upra, sowohl über Menschen als auch über günstige Gelegenheiten.

Mehl wurde nur vor den vier großen Feiertagen zugeteilt, und zwar zum 1. Mai, zum 8. Mai (dem »Tag des Sieges über das faschistische Deutschland«), zum 7. November (dem Tag der »Großen Sozialistischen Oktoberrevolution«) und zu Silvester. In der übrigen Zeit kauften wir Nudeln und zermahlten sie in der Kaffeemühle zu feinem Grieß, womit man dann Kuchen backen oder Soßen andicken konnte.

Das russische Brot ist mir in besonders unangenehmer Erinnerung geblieben. Der Teig wurde in der Großbäckerei aus dicken Schläuchen in rechteckige Blechformen gegossen. Nach dem Backen bildete die Rinde ein festes Gewölbe, unter dem die eigentliche Brotmasse zusammengesunken war. Sie war sehr sauer und von klebriger Konistenz; manche Leute benutzten sie tatsächlich zum Kleistern, daher verballhornten wir »chljeb«, das russische Wort für Brot, zu »Klebe«. Ich bekam Darmkoliken davon, die zunehmend heftiger wurden. Diese sehr schmerzhaften Anfälle verschwanden erst, als sich die Zeiten besserten und wir auch Weißbrot kaufen konnten. Noch Jahrzehnte später vertrug

Links das „Bonzenhaus", in der Mtte das „Graue Haus", rechts das „Rote Haus", in dem wir wohnten, und zwar im ersten Stock ganz links, sozusagen im „Turm".

ich Graubrot nicht, das üblicherweise mit Sauerteig angesetzt wird.

Hinter dem Magazin, in der Nebenstraße, standen zwei Mietskasernen, in denen deutsche »Spezialisten« wohnten. Es waren große vierstöckige Steinhäuser mit mehreren Eingängen. Das eine war grau verputzt, das andere aus rohen Ziegelsteinen, also äußerlich noch unfertig. Deutsche Kriegsgefangene sollen beide innerhalb kurzer Zeit hochgezogen haben. Wir nannten sie »das Graue Haus« und »das Rote Haus«. Im »Roten Haus« wohnten wir.

Außer in den beiden Steinhäusern waren deutsche »Spezialisten« auch in zweistöckigen Holzhäusern sowie in der »Finnensiedlung« untergebracht. Diese bestand aus kleinen Holzbaracken, die sich die Sowjetunion aus Finnland besorgt hatte. Ihre Bewohner genossen den Vorteil eines Gartens, in dem sie Kartoffeln und Gemüse anbauen konnten.

Die „Finnensiedlung". Hier lebten deutsche Facharbeiter und Ingenieure mit ihren Familien.

In der Finnensiedlung wohnten vorwiegend Arbeiter, in den Holzhäusern Angestellte und Ingenieure und in den Steinhäusern nur Akademiker. Die viel gepriesene »klassenlose Gesellschaft« der Sowjetunion kannte also sowohl eine Oberklasse als auch Mittel- und eine Unterklasse. Danach richteten sich auch die Lebensmittelzuteilungen und die Gehälter: die Arbeiter bekamen am wenigsten zu essen, die Akademiker am meisten.

Die Wohnungen in den Steinhäusern waren für sowjetische Verhältnisse geradezu fürstlich Wir hatten eine Zentralheizung, die allerdings anfangs nicht funktionierte. Wir hatten ein Badezimmer, zwar fensterlos und ohne Wanne, aber immerhin mit WC. Wir hatten eine Küche mit einem aus Ziegelsteinen gemauerten Herd, den wir mit Holz befeuerten. Und wir hatten drei Zimmer, also weniger Platz als in Dessau, daher mussten wir Kisten und Kartons auf den Schränken bis an die Zimmerdecke stapeln. Was aber das

Das linke Bild zeigt meine Mutter und mich beim Holzsägen im Flur unserer Wohnung, das rechte unsere Küche.

Beste war: Wir hatten eine Wohnung für uns allein und mussten sie nicht mit einer oder gar mehreren Familien teilen. Auch die Zuteilung der Wohnungen richtete sich nicht nach der Größe der Familie, sondern nach der Stellung der »Spezialisten«. Mein Vater gehörte demnach zur Oberklasse.

Es war kalt in der Wohnung. Wir lernten schnell, dass man die Doppelfenster im Winter mit Papierstreifen verkleben muss, damit die Kälte nicht hereinkommt. Zum Lüften diente ein kleines Klappfensterchen. Der einzige Raum in unserer Wohnung, den wir heizen konnten, war die Küche, nur brauchten wir Holz dazu. Anfangs besorgten wir es uns durch Tauschhandel: Irgendwelche Gegenstände, die wir nicht dringend benötigten, gaben wir geschäftstüchtigen Russen und erhielten dafür wunderschönes Eichenholz, gerade gewachsene Stämme, die sich gut hacken ließen, aber vorher zersägt werden mussten. Mein Vater baute einen kleinen Sägebock, der auf eine Kiste gesteckt wurde. Meine Mutter und ich zerkleinerten oft im Flur mit einer alten Bauchsäge die dicken Baumstämme.

Die elektrischen Leitungen innerhalb der Wohnung waren nicht unter Putz verlegt, wie wir das gewohnt sind, sondern mit Porzellanisolatoren an der Wand befestigt wie Telegrafenleitungen. Die Drähte, aus massivem Kupfer und mit gemustertem Gewebe umwickelt, waren so dick wie Schukostecker. Strom gab es nur stundenweise; anfangs tagsüber eine Zeit lang und abends nach 22 Uhr. Wir behalfen uns mit Kerzen.

Wenn es Strom gab, konnten wir im Wohnzimmer eine oder zwei elektrische Kochplatten aufstellen und damit heizen. Um die Heizleistung zu erhöhen, verkürzten wir die Drahtwendel, so dass sie nicht mehr dunkelrot glühten, sondern hellrot. Auf diese Weise sind Heizleistungen von mehreren tausend Watt zustande gekommen. Wegen der dicken Kupferdrähte brauchten wir keine Angst zu haben, dass eine Leitung durchbrennen könnte; die Sicherungen waren ja ohnehin überbrückt.

Bald hatten wir verstanden, nach welchen Regeln die Stromsperren vorgenommen wurden. Der Drehstrom kam über frei stehende Masten direkt ins Haus und wurde erst in den einzelnen Hauseingängen auf die üblichen 220 Volt verteilt. An einem Abend hatte nur der eine Eingang Strom, am nächsten Abend der andere: Der Stromlieferant hatte dann jeweils eine der drei Phasen abgeschaltet. Ingenieure wissen sich zu helfen: Sie klemmten im Anschlusskasten einfach die betreffende Zuleitung um, und wir hatten Licht. Schlimm wurde es nur, wenn alle elektrisch heizten, so dass die Sicherung am Mast durchbrannte und wir wortwörtlich im Dunkeln saßen. Neidisch schauten wir dann auf das »Bonzenhaus«, denn die Funktionäre hatten immer Licht.

Stromzähler waren unbekannt. Um den Stromverbrauch zu messen, kam in gewissen Abständen der »Kontroljór«

Blick vom Dach unseres Hauses nach Westen. Gleichsam am Horizont das Werk. Man erkennt die Dächer der Werkshallen und links des Konstruktionsbüros Davor die Holzhäuser, in denen auch Deutsche wohnten. Weiter vorn zwei weiße Steinhäuser: Im linken wohnten Junggesellen, im rechten war die Poliklinik untergebracht.

und prüfte in jeder Wohnung die Stromverbraucher. Er schaltete die Beleuchtung ein und zählte die brennenden Glühbirnen. Bei unserer fünfarmigen Wohnzimmerlampe hatte mein Vater einen kleinen verborgenen Druckknopf angebracht, der drei Lampenarme abschaltete. Der Kontrolleur beäugte jedes Elektrogerät und berechnete aus allen Stromverbrauchern den Betrag, der dann zu bezahlen war. Unser Kühlschrank war eigentlich ein Gaskühlschrank gewesen, anstelle des Gasflämmchens wurde er jetzt mit einer Heizwendel betrieben. Wir hatten den Kühlschrank in einen Berg von Koffern und Kartons so eingebaut, dass die elektrische Zuleitung unsichtbar blieb.

Der Kontrolleur war ein gefürchteter Mann. Er kam immer unangemeldet und hatte natürlich bald mitbekom-

Blick vom Dach unseres Hauses nach Nordwesten. Links die russische Schule, in der Mitte Holzhäuser der Russen, davor rechts die Stalowaja, die Gaststätte.

men, dass die Spezialisten mit elektrischen Kochern heizten und diese »Heizungen« in Schränken versteckten. Also öffnete er Schranktüren und wurde auch hier und da fündig. Dann aber waren empfindliche Geldstrafen fällig. Um den Kontrolleur zu täuschen, hatten wir immer einen schwachen Elektrokocher bereitstehen. War er unterwegs, warnten wir uns alle gegenseitig, soweit das unauffällig möglich war.

Wenn es tagsüber klopfte — Klingeln waren nicht installiert — und man nicht wusste, wer da vor der Tür stand, wurde ein Kind vorgeschickt und musste rufen: »Mama nje dóma!«, also »Mama ist nicht zu Hause!«. In Ermangelung eines Kindes taten das auch Erwachsene mit verstellter Stimme. Wir selbst und unsere Freunde hatten aus diesem Grunde Klopfzeichen vereinbart. Wenn es klopfte, erkannten wir am Rhythmus, jetzt kommt einer von uns. Übrigens hatten alle Wohnungen den gleichen Schlüssel, der sogar auf die Türen im Werk passte. Später montierten wir ein Sicherheitsschloss an die Wohnungstür.

Von unserer Wohnung aus hatten wir freie Sicht nach Westen, mit viel Himmel, Wolken und abends schönen Sonnenuntergängen. Dort, so wussten wir, strömte die Wolga. Wir konnten sie aber nicht sehen, denn wir wohnten etwa zwei Kilometer vom Steilufer entfernt hoch über ihr. Unserem Haus gegenüber, auf der anderen Straßenseite, war eine große Baugrube. Wir sahen auf Betonträger, die einmal eine Kellerdecke für weitere Steinhäuser tragen sollten. An dieser Stelle tat sich aber nichts, solange wir in Upra lebten; unser Blick aus dem Wohnzimmer in Richtung Wolga blieb frei.

Hinter der Baugrube hatte ein Bach sein Bett in das Gelände gegraben. Jenseits dieses Tälchens erhob sich ein großes mehrstöckiges Gebäude, wie unser Haus aus roten Ziegelsteinen erbaut und unverputzt: die russische Schule. Daneben standen zwei kleinere weiße Häuser; das eine war die Poliklinik. Dort konnten wir Ärzte konsultieren und uns Zähne ziehen lassen. Die Zahnärztin bemühte sich sehr; ihre Apparaturen waren zwar einfach, aber zweckmäßig. Nur fand ich den Anblick eines gezogenen Zahnes, der im Spuckbecken neben dem Behandlungsstuhl lag, nicht gerade erhebend, zumal er nicht von mir stammte.

Zwischen der Schule und der Poliklinik hindurchblickend konnten wir einige der Holzhäuser sehen, in denen Deutsche wohnten. Wenn wir von unserem Haus aus links um die Ecke gingen, kamen wir zu den Finnenhäusern. Davor standen einige ältere, üppig verzierte Landhäuser, die wohl früher Besitztum reicher Kaufleute aus Samara gewesen sein dürften. Wir nannten sie »Amihäuser«, denn man erzählte sich, dass im Kriege, als Teile der sowjetischen Regierung im Sanatorium untergebracht gewesen waren, Amerikaner darin gewohnt hätten, Botschaftspersonal oder militärische Berater.

Alltag in Upra

Nachdem wir unsere Wohnung eingerichtet hatten, versuchten wir unsere menschliche Umgebung kennenzulernen. Wer von unseren Bekannten aus Dessau war mitgekommen? Wo wohnten sie? Und die anderen, die jetzt in Upra lebten, was waren das für Leute? Für uns alle galt ja, dass die seit vielen Jahren bestehenden Bindungen zu Verwandten, Nachbarn und Freunden am 22. Oktober 1946 schlagartig abgerissen waren.

Die Männer kannten ihre Arbeitskollegen aus Dessau von Junkers her, und diejenigen, die aus anderen Städten nach Upra geholt worden waren, lernten sie während ihrer täglichen Arbeit bald kennen. Mütter und Kinder aber mussten erst Beziehungen knüpfen. Bald stellte sich heraus, mit wem wir besser harmonierten und mit wem weniger gut. Freundschaften entstanden.

Mit einem Ehepaar in unserem Eingang ging das recht schnell, denn wir entdeckten musikalische Gemeinsamkeiten. Wir hatten Noten und fingen an zu singen. Unsere Nachbarin hatte eine schöne Sopranstimme, er einen kräftigen Tenor; meine Mutter sang Alt, ich Bass, und meine Schwester Annemarie verstärkte den Sopran. Wir versammelten uns um den Flügel und stimmten mehrstimmige Gesänge an: Madrigale, Lieder aus der *Geselligen Zeit* und anderen Liederbüchern.

Die Adventszeit begann mit langen Abenden im Kerzenschein. Die Kerzen hatten allerdings ihren romantischen Glanz verloren, weil wir sie ja täglich viele Stunden benutzen mussten. Den meisten Deutschen grauste es vor Weihnachten. Die Feiertage selbst waren Arbeitstage, das hielt uns aber nicht davon ab, unseren Tageslauf auf heimatliche Gebräuche abzustimmen. Wir überlegten, wie wir unseren Mitbewohnern am Heiligen Abend eine kleine Freude machen könnten, und kamen auf die Idee, in allen vier Hauseingängen Weihnachtslieder zu singen.

Dazu stiegen wir in den dunklen Treppenhäusern jeweils auf den Absatz zwischen dem ersten und dem zweiten Stockwerk und entzündeten Kerzen, die wir in der Hand hielten. Zur Eröffnung, also um die Menschen aufmerksam zu machen, erscholl laut und kräftig *Tochter Zion* von Georg Friedrich Händel. Vorsichtig öffneten sich die Wohnungstüren. Dann sangen wir *Es ist ein Ros' entsprungen* in dem wunderschönen Satz von Michael Praetorius. Den Abschluss bildete *Stille Nacht, heilige Nacht.* Nachdem der letzte Ton verklungen war, bliesen wir unsere Kerzen aus und gingen langsam die Stufen hinab. Leise schlossen sich die Türen.

Weihnachten verlief still. Wir hatten keine materiellen Güter, die wir uns gegenseitig schenken konnten. Für mich war wichtig, dass wir nach Jahren der Trennung wieder vereint waren. Wir hatten sogar einen richtigen Christbaum aufgestellt. Der war nicht leicht zu beschaffen, denn die Landschaft, in der wir jetzt lebten, war zwar waldig, aber wohin wir auch blickten, wir sahen nur Eichen, Buchen, Birken. Kurz vor Weihnachten entdeckte ein Ingenieur in der Nähe des russischen Friedhofs eine Kiefernschonung. Mit dem zuständigen Förster wurde vereinbart, dass wir uns dort besonders gezeichnete Bäumchen selbst schlagen durften. Meine kleine Schwester Christine und ich holten unseren Rodelschlitten hervor, nahmen eine Säge mit und stapften bei strahlendem Sonnenschein und knackiger Kälte durch den tiefen Schnee zu den Kiefern. Wir sägten einen kleinen Baum ab, packten ihn auf den Schlitten und transportierten ihn behutsam nach Hause. So kamen wir zu unserem Christbaum.

In der Sowjetunion kannte man Weihnachten nicht, denn, so sagte Lenin (oder war's schon Karl Marx?): »Religion ist Opium fürs Volk.« Stattdessen wurde der Jahreswechsel groß gefeiert. Zu diesem Fest gehörte auch ein geschmückter Tannenbaum, in öffentlichen Gebäuden aufgestellt, in der Schule etwa oder im Klub. Diese »Silvesterbäume« waren ähnlich geschmückt wie bei uns die Weihnachtsbäume: Lichter waren an den Zweigen befestigt, dazu Schmuckketten, Glaskugeln und Süßigkeiten. Neben Äpfeln habe ich auch Kartoffeln und Mohrrüben an den Bäumen gesehen — und kleine Kremltürme!

Den Jahreswechsel 1946/47 feierten wir gemeinsam mit mehreren »Spezialisten«-Familien. Die Gastgeber hatten ein Zimmer weitgehend ausgeräumt, um eine Tanzfläche anbieten zu können.

In den letzten Kriegsjahren hatte es keine Tanzstunden mehr gegeben, und in der Gefangenschaft hatte ich natürlich auch keine Möglichkeit gehabt, mir das Tanzen anzueignen. Daher saß ich als Nichttänzer in der Ecke und legte Schellackplatten auf, vorsichtig, eine nach der anderen. Das machte mir Spaß, und ich lernte auf diese Weise amerikanische Musical-Schlager kennen, Titel wie *You Are My Lucky Star* mit Eleanor Powell aus dem Film *Broadway Melody 1936*. Auch Jazztitel waren darunter; an Aufnahmen von und mit Fats Waller erinnere ich mich noch deutlich. Die meisten Platten für dieses Fest hatte ein Ingenieur beigesteuert, der im Auftrage der Firma Junkers viel im Ausland tätig gewesen war und von seinen Reisen diese bei den Nazis ungeliebten Preziosen mitgebracht hatte.

Wir begingen den Jahrswechsel zweimal: einmal um Mitternacht und dann noch mal um 3 Uhr, denn dann war in Deutschland Mitternacht. Als es so weit war und in den Sektgläsern Sowjetskoje Schampanskoje perlte, legte ich die Variationen aus dem *Kaiserquartett* von Joseph Haydn auf und anschließend *Les Préludes* von Franz Liszt, womit die Reichsrundfunkgesellschaft immer die Sondermeldungen der Jahre 1941 und 1942 eingeleitet hatte.

Zum Neujahrsspaziergang schien die Sonne vom blauen Himmel, es knirschte, wenn man den Fuß auf den Schnee setzte. Beim Ausatmen blies jedermann weiße Wolken vor sich her. Es mögen wohl minus 20 Grad gewesen sein. Im neuen Jahr nahm die Kälte noch zu. Wir froren, weil wir mit unseren Mänteln nicht auf russische Verhältnisse eingerichtet waren. Geld, um neue Sachen zu kaufen, hatten wir anfangs nicht. Wir zogen zwei Pullover übereinander an. Die Kälte aber war trocken und ließ sich besser ertragen als die feuchte in Deutschland. Spaziergänge bei minus 24 Grad empfanden wir als angenehm. Die Grenze lag bei etwa minus 35 Grad, dann froren wir auch bei Sonnenschein. Schlimm war für mich ein Schneesturm bei minus 42 Grad. Ich musste meinen Rücken gegen den Wind drehen, weil ich sonst keine Luft mehr bekommen hätte.

Bei solchem Wetter ging ich einmal auf den Markt, um etwas einzukaufen. Der Weg dorthin dauerte nicht lange, vielleicht fünf Minuten, aber als ich dort ankam, riefen mir die in dunkle Steppjacken eingemummelten Marktfrauen zu: »Bjélyj nos! Bjélyj nos!«, das heißt »weiße Nase«. Ich verstand sofort, denn ich hatte — wie ich es immer zu tun pflege — durch die Nase eingeatmet. Schnell griff ich in den Schnee und rieb damit vorsichtig meine Nase ein, um die Durchblutung anzuregen. Ohne eingekauft zu haben, ging ich sofort nach Hause. Meine Mutter fand in der Hausapotheke noch irgendein Mittel gegen Erfrierungen. Meine Nase blieb mir erhalten, und Nachwirkungen gab es glücklicherweise auch nicht, wenn ich davon absehe, dass ich seitdem eine rote Schnapsnase habe.

Zur Kälte kam der Hunger, denn die Brotzuteilungen waren sehr klein. Um innerhalb der Familie Ungerechtigkeiten zu vermeiden, hatte jeder von uns einen Teller auf dem Büfett stehen. Meine Mutter legte allmorgendlich die Tagesration darauf, sorgfältig mit der Briefwaage abgewogen. Auf jedem Teller lagen etwa zweieinhalb Scheiben Brot; in ihnen steckte ein kleines Fähnchen mit dem betreffenden Namen. Jeder sollte selbst entscheiden, wann er wie viel zu den Mahlzeiten essen wollte.

Neben dem Markt lag ein Speiselokal, die »Stolówaja«. Manchmal gingen wir dorthin essen, eine Kohlsuppe etwa, um das Brot mit nach Hause zu nehmen, das es dazu gab. Auch tranken wir ab und zu Tee, wegen des Zuckers; der Tee selber war sehr dünn. Wir konnten uns das Essen in der Stolówaja leisten, weil es billig war.

Der Winter dauerte lange. Es schneite immer wieder, dann schien die Sonne vom tiefblauen Himmel. Festgefahrener Schnee bedeckte die Straßen. Russen tragen im Winter Wáljen-ki, das sind langschäftige Filzstiefel. Wir bemühten uns auch bald darum, denn sie sind nicht nur warm, wie sich leicht denken lässt, sondern auch rutschfest, sogar auf blankem Eis. Sie werden aus einem Stück gefertigt, ohne Nähte, und sind anfangs sehr steif. Es dauert eine Zeit, bis man sie eingelaufen und der Filz sich an den Fuß angepasst hat. Dann sind sie angenehm zu tragen.

Erst im April ging der Winter zu Ende. Der Frühling kam schnell. Er dauerte nur wenige Tage, dann war schon der Sommer da. Als das Tauwetter einsetzte, merkten wir erst, wie dick die Schneedecke geworden war. Auf den Trampelpfaden brachen wir plötzlich ein, und das schmutzige Wasser lief die Hosenbeine entlang in die Wáljen-ki hinein.

Der Sommer war für uns eine schöne Zeit. Wir mussten in der Wohnung nicht mehr frieren, und die Tage waren so lang wie in Norddeutschland, denn wir wohnten etwa auf dem gleichen Längengrad wie Hamburg, so dass uns die Stromsperren nicht mehr so viel ausmachten. In den Abendstunden und an arbeitsfreien Tagen unternahmen wir lange

In der Früh rief die Ziegenhirtin, und die Ziegen kamen aus den Häusern. Sie weideten irgendwo. Am Nachmittag kam die Ziegenhirtin zurück und entließ ihre Schützlinge, die allein ihren Stall fanden. Das Haus links ist das „Rote Haus". Die Häuser in der Mitte mit den spitzen Dächern sind einige der sog. „Ami-Häuser".

Spaziergänge und lernten die Landschaft unserer Umgebung kennen — und lieben!

Wir gingen oft in den Wald und hinab in die Schlucht. Viel Strauchwerk wuchs dort, ein ideales Gelände für Singvögel, darunter zahlreiche Sprosser, die Nachtigallen des Ostens. Auf Waldwiesen sahen wir die kleinen gelben Blüten wilder Tulpen. Während des Sommers konnten wir viele Blumen bestimmen, die wir auch in Deutschland kennen, aber es waren nur solche mit weißen, blassgelben oder hellblau-violetten Blüten. Wir vermissten kräftige Farben, fanden weder Kornblumen noch Klatschmohn.

In den Abendstunden hatten wir ständig Mücken zu verscheuchen. Uns plagten nicht nur dic üblichen Stechmücken, die wir von Dessau her aus leidvoller Erfahrung kannten, sondern auch Anopheles-Mücken, die bekanntlich Ma-

Wir gehen am sandigen Strand der Wolga zu einer geeigneten Badestelle. Links meine Mutter und ich, davor meine beiden Schwestern. Dieses Foto hat mein Vater gemacht.

laria übertragen. An die Bevölkerung wurde daher zur Mückenzeit prophylaktisch Chinintabletten verteilt. Sie waren gelb und schmeckten scheußlich bitter, aber sie halfen, denn ich habe nur von zwei Deutschen gehört, die Malaria bekommen haben.

Die Wolga konnten wir bequem über das Sanatorium erreichen, denn von dort führte in Serpentinen eine Straße zu einem kleinen Fischerdorf. Daneben leitete eine Holztreppe mit verspielten Torbögen, Podesten und Verzweigungen die Fußgänger über einen Höhenunterschied von etwa hundert Metern hinab, immer mit Blick auf die Wolga, die sich in einem weiten Bogen ausbreitete. Diese Treppe verrottete leider sehr schnell, so dass wir sie später nicht mehr benutzen konnten, sondern immer auf der Straße gehen mussten, wenn wir zur Wolga wollten.

Blick vom Sanatorium nach Norden. Vorn links die Insel, im Wasser liegen Flöße für das Sägewerk. Hinten links die Shiguliberge. Weiter rechts der „Tatarenhügel“. Nach dem Tode Timurs (1336 - 1405) sollen ihn seine Soldaten mit ihren Helmen aufgeschüttet haben. Darin soll er ruhen und auf bessere Zeiten warten wie Kaiser Barbarossa im Kyffhäuser. Aquarell 1950.

Gegenüber dem Fischerdorf lag eine große, unbewohnte Insel. Fährleute setzten uns gegen einen Obolus in ihrem Nachen über. Wir durchquerten die Insel auf einfachen Pfaden durch Wiesen und kleine Auenwälder. Unsere Badesachen legten wir an dem feinsandigen Strand ab, der uns an die Ostsee denken ließ. Die Wolga war hier etwa zwei Kilometer breit.

Später entdeckten wir einen kleinen See am nördlichen Ende der Insel, der von der Wolga selbst durch eine Sandbank abgetrennt war. Hier war das Wasser ruhig und klar. Von »unserer« Badestelle hatten wir einen freien Blick auf die »Porta Shigulewskaja«, also auf das bewaldete Shíguli-

Blick von der Insel nach Upra. Auf der Höhe des Steilufers das Sägewerk. Das Sanarorium liegt weiter rechts hinter den Bäumen verborgen. Aquarell 1949.

Gebirge jenseits der Wolga bis hin zum »Tartarenhügel«. Es war sehr still hier. Einmal beobachtete ich einen Seeadler, der sich auf den Fluss herabstürzte und einen großen Fisch krallte.

Vor unserem Haus sah es anfangs noch schlimm aus. Der gröbste Bauschutt war zwar weggeräumt worden, bevor wir einzogen, aber als es wärmer wurde, konnte es bei feuchtem Wetter sehr matschig werden. Im Sommer hatten die sowjetischen Dienststellen einige Male angeordnet, vor unserem Hause Verschönerungsarbeiten auszuführen. Ingenieure und Konstrukteure griffen zu Schaufeln und Spaten und werkelten. Eine Familie in unserem Haus besaß einen guten Plattenspieler, stellte ihn ins Fenster und unterhielt die arbeitenden Werktätigen mit Schlagermusik von Schallplatten, die sie aus Deutschland mitgebracht hatten.

Wenn die Sonne scheint, ist der Hunger zwar besser zu ertragen, aber die Brotrationen waren immer noch so klein wie im Winter. Wir schlichen nach wie vor um unsere Teller mit den Fähnchen herum. Im Bauch grummelte es, und ich dachte immerzu: Darf ich noch eine Scheibe Brot essen, oder wenigstens eine halbe? Ich musste meinen Verstand einschalten, der mir sagte: Wenn du jetzt noch was isst, hast du zum Abendbrot nichts mehr. Also hattte ich den Magen weiter grummeln zu lassen.

Die sommerliche Luft ließ zwar die Haut gesund erscheinen, aber die Gesichter wurden immer schmaler, die Wangen hohl, die Augen schienen in ihren Höhlen versinken zu wollen. Die letzten Kriegsjahre waren schon recht kümmerlich gewesen, und die Zeit nach Kriegsende war es noch mehr, jetzt aber hatten wir keine körperlichen Reserven mehr und wurden noch schlanker. Wenn ich die Daumenspitzen an meinem Rückgrat sich berühren ließ und den Bauch einzog, trafen sich die Zeigefinger vorn am Bauchnabel. Erzähle ich das heute, glaubt mir das niemand.

Eines Tages gab es Unruhe hinter unserem Haus: Jemand begann sich einen Gemüsegarten einzuzäunen. Als wir das merkten, taten wir das Gleiche, und innerhalb kurzer Zeit war das ganze Gelände parzelliert. Wir rupften uns aus dem Wäldchen hinter unserem Haus einige Zweige ab, steckten sie in den Boden, spannten Schnüre und begannen, das Land urbar zu machen. Der Boden war fruchtbare Schwarzerde. Wir besorgten uns Samen und Pflanzen und konnten dann im Herbst auch ernten. Der ungeliebte Meldespinat verschwand von der Speisekarte.

Der erste Versuch, Bohnen zu legen, scheiterte jedoch. Aus Deutschland hatten wir die Regel mitgebracht: »Bohnen sollen die Glocken läuten hören«. Wochen vergingen, und keine Triebe waren zu sehen. Da stellten wir fest, dass unsere Bohnen immer noch auf das Glockenläuten warteten. Der Sommer war trocken, die Schwarzerde hielt die Feuchtigkeit schlecht. Wir legten die Bohnen erneut, aber nun sehr tief. Da gingen sie auf, und wir konnten ernten.

Kújbyschew

Nachdem wir in Uprawljéntscheskij Gorodók weitgehend alle Möglichkeiten ausgeschöpft hatten, uns gegen Hunger und Frost zu wehren, strebten wir nach Kújbyschew. Diese Stadt hat etwa eine Million Einwohner, daher erwarteten wir ein besseres Warenangebot. Aber wie kam man dorthin?

In unserem Eingang war unten links ein kleines Büro, dort residierte der »Kommandant«, der Hausverwalter. Er trug die Einheitskleidung der Russen, eine dunkle Steppjacke, und auf dem Kopf eine zivile Schirmmütze, die einen Knopf im Zenit hatte. Dieser Knopf verlieh den weit verbreiteten Mützen etwas Verspieltes. Der Kommandant war nicht unfreundlich, musste aber strenge Vorschriften einhalten, darum wirkte er uns gegenüber mitunter kalt und herablassend. Manchmal saß auch der Kontrolleur in seinem Büro.

Wenn man nach Kújbyschew fahren wollte, musste man sich am Abend zuvor vom Kommandanten einen P*rópusk,* also einen Passierschein ausfertigen lassen, der nach der Rückkehr dem Kommandanten wieder auszuhändigen war. Damit hatte man einen zeitlich befristeten Pass erhalten, denn wir hatten ja keine Personalausweise. Dieser P*rópusk* war etwa so groß wie eine Postkarte. Der Kommandant füllte ihn mit violetter Tinte aus Die spitze Stahlfeder kratzte und verhakte sich hier und da in den Unebenheiten des rauen Papiers, dann gab es einen kleinen Klecks. Schließlich drückte er sein Dienstsiegel darauf. Das war bombastisch anzuschauen, mit sowjetischen Symbolen verziert, also mit Hammer und Sichel, dem Sowjetstern und feierlich drapierten Fahnen.

Passierscheine gab es nur unter bestimmten, von uns nicht durchschaubaren Bedingungen. Manchmal war der *Própusk* leicht zu erhalten, ein anderes Mal musste man wieder lange verhandeln. Bisweilen hatte ich den Eindruck, dass die Ausgabe der Papiere von dem Verhalten unserer Väter abhing oder vom Erfolg ihrer Arbeit. Hatte man seinen Passierschein in der Hand, musste man klären, wie man in die Stadt gelangen konnte. Es gab drei Möglichkeiten: mit dem Bus, mit einem Lastauto oder mit dem Dampfer. Der Dampfer fuhr nur im Sommer, der Bus auch nicht immer. Ich stellte mich daher oft an der Bushaltestelle auf und wartete auf ein Lastauto, das mich mitnehmen konnte.

Offensichtlich hatten es viele LKW-Fahrer darauf abgesehen, Personen zu transportieren, denn ihre offenen Fahrzeuge waren entsprechend eingerichtet: Man nahm auf Bänken aus einfachen Brettern Platz, die auf der Ladefläche fest montiert waren. Meist waren es Russen, die dort saßen, seltener Deutsche. Der Fahrer kassierte einen kleinen Betrag und ab ging's nach Kújbyschew, schaukelnd und hüpfend. Die Busse waren genauso alt und klapprig wie die Lastautos und boten auch keinen größeren Fahrkomfort, nur hatte man ein Dach über dem Kopf, was bei Niederschlägen angenehm war.

Sowohl die Busse als auch die Lastautos beendeten ihre Fahrt am Rande der Stadt Kújbyschew auf einem von großen Industrieanlagen umgebenen Platz. Hier war die Endhaltestelle der Straßenbahn. Diese sollte man hinten besteigen, denn dort befand sich, von niedrigen Wänden umgeben, der etwas erhöhte Sitzplatz der Kassiererin. Wegen der drängenden Fülle war es aber nicht immer möglich, das Billet ordnungsgemäß zu kaufen. Oft reichten die Fahrgäste während der Fahrt die Münzen von Hand zu Hand über die

Blick vom Sanatorium nach Süden Richtung Kujbyschew. Vorn rechts das Ende der Insel. Im Wasser liegen Flöße für das Sägewerk. Aquarell 1950.

Köpfe hinweg zur Kassiererin durch, und der Fahrschein mit Wechselgeld wanderte auf dem gleichen Wege zurück.

Romantischer war es, auf der Wolga nach Kújbyschew zu reisen. Die Wolgadampfer waren noch echte, zweistöckige Raddampfer. In der Mitte gab es zwar auch Fahrgasträume hinter Glasfenstern, aber wir genossen die Fahrt im Freien, wenn möglich ganz oben auf dem Dach. Unten hielten sich meist Russen mit Körben und Säcken auf, oft führten sie Ziegen und Schafe mit. Diese Fahrten ließen an qualmende Mississippidampfer denken, an *Ol' Man River*, nur fehlte die Dixieland-Jazzband an Bord.

Auf der linken Seite lag das Steilufer: bewaldete Hänge, hier und da von einer Schlucht unterbrochen, Fischerdörfer am Ufer, und oben auf der Höhe immer wieder reich ver

Auf dem Dach des Wolgadampfers in Fahrtrichtung Kujbyschew.

zierte, villenartige Holzhäuser. Am gegenüberliegenden Ufer war das Land flach wie ein Brett und nur von landwirtschaftlichen Großbetrieben genutzt, den Sowchosen. Je näher man der Stadt kam, desto mehr senkte sich das Steilufer ab. Die Anlegestelle war nahe der Altstadt. Hier wimmelte es von Leuten, denn es gab viel zu sehen, zu reden und zu handeln. Nicht nur die Menschen mit ihren Säcken und Körben verließen das Schiff, sondern auch die Ziegen und die Schafe. Unter den Säcken, die verladen wurden, habe ich mehrmals solche der Deutschen Reichspost gesehen, mit dem Hoheitsadler samt Hakenkreuz. Kein Mensch kümmerte sich um diese »faschistischen« Symbole, die nicht einmal übermalt waren.

Von der Anlegestelle, einem großen, unbefestigten Platz, ging man hinauf zur Stadt. In einer der breiten Hauptstraßen befand sich das U*niversáljnij* M*agazin* oder »Univermag«, das große Kaufhaus. Eigentlich war es gar nicht so groß: Es hatte nur zwei Stockwerke, und die Verkaufsfläche war nicht

Hauptgeschäftsstrasse in Kujbyschew um 1948.

sehr ausgedehnt. Angeboten wurde alles, was man auch bei uns in einem Kaufhaus erwerben kann, von Lebensmitteln abgesehen. Die Auswahl war allerdings gering: alle Bettgestelle hatten die gleichen, vergoldeten Löwenköpfe am Kopf- und am Fußende und wurden jahrelang unverändert produziert. Sie erfüllten ihren Zweck, und das genügte — warum sollte man andere herstellen? Entsprechend dürftig war auch die Auswahl an Kleidung: immer die gleichen dunkelblauen Steppjacken, die gleichen grauen Wáljen-ki.

Ein besonderer Anziehungspunkt der Stadt war der Basar. Er war von einer grauen Bretterwand umschlossen. Man betrat ihn durch eines der Tore, die mit den unvermeidlichen sowjetischen Emblemen verziert waren, rechts und links mit gemalten roten Fahnen, und oben auf dem Torbogen prangte als Krönung ein roter Sowjetstern.

Eine große, helle Markthalle war das Zentrum des Basars. Hier wurden vor allem Milcherzeugnisse und Fleisch angeboten. Wir kauften dort Butter und Honig. Besonders beliebt war bei uns eine Art Jogurt, der Kísslyj genannt wurde, was nichts anderes als »sauer« bedeutet. Kísslyj, oft in alte zylindrische Konservengläser abgefüllt, war milder als Jogurt. Wie man es herstellt, haben wir nicht herausbekommen; offensichtlich wurde es kurzfristig erhitzt, denn es befand sich eine Haut darauf, die manchmal bräunlich war, aber nicht so zäh wie die Haut auf abgekochter Milch; diese Haut aß ich gern. Gemüse und Früchte boten Marktfrauen im Freigelände an, wie in Upra, nur war das Angebot hier vielfältiger.

Am Rande dieses Marktes stand ein kleines, lang gestrecktes, weiß getünchtes Steinhaus mit zwei Eingängen. Das war die öffentliche Toilette . Drinnen gab es keine Einzelzellen, sondern nur einen großen Raum, an dessen einer Längswand Löcher in gleichmäßigen Abständen in den Fußboden eingelassen waren, daneben zwei erhöhte Tritte, auf die man sich hockte. Wenn man es nicht zu eilig hatte, konnte man sich mit dem Nachbarn unterhalten, was ich durchaus beobachten konnte — ein kommunikatives Klo sozusagen.

Neben dem Wochenmarkt gab es den Basar im eigentlichen Sinne; er war eigentlich ein Flohmarkt. Hier wurde gehandelt und geschachert, hier versuchte man, einander übers Ohr zu hauen. Man traf auch Kirgisen und andere Bewohner von Sowjetrepubliken des mittleren Ostens in ihrer malerischen Tracht, zumindest aber mit ihrer charakteristischen Kopfbedeckung, einer farbenfrohen Kappe. Die einen hockten auf dem Boden, andere hatten kleine Tische vor sich aufgebaut. Sie verkauften alte Nägel, verbeulte Küchengeräte, getragene Kleidungsstücke, Bücher mit Eselsohren, altes Werkzeug. Sogar gebrauchte Gebisse wurden angeboten.

In der ersten Zeit unseres Russlandaufenthaltes ging es uns finanziell nicht so gut, wir mussten also sehen, wie wir unsere Mittel aufbessern konnten. Der Basar in Kujbyschew bot eine Möglichkeit dazu. Wir überlegten, was wir nicht unbedingt brauchten, von welchen Dingen wir uns trennen konnten; stattdessen benötigten wir Lebensmittel und Sachen zum Anziehen. Also musste sich jemand von uns in das Gewühl stürzen. Meist fiel diese Aufgabe mir zu. Gern habe ich es nicht getan, aber ich war nicht der einzige Deutsche, der verkaufte. Ich sehe noch einen Ingenieur hinter seinem Koffer mit Geschirr hocken.

Zum Handeln brauchten wir ja nicht viele Worte. Wir zeigten das, was wir verkaufen wollten. Wir kannten die wichtigsten Zahlen oder schrieben unsere Forderung auf einen Zettel. Und wir hatten Hände und Füße. Einmal sollte ich eine gehäkelte Decke verkaufen, die wir nie benutzt hatten . Nach längerem Stehen war ich sie gegen eine, wie es mir schien, angemessene Anzahl Rubel losgeworden. Später entdeckte ich den Käufer an anderer Stelle des Marktes, wie er meine Decke zum Kauf anbot. Als er mich wiedererkannte, wandte er sich ab.

In Kujbyschew gab es auch einige Kirchen. In der Innenstadt sah ich nur zwei neugotische, die beide als Lagerschuppen benutzt wurden; die eine war früher eine katholische Kirche gewesen, die andere eine evangelische. Erst später entdeckte ich in der Nähe des Basars eine russisch-orthodoxe Kirche mit Zwiebeltürmen und Bettlern davor (in der Innenstadt war Betteln verboten). Wenn eine Kirche ihrer Bestimmung gemäß benutzt wurde, war ein Schild angebracht: »Zjérkowj rabótajet«, das heißt: »die Kirche arbeitet«. Wohlgemerkt: »arbeitet« und nicht »ist geöffnet«. Ein Bolschewik kann sich offenbar nicht vorstellen, dass man auch einmal in eine Kirche geht, um Ruhe zu finden, zu beten oder zu meditieren.

Im Jahre 1948 fand eine Währungsreform statt. Die alten Geldscheine wurden gegen neue eingetauscht, die Münzen blieben erhalten. Das mag belanglos erscheinen, war es für uns eigentlich auch, denn die Preise änderten sich wenig. Aber mit der Währungsreform verschwanden die Lebensmittelkarten. Es gab mehr zu kaufen, wenn auch anfangs noch nicht in ausreichenden Mengen. Die Schlangen vor den Läden verschwanden allmählich.

Neben dem staatlichen Handel und dem staatlichen Gewerbe waren auch Privatunternehmen zugelassen, die allerdings nur von einer Person betrieben werden durften, eventuell mit Unterstützung von Familienangehörigen. Die Händler auf dem Markt gehörten ebenso dazu wie die Fotografen, die Passbilder und Portraits anfertigten. Sie hatten ihre Ateliers in kleinen Buden und benutzten alte Plattenkameras. Sie arbeiteten schnell; schon nach einer Stunde konnte man sein Bild abholen. Dabei benutzten sie eine Technik, die ein wenig kitschig wirkte: Sie tauchten nicht das ganze Papier in den Entwickler, sondern benetzten nur die Mitte mit dem Finger, den sie in den Entwickler getaucht hatten. Das Wesentliche des Bildes, das Gesicht also, wurde gut wiedergegeben, der Rest löste sich dann in einem zerfließenden Rand auf. Aber vielleicht wollten die Fotografen auf diese Weise nur Entwickler sparen.

Auf den Straßen erschienen fliegende Händler, die etwas zum Essen anboten. Sie verkauften Piroggen, ein russisches Hefegebäck, welches in einer etwa handtellergroßen Tasche eine Füllung aus Fleisch oder Gemüse und dergleichen enthielt. Man konnte Sandwiches kaufen, auf russisch B*utterbrot.* Schließlich gab es Stände, wo »Moróshenoje« verkauft wurde, eigentlich »Gefrorenes«: das war leckeres Sahneeis.

Besonders erfreulich war, dass es jetzt Filme gab, Fotopapiere und Entwickler. Wir konnten fotografieren wie früher und das Erlebte im Bilde festhalten. Als besonders nützlich erwies sich, dass unser Badezimmer wegen der Fensterlosigkeit eine ideale Dunkelkammer war.

In Kujbyschew hatte ich zwei Begegnungen, die meine positive Meinung über die Russen maßgeblich beeinflussten. Die eine fand statt, als ich einmal vor der Währungsreform heiß begehrten Zucker erwarb. In Upra gab es vor dem Magazin immer nur e i n e Schlange, so wie später in der DDR auch. Bildete sich eine solche, so bedeutete das, es gab dort etwas zu kaufen, was dringend benötigt und selten angeboten wurde; man stellte sich also sofort an. So tat ich es auch in Kujbyschew, denn in einem Geschäft konnte man ein Kilo Zucker ohne Marken kaufen.

Bald entdeckte ich aber, dass es mehrere Schlangen gab. Ich wurde unsicher. Eine Russin mittleren Alters bemerkte das, nahm mich bei der Hand und führte mich an die Spitze der einen Schlange, wo zuerst bezahlt werden musste. Sie nahm mein Geld und erhielt dafür einen Coupon über ein Kilogramm Zucker. Dann führte sie mich an die Spitze der anderen Schlange, wo gegen den Coupon der Zucker ausgegeben wurde. So kam ich schnell zu meinem Zucker. Ich fragte mich beschämt, ob ich im umgekehrten Falle auch so gehandelt, also während des Krieges einem Ostarbeiter geholfen hätte.

Die andere Begegnung war diejenige mit Robert, einem jungen Russen, etwa so alt wie ich, mit welligem, hellblondem Haar und einem Braunhemd, wie ich es im Jungvolk getragen hatte. Seine leicht gebeugte Haltung war die Folge einer Knochentuberkulose, wie er mir erklärte. Wir sahen uns zum ersten Male auf dem Basar. Er bemerkte rasch, dass ich kein Russe war, und sprach mich auf Englisch an; es war übrigens ein vorzügliches Englisch. Wir begannen ein längeres Gespräch und entdeckten, dass wir uns allerlei zu sagen hatten. Daher verabredeten wir uns zu meinem nächsten Besuch in Kujbyschew.

Nachdem wir uns einige Male auf dem Basar getroffen hatten, lud er mich in seine Wohnung ein. Wir betraten ein altes, etwas heruntergekommenes Mietshaus, stiegen zwei Treppen hinauf und standen vor der Wohnungstür. Er schloss auf. Die Tür war von innen dick gepolstert, die Polsterung mit einer schwarzen Folie geschützt. In dieser Wohnung lebten mehrere Mietparteien. Robert führte mich in ein Zimmer, das er mit seiner Großmutter teilte. Mittels einiger Schränke war der Raum in zwei Teile getrennt, so dass sich jeder der beiden Bewohner etwas Individualität bewahren konnte. Jeder besaß ein Bett, das tagsüber als Sofa diente. Regale standen an den Wänden, bis unter die Decke mit Büchern gefüllt. Weil das Zimmer nur ein Fenster hatte, war es recht dunkel.

Die Sowjetunion hatte den »Großen Vaterländischen Krieg« gewonnen, Deutschland hatte ihn verloren. Wie gut ging es den Besiegten im Lande der Sieger! — Ich erzählte Robert, warum wir hier seien, was die meisten Russen nicht wussten. Wir sprachen auch über die Zeit des Nationalsozialismus, und ich berichtete ihm, was ich im »Dritten Reich« und im Kriege erlebt hatte. Wir unterhielten uns über Literatur und Musik. Er half mir auch, Bücher zu kaufen. So machte er mich auf eine englisch geschriebene, aber in Russland gedruckte Grammatik der englischen Sprache aufmerksam, die mein Verständnis für diese Sprache wesentlich verbesserte.

Später lud ich Robert einmal zu uns nach Upra ein. Er war für einige Stunden unser Gast und fuhr dann mit dem Bus wieder nach Hause. Das geschah gegen Ende unseres Aufenthaltes. Dann brach die Verbindung zu ihm ab, denn er durfte, wie alle Russen in der Sowjetunion, eigentlich keinen privaten Kontakt zu Deutschen unterhalten. Eine Korrespondenz mit ihm war also nach unserer Ankunft in der DDR nicht möglich.

Lehrer, Rechenknecht, Schüler

Nachdem wir uns in Upra eingelebt hatten, wurden wir uns der Aussichtslosigkeit unserer Lage immer mehr bewusst. Würden wir je wieder nach Hause kommen? Und wenn ja, wann? Hinzu kam das Gefühl, in Upra eingesperrt zu sein. All das lastete immer schwerer auf uns allen und rief bei vielen depressive Stimmungen hervor. Vor allem die Frauen litten darunter. Die Männer im Werk hatten es einfacher, denn sie setzten sich den ganzen Tag mit schwierigen technischen Problemen auseinander, was für einen leidenschaftlichen Ingenieur die Grundlage seines Daseins ist. Er vergisst dabei oft das Leben ringsum, vergisst, was er da eigentlich tut und für wen er arbeitet.

Robert Oppenheimer wurde einmal gefragt, ob er nicht ein schlechtes Gewissen habe, die erste Atombombe gebaut zu haben. Seine viel zitierte Antwort lautete:

It was sweet science.

Er erlag also den Versuchungen der »süßen Wissenschaft«. Und in seinem Buch *Die Macht der Computer und die Ohnmacht der Vernunft* schreibt Joseph Weizenbaum, der berühmte Computer-Wwissenschaftler und -Kritiker:

> *Eine instrumentelle Vernunft, eine triumphierende Technik und eine zügellose Naturwissenschaft sind Suchtmittel.*

Ich weiß, dass es Ingenieure in Upra gab, die in diesem Sinne süchtig waren, auch schon in den Jahren davor, als sie noch den braunen Machthabern dienten. Ich weiß aber auch, dass viele unter der Last dieser Probleme schwer litten. Einer ist damit nicht fertig geworden. Er stürzte sich aus dem Fenster und machte so seinem Leben ein Ende. Wie mein Vater darüber dachte, wie er seine Arbeit erlebte, weiß ich nicht; er hat nichts dazu gesagt, weder in Upra noch später.

Natürlich wussten wir, dass es um die Weiterentwicklung von Strahltriebwerken ging: die Arbeit in Dessau am JUMO 004 sollte in Upra fortgesetzt werden. Dieses Triebwerk war für Jagdflugzeuge und Bomber vorgesehen, also für kriegerische Zwecke.

Neben den Junkers-Leuten aus Dessau hatten die Sowjets auch Strahltriebwerkspezialisten aus Staßfurt nach Upra gebracht. Dort hatte die Firma BMW ein Zweigwerk und arbeitete an einer analogen Entwicklung. So entstand innerhalb des Werkes eine Konkurrenzsituation nach dem Motto »divide et impera«, also »teile und herrsche«. Es gab mitunter Streitigkeiten zwischen beiden Gruppen. Das Ziel der Werksleitung war eine Synthese aus beiden Entwicklungen.

Bald nach unserer Ankunft in der Sowjetunion stellte ich mir die Frage, was ich jetzt machen sollte. Ich hatte ja noch keinen Schulabschluss, und ich wehrte mich anfangs heftig gegen die russische Sprache, denn ich wollte mein Deutschtum nicht verlieren. Während des Krieges hatte ich in der Schule gelernt, dass die Deutschen im Ausland die fatale Neigung hätten, ihre Sprache zugunsten der jeweiligen Landessprache aufzugeben, und dass sie auf diese Weise ihr Deutschtum verleugneten. Als Beweis nannte man die Vereinigten Staaten von Amerika: Anfang des 19. Jahrhunderts, oder schon früher, genau weiß ich das nicht mehr, sollte das Parlament entscheiden, ob Deutsch oder Englisch Staatssprache werden solle. Das Zünglein an der Waage hätten einige deutsche Einwanderer gebildet, die sich für die englische Sprache aussprachen. Diese Gedanken hatten sich mir tief eingeprägt.

Natürlich konnten wir bald die russische Schrift lesen, kannten die Zahlen und einige Ausdrücke, die man im täglichen Leben braucht, beim Einkaufen und bei der Post. Aber darüber hinaus? Nein! Ich wollte nicht! Stattdessen baute ich meine Englischkenntnisse aus. Während meiner britischen Kriegsgefangenschaft hatte ich einen lebendigen Eindruck vom Englischen bekommen. Unter unseren Büchern fand ich einen alten Langenscheidt-Selbstunterrichtskurs für die englische Sprache, der vor dem Ersten Weltkrieg erschienen war. Er war didaktisch sehr geschickt aufgebaut. Sein Hauptziel war, das Sprachgefühl zu entwickeln. Man sollte zwar die grammatischen Regeln kennen, aber die Grammatik nur richtig anwenden können. Das konnte ich bald recht gut.

Wichtig für mich wurde jetzt, dass unser Radio einen Kurzwellenteil hatte. Ich fand heraus, auf welcher Frequenz die BBC sendete, und war ständiger Hörer der Sendung *English by Radio.* Stundenlang hing ich am Lautsprecher, lauschte den Worten, die aus weiter Ferne zu mir kamen, und machte mir Notizen. Bald konnte ich die englischen und amerikanischen Illustrierten flüssig lesen, die ich von meinen Besuchen in Westberlin mitgenommen hatte. Und ich fing wieder an, Tagebuch zu führen, und zwar in englischer Sprache.

Die sowjetischen Dienststellen wussten, dass sie nur dann gute Ergebnisse von den »Spezialisten« erwarten konnten, wenn deren Lebensbedingungen erträglich waren. Das äußerte sich nicht nur darin, dass die Gehälter und anfangs auch die Lebensmittelrationen für uns Deutsche höher ausfielen als für die Russen, sondern man versuchte auch, nach und nach das menschliche Umfeld zu verbessern. Junge Leute müssen gut ausgebildet werden, darauf legte man in der Sowjetunion großen Wert. Also wurde am 1. September 1947 eine reguläre Ausbildungsstätte für die »Spezialisten«-Kinder im Alter von sechs bis zwölf Jahren eröffnet, die »Schule Nr. 88 der Stadt Kujbyschew«.

Die Deutsche Schule, ein zweistöckiges, weiß getünchtes Steinhaus, lag hinter dem Markt, war also von Häusern mit

Die deutsche Schule im „Russenviertel"

russischen Bewohnern umgeben. In der ersten Zeit pöbelten russische Kinder manchmal die deutschen Kinder an, zu denen auch meine jüngeren Geschwister Christine und Reinhard gehörten, und beschimpften sie als Nazis; es soll sogar zu Prügeleien gekommen sein. Die jungen Russen konnten natürlich anfangs noch nicht unterscheiden zwischen »Faschisten« und Deutschen, denn der »Große Vaterländische Krieg«, der von den Völkern der Sowjetunion so große Opfer gefordert hatte, war erst vor zwei Jahren zu Ende gegangen.

Im Lehrerkollegium saßen fast nur Deutsche, meist ehemalige Lehrerinnen, aber auch vereinzelt »Spezialisten«, welche die Werksleitung für einige Unterrichtsstunden von der Arbeit freistellte. Der Direktor war natürlich ein Russe, dessen Name Najgówsen (Neuhausen) allerdings auf deutsche (oder jüdische) Vorfahren schließen ließ. Er befasste sich mit Verwaltungsaufgaben, erteilte aber daneben auch Russischunterricht.

Außer der russischen Sprache wurde die englische gelehrt, anfangs von der Frau eines »Spezialisten«, die allerdings aus gesundheitlichen Gründen ihre Tätigkeit in der Deutschen Schule bald aufgeben musste. Meine Beschäftigung mit der englischen Sprache begann sich nun auszuzahlen, denn ich wurde gebeten, den Englischunterricht zu übernehmen. Die Aufgabe reizte mich. Ich ließ mich von erfahrenen Lehrern beraten. Dann stürzte ich mich in das Abenteuer. Etwas ängstlich war ich am Anfang schon, aber das gab sich bald, denn die Arbeit mit den Kindern machte mir Spaß und, wie ich meine, den Kindern auch. Glücklicherweise besaß ich mit meinen englischen und amerikanischen Illustrierten Anschauungsmaterial, mit dem es mir leicht fiel, die Kinder für die englische Sprache zu interessieren.

Natürlich haben die Schüler auch versucht, mir Streiche zu spielen: Eines sommerlichen Tages, die Fenster waren weit geöffnet, stand eine kleine Ziege im ebenerdigen Klassenzimmer. Die Kinder kicherten. Ich legte meine Tasche ab, ging auf die Ziege zu, ergriff sie mit beiden Armen, hob sie über das Fensterbrett und entließ sie in die Freiheit. Ohne darüber auch nur ein Wort zu verlieren, begann ich mit dem Unterricht.

Leider setzten die sowjetischen Dienststellen nach dem ersten Schuljahr den Englischunterricht ab. Ich wurde arbeitslos. Das dauerte aber nicht lange, denn ich hatte Glück: Im Spätherbst des Jahres 1948 durfte ich mit der Arbeit als »Rechenknecht« im Werk beginnen. Wer mir diese Tätigkeit vermittelt hatte, weiß ich nicht mehr. Möglicherweise war im Werk der Bedarf an »Rechenknechten« gewachsen, und mein Vater glaubte, dass ich diese Arbeit leisten könne.

Ich erhielt einen Werksausweis, wie auch mein Vater einen hatte. Manchmal ging ich gemeinsam mit ihm zur Arbeit, als sei ich ein »Spezialist« wie er. Nach der Ausweiskontrolle an der Werkspforte marschierte ich an der großen Montagehalle entlang, wo mein Vater als Leiter der Fertigung sein Büro hatte. Quer dahinter stand ein dreistöckiges, unverputzt gebliebenes Backsteinhaus, in dem die Werksleitung und die Konstruktionsbüros untergebracht waren. Abgesehen vom unvermeidlichen, mit roten Fahnen und Parolen geschmückten Lenin-Altar war innen alles schlicht und sauber, die Wände mit grauer Ölfarbe gestrichen.

Herr Dr. Helmut Heinrich, vormals Mathematikdozent an der TH Dresden, zeigte mir, wie man mit elektromechanischen Rechenmaschinen umgeht und umfangreiche Berechnungen strukturiert, um sie dann elegant auszuführen. Das war für meinen späteren beruflichen Werdegang von großer Bedeutung. Er war ein begnadeter Pädagoge, daher begriff ich schnell das Wesentliche, obwohl mir die Differential- und Integralrechnung noch fehlte.

Mit zwei Ingenieuren saß ich in einem schmalen Zimmer; alle drei waren wir »Rechenknechte«. Den Ingenieuren standen Maschinen zur Verfügung, die automatisch dividieren und multiplizieren konnten. Der eine hatte eine sogenannte Schwinghebelmaschine der Marke Mercedes Euklid, die ziemlich laut war, und der andere eine Sprossenradmaschine der Marke Archimedes. Ich bediente ein kleineres Archimedes-Modell, das zwar automatisch dividieren, nicht aber multiplizieren konnte. Bald hatte ich herausbekommen, wie man diesem Mangel durch entsprechende Arbeitsorganisation abhelfen konnte.

Das alles machte mir so viel Spaß, dass ich davon träumte, später ein Rechenbüro einzurichten, wenn ich einmal mit meiner Ausbildung fertig wäre. Ich hatte Freude daran, Berechnungen geschickt zu organisieren und, wenn irgend möglich, auch Fehler sofort zu erkennen, um sie dann, vielleicht sogar »automatisch«, korrigieren zu können.

Die Papierversorgung war schlecht. Wir schrieben auf einem dünnen, bläulichen Papier mit unregelmäßiger Textur, in der sich die Stifte mitunter verhakten. Oder wir benutzten die Rückseite von Blaupausen, deren Oberfläche glatt und fest war; es bereitete mir einen sinnlichen Genuss, auf diesem Papier zu schreiben. Deshalb bemühte ich mich immer darum, obwohl es oft unangenehm roch, weil es mit einer lichtempfindlichen Schicht versehen war. Als Schreibgeräte benutzten wir Druckstifte aus Weißblech mit dicken Minen, die wir mit Sandpapier anspitzten; der Name des Herstellers war in das Blech eingeprägt: »Sawód ímeni Sacco i Vanzetti« stand da in kyrillischen Buchstaben, das bedeutet »Werk namens Sacco und Vanzetti«.

Was »Sacco i Vanzetti« bedeutete, habe ich erst viele Jahre später erfahren: Es handelte sich um zwei amerikanische Arbeiterführer, die 1921 in den USA — wie man heute weiß — als Unschuldige mit dem Tode bestraft und 1927 hingerichtet worden waren. Der amerikanische Schriftsteller Upton Sinclair schrieb 1928 darüber seinen Roman *Boston.* Sacco und Vanzetti wurden 1977 offiziell rehabilitiert.

Andere Schreibgeräte standen uns nicht zur Verfügung. Bleistifte waren nicht zu bekommen und Kugelschreiber noch unbekannt. Wir hätten auch mit Tinte schreiben können, aber dazu war das bläuliche Papier zu schlecht; und Tinte kann man nicht radieren. In Russland schrieb übrigens jedermann mit violetter Tinte, andere gab es nämlich nicht. Man setzte sie selbst an, indem man eine Tintentablette in ein Gefäß legte und in Wasser auflöste. Dokumente wurden so unterzeichnet, und Herr Dr. Heinrich schrieb so mit seiner klitzekleinen Mathematiker-Handschrift.

Ich erkannte allmählich, dass es keinen Sinn hatte, sich weiterhin gegen die russische Sprache zu wehren. Wie lange wir in der Sowjetunion bleiben würden, wusste niemand, wir mussten uns also innerlich auf eine längere Dauer einrichten. Um besser in einer Welt bestehen zu können, in der Russisch gesprochen wird, muss man diese Sprache verstehen und, besser noch, aktiv sprechen können. Also beschloss ich, mich intensiv dem Studium der russischen Sprache zu widmen, einer Sprache, die durchaus ihre Reize hat, wie ich bald feststellen konnte.

Ich besorgte mir Bücher. Ich paukte Vokabeln und versuchte, ein Gefühl für die Grammatik zu bekommen, die in einigen Punkten wesentlich von der deutschen abweicht. Allerdings hatte ich es insofern etwas leichter, weil mir wichtige Regeln der lateinischen Grammatik im »Latein des Ostens« wieder begegneten. Sogar die *Prawda* hatte ich für einige Zeit abonniert, das Zentralorgan der KPdSU. Ich wollte nichts unversucht lassen, stellte aber bald fest, dass in der »Wahrheit« immer wieder das Gleiche zu lesen war; der Lerneffekt war also gering, denn die Titelseite der *Prawda* bestand meist nur aus Briefen an den »teuren Genossen Joseph Wissariónowitsch«, Erfolgsberichte an Stalin also. Die Genossen meldeten, um wie viel Prozent der Plan übererfüllt worden sei oder wie viel Tonnen Getreide mehr geerntet wurden. Die wichtigen Nachrichten aus der Weltpolitik, etwa vom Korea-Krieg, hatte die Redaktion auf wenige Zeilen zusammengedrängt und auf die letzte Seite verbannt.

Nach einem Dreivierteljahr wurde ich aus dem Werk entlassen, man brauchte mich wohl nicht mehr. Ich war wieder arbeitslos und konnte zum Familieneinkommen keinen Beitrag mehr leisten. Die Hände in den Schoß legen wollte ich nicht, daher beschloss ich, etwas für meine Bildung zu tun, auch um meine beruflichen Aussichten zu verbessern. Ich versuchte, in die Schule zu gehen. In die russische Tagesschule durfte ich nicht, weil ich die Sprache noch nicht genügend beherrschte, aber für die Abendschule bekam ich dann die Erlaubnis. Vom 1. September 1949 an besuchte ich die »Schule Nr. 10 für arbeitende Jugendliche der Stadt Kujbyschew«.

Als einziger Deutscher saß ich in einer Klasse mit etwa dreißig jungen Russen.

Nein, so darf ich diesen Satz nicht stehen lassen. Korrekt muss er folgendermaßen lauten:

Als einziger Deutscher saß ich in einer Klasse mit etwa dreißig jungen Sowjetbürgern.

Im Klassenbuch war nämlich hinter der Spalte für die Namen auch eine für die Nationalität vorgesehen. Bei mir stand »Njémez«, also Deutscher.

Zu meinen Mitschülern zählte auch ein hübsches, dunkelhaariges Mädchen. Ihr Familienname war Bronnschtejn. Im Klassenbuch stand bei ihr unter Nationalität »Jewrejka«, also Jüdin, obwohl Stalin in seinem berühmten Aufsatz *Marxismus und nationale Frage* die Existenz einer jüdischen Nation verneinte. Stalins These war mir bekannt, daher fand ich diesen Eintrag bemerkenswert.

Anfangs saß ich nur still auf meinem Platz, später beteiligte ich mich mehr und aktiver am Unterricht, weil ich die russische Sprache immer besser beherrschte. Diese Fortschritte sind auch in meinen Schulzeugnissen abzulesen: Im ersten Vierteljahr blieben alle Fächer unzensiert, später erhielt ich für mehrere Fächer Zensuren. Am Ende des Schuljahrs waren alle Fächer zensiert bis auf Russische Literatur und Geschichte.

Obwohl ich in diesen beiden Fächern nur hörend und lesend teilnehmen konnte, erfuhr ich doch viel über die reichhaltige und engagierte russische Literatur des 19. Jahrhunderts und über die Geschichte dieser Zeit. Ich war überrascht, dass der Stoff verhältnismäßig objektiv dargeboten wurde. Bei den Nationalsozialisten, vor allem in den letzten Kriegsjahren, war man in den Schulbüchern weiter von der Wahrheit entfernt; das war jedenfalls mein Eindruck.

Die Schulstunden waren anstrengend. Die Gesichter meiner Klassengenossen wurden immer blasser, denn sie mussten ja tagsüber arbeiten. Aber alle hielten durch. Ich kann nur den Hut ziehen vor ihren Leistungen. Wir kamen gut miteinander aus und halfen uns, so weit wir konnten. Das Verhältnis zwischen Lehrern und Schülern war fast freundschaftlich. Besonders beliebt war die Lehrerin für russische Sprache und Literatur, die alle mit Jelisawjéta Sergéjewna anredeten, also mit ihrem Vor- und Vatersnamen; das drückt Vertrautheit aus. Zu mir als Ausländer sagte man »Towárischtsch Sin-ger«, ich war also »Genosse Singer«. Ich hoffte, in ein bis zwei Jahren das sowjetische Abitur ablegen zu können

Das Kulturleben in der deutschen Gemeinde

Unser Leben in Upra bestand nicht nur aus Arbeit und dem Bestreben, die notwendigen Lebensbedürfnisse zu befriedigen. Nachdem der erste, sehr kalte Winter verstrichen war und wir nicht mehr so viel frieren mussten, erwachten mit steigenden Temperaturen auch unsere Wünsche nach Kultur, vor allem nach Musik. Nicht nur am Heiligen Abend sangen wir mit unseren Nachbarn in den vier Treppenaufgängen unseres Hauses, sondern wir trafen uns auch sonst in unserer Wohnung und ließen, um den Flügel gruppiert, aus den vorhandenen Liederbüchern vierstimmige Sätze erklingen.

Wichtiger aber wurde für mich eine andere Singegruppe, die sich regelmäßig bei Familie Winkler in der Finnensiedlung traf. Herr Winkler besaß eine wunderschöne Laute und spielte sie sehr gut. Er verstand es, uns jungen Menschen die Musik der Renaissance und des Frühbarock, ihre Madrigale und Lieder nahe zu bringen. Die Atmosphäre beim Singen im Winklerschen Hause erinnerte mich an das Konzert mit Walter Gerwig und Helmuth Koch im Philanthropinum zu Dessau. Im Sommer kam das warme Licht durch die geöffneten Fenster herein, und Herr Winkler gab mit seinem dickbauchigen Instrument die Anfangstöne an. Beim Singen dieser alten Musik dachte ich häufig an die Zeiten, in denen sie entstanden waren. Ich stellte mir die Menschen in ihrer damaligen Tracht vor, aber auch Bauern, die vor ihren

Katen tanzten, ich führte mir Bilder von Cranach und Breughel vor Augen.

Unser Leben in Upra konnte man in gewisser Weise mit dem Leben jener Menschen vergleichen. Wir lebten echter, unmittelbarer, der Natur und dem Wechsel der Jahreszeiten näher als heute. Die Lebensmittel, die wir aßen, waren noch unverfälscht, nicht mit chemischen Zusätzen haltbar gemacht; wir bekamen nur die Früchte zu kaufen, die gerade reif waren. Wir hatten keine Autos, mussten uns genau überlegen, was wir wann wo besorgen wollten. Es gab kein Fernsehen. Allerdings hatten wir Radios. Wir schlugen mit Lang- und Kurzwelle Brücken zur Welt draußen. Viele hatten Plattenspieler, die eifrig benutzt wurden.

Nach der Währungsumstellung ging es uns besser, eigentlich ganz gut, denn wir konnten nun Dinge kaufen, die über den nackten Lebensunterhalt hinausgingen, ja, hier und da leisteten wir uns sogar Sachen, die wir als Luxus ansahen: Schokolade oder grusinischen (also georgischen) Wein. Das Leben in Upra wurde lockerer. So richtete ein pfiffiger Ingenieur für das junge Volk eine Tanzstunde ein. Der Direktor der Deutschen Schule, Herr Najgówsen, gestatte uns sogar, in den Sommerferien ein Klassenzimmer für diesen Zweck auszuräumen. Wir lernten nicht nur die üblichen Gesellschaftstänze der Zeit, den Foxtrott und den Tango, den Wiener und den langsamen Walzer, sondern auch ältere, volkstanzartige, wie Rheinländer und Kreuzpolka.

Im Kujbyschewer Univermag kaufte ich mir Schallplatten. Sie kosteten, wie Bücher, relativ wenig. Es waren Schellackplatten, und ich durfte sie mir sogar anhören, bevor ich sie mitnahm. Meine Sammelleidenschaft bezog sich in erster Linie auf Tanzmusik, die stellenweise sogar Jazzelemente enthielt. Aber es waren auch mehrere Tangos darunter, was nicht Wunder nimmt, kommt doch die Melancholie des argentinischen Tangos der Wehmut russischer Volksmusik sehr nahe. Die Auswahl an Platten im Univermag war

Das Deutsche Tanzorchester bei einer Freiluftveranstaltung, von russischen und deutschen Kindern bewundert.

nicht groß, ich kaufte daher überwiegend russische Kompositionen, vereinzelt, soweit vorhanden, auch westeuropäische oder amerikanische Aufnahmen. Die Bratja Mills waren dabei, also die Mills Brothers, und auch orchestrale Aufnahmen alter deutscher Titel, bei denen Komponist und Ausführende allerdings nicht genannt waren.

Bald hatte sich auch eine größere Gruppe von musizierenden »Spezialisten« zusammengetan und eine Tanzkapelle gegründet. Neben einigen Bläsern gab es Streicher, eine Frau spielte Schifferklavier, und eine Rhythmusgruppe fehlte auch nicht. Die Musik, die sie machten, war beachtlich. Einige Texte hatte man umgedichtet, so wurde aus dem Marika-Rökk-Schlager *An der Donau steht Marika, denn sie will nach Budapest* ... die Upra-Version *An der Wolga steht die Olga, denn sie will nach Kujbyschew* ...

In der Stolówaja fanden Tanzveranstaltungen mit der deutschen Kapelle statt, an denen auch russische Offiziere aus dem Werk teilnahmen, die in fortgeschrittener Stim-

Bei Veranstaltungen wie dieser tanzten Deutsche und Russen, auch miteinander!

mung einen temperamentvollen Krakowiak auf das Parkett legten. In der Mitte war eine große Tanzfläche freigehalten, am Rande standen Tische mit weißen Tischdecken, an denen wir Platz genommen hatten und Tee oder Bier und Wodka tranken. Es waren bürgerliche Tanzvergnügen, wie man sie aus früheren Jahren kennt, als die Herren mit einer tiefen Verbeugung die Damen zum Tanze aufforderten.

Eine andere Quelle musikalischen Erlebens war »unser« Klaviertrio. Mein Vater spielte sehr gut Cello. Er gewann zwei Kollegen zum gemeinsamen Musizieren. Sie trafen sich regelmäßig bei uns und erarbeiteten sich die Literatur der Wiener Klassik: Mozart, Haydn, auch Schubert, aber besonders Beethoven; *Beethoven 4* spielten sie viel, das *Gassenhauer-Trio* mit den Variationen über das Thema *Wir sind die Sänger von Finsterwalde.*

An einem Sommerabend luden wir zu einer musikalischen Soiree ein. Für die Zuhörer hatten wir das Esszimmer geräumt und uns um ausreichend Sitzgelegenheiten bemüht, manche Gäste hatten Stühle mitgebracht. Der Abend war ein Erfolg, es gab großen Beifall von allen Zuhörern und hier und da auch einige verstohlene Tränen.

Heimkehr nach Dessau

Fast vier Jahre waren wir nun schon in Uprawljéntscheskij Gorodók, da wurde im September 1950 bekanntgegeben, dass ein Teil der Deutschen nach Hause zurückkehren dürfe. Wir gehörten zu diesen Glücklichen. Auch für diejenigen, die noch bleiben mussten, war die Nachricht erfreulich, denn irgendwann, in absehbarer Zeit, würden sie nachfolgen können. Die quälende Ungewissheit war zu Ende.

Nun galt es, den Haushalt wieder einzupacken. Allerdings hatten wir diesmal mehr Zeit als am 22. Oktober vor vier Jahren. Wir konnten planmäßig vorgehen.

Kurz vor dem Abfahrtstermin fand eine Versammlung mit den »Heimkehrern« im Klub statt, bei der viele Reden gehalten wurden . Es war sehr feierlich. Zum Abschluss spielte eine russische Blaskapelle die sowjetische Nationalhymne, die wir ja genau kannten, weil wir sie täglich aus den Klublautsprechern hörten. Dann erklang eine zweite Hymne, die wir nicht kannten. Da inzwischen die DDR gegründet worden war, musste es wohl die DDR-Hymne sein; sie kam mir allerdings irgendwie bekannt vor. Als wir dann in Krásnaja Gljínka auf die Abfahrt warteten, wurden wir, bereits im Zug am Fenster stehend, offiziell verabschiedet, und wieder erklangen die beiden Hymnen, von den gleichen Bläsern gespielt. Und plötzlich fiel mir ein, woher ich die zweite Hymne kannte: Hans Albers hatte sie in einem Ufa-Film gesungen: »Good bye Johnny, good bye Johnny ...«!

Die Fahrt zurück nach Deutschland verlief ähnlich wie die Fahrt nach Upra, nur waren die Wagen, die man uns jetzt zur Verfügung gestellt hatte, jeweils eine Klasse niedriger, wir schliefen nicht mehr in gepolsterten Liegewagen. Ab Brest-Litowsk hatten wir sogar nur noch Sitzplätze. Wir schliefen dann abwechselnd reihum.

Nach etwa zehn Tagen Fahrt hielt der Zug zu einem offiziellen Empfang im Bahnhof Wolfen, wenige Kilometer südlich von Dessau. Auf dem Bahnsteig wurden wir von einigen Honoratioren empfangen, die Reden hielten. Auch alte Freunde warteten schon auf uns. Den stärksten Eindruck auf mich machte allerdings ein Fanfarenzug wie zu Hitlerjugendzeiten: die gleichen Blasinstrumente, die gleichen Landsknechtstrommeln, die gleiche heroische Haltung beim Spielen der gleichen Tonfolgen, nur trugen die Jungen nicht Braun-, sondern Blauhemden, und auf den quadratischen, mit goldenen Fransen verzierten Fanfarentüchern war statt der Siegesrune des Jungvolks das Wappen der FDJ abgebildet.

Wir waren wieder in Deutschland.

4. Studium in Halle und Göttingen

Endlich Abitur!

Wir waren wieder in Dessau eingetroffen, konnten aber nicht mehr in das Haus einziehen, in dem wir viele Jahre zur Miete gewohnt hatten, denn darin war ein Kindergarten eingerichtet worden. Somit waren wir zwar zu Hause, aber doch nicht zu Hause, denn wir saßen auf der Straße. Die Möbel wurden bei einer Spedition untergestellt, und wir sechs Menschen fanden vorläufiges Quartier, verteilt bei Freunden. Wir suchten also dringend eine Wohnung, mein Vater eine Arbeitsstelle, meine Geschwister und ich je eine Schulklasse.

Bald fanden wir, was wir suchten. Unsere neue Wohnung lag in der Nähe des Bauhauses. Sie war die untere Etage in einem Zweifamilienhaus und groß genug für uns. Wir durften sogar den Garten benutzen. Mein Vater bekam eine gute Stelle bei den Elbewerken in Roßlau.

Als Anfang September 1950 in Upra bekannt wurde, dass wir heimfahren dürfen, hatte in der Sowjetunion gerade das neue Schuljahr begonnen. Ich meldete mich bei der Abendschule ab und erhielt eine Bescheinigung, die auf einer herausgerissenen Schulheftseite mit violetter Tinte geschrieben und mit einem feierlichen Dienstsiegel versehen war. Mit dieser Bescheinigung ging ich zum Dessauer Schulamt, denn ich war ja nicht mehr im schulpflichtigen Alter und wollte überdies in das laufende Schuljahr einsteigen, um mein Abitur abzulegen.

Man schickte mich zum Ministerium für Volksbildung in Halle/Saale (damals die Hauptstadt des Landes Sachsen-Anhalt). Dort erhielt ich eine Bescheinigung, DIN A5

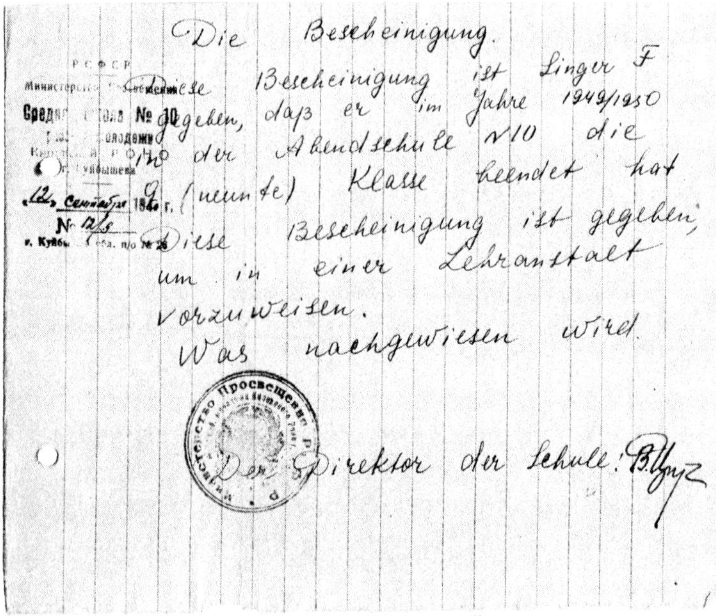

Die Bescheinigung.
Diese Bescheinigung ist Singer F gegeben, daß er im Jahre 1949/1950 in der Abendschule №10 die 9 (neunte) Klasse beendet hat
Diese Bescheinigung ist gegeben, um in einer Lehranstalt vorzuweisen.
Was nachgewiesen wird
Der Direktor der Schule:

Mein Schulabgangszeugnis vom 12. 9. 1950. Übersetzung der Schule.

quer, mit einer ausgeleierten Schreibmaschine auf schlechtes Papier geschrieben Darin steht der Satz: »Die Einweisung des Schülers Friedemann Singer in eine 12. Klasse wird befürwortet.« Ich hatte mein Ziel erreicht.

Etwas ulkig war mir schon zumute, als ich den Klassenraum betrat. Mit meinen dreiundzwanzig Jahren war ich fünf Jahre älter als meine Klassengenossen, folglich aus Schülersicht uralt. Neugierig betrachteten sie mich. Ich erzählte kurz, warum ich fünf Jahre älter war als sie. Nun wurde ich noch neugieriger ausgefragt. Mein erster Eindruck war: Was sind die albern! Aber nach zwei Wochen war ich genau so albern wie sie.

Mit meiner Klasse hatte ich großes Glück, denn sie war voll geistiger Lebendigkeit. Die DDR war bereits ein Jahr alt. Trotzdem — oder vielleicht gerade deswegen — war die Zahl der Systemkritiker unter meinen Klassengenossen groß. Das gab dem Unterricht oft frische Farbe, denn noch war unsere Schule keine mechanische Paukanstalt. Als wir Goethes *Faust* durchnahmen, entstanden lebhafte Gespräche über die »Deutung des Faustischen«. Unsere bewusst provozierende Argumentation beruhte auf den Gedanken eines katholischen Geistlichen, die im Jahre 1947 unter dem Titel *Krisis des Faustischen* veröffentlicht worden waren.

Meine Mitschüler machten mich bald auf die *LTI* aufmerksam. Ich besorgte mir sogleich das »Notizbuch eines Philologen«, das erste Buch, das Victor Klemperer nach dem Kriege veröffentlichte. Es hat mich tief beeindruckt und wirkt heute noch in mir nach. Mein Exemplar habe ich mit vielen Unterstreichungen und Randbemerkungen versehen und hüte es wie einen Schatz. *LTI: Lingua Tertii Imperii, Sprache des Dritten Reichs,* so definiert Klemperer den Titel seines Buches. Weil darin auch von der »Sprache des Vierten Reichs« die Rede ist, hatten wir ein Kürzel für unsere Systemkritik: »LQI: Lingua Quartii Imperii.«.

In der Faschingszeit veranstaltete unsere Schule ein großes Fest im Kornhaus. Diese Gaststätte an der Elbe hatte der »Bauhäusler« Carl Fieger 1930 erbaut. Ich kannte sie schon als kleines Kind. Sie war eine der wenigen in der zertrümmerten Stadt, die einen Saal mit Bühne hatte. Jetzt wurde sie von der staatlichen Handelsorganisation HO betrieben.

Wir führten zuerst eine hochdramatische Räuberoper auf, die in einem grandiosen Finale mit vielen Toten endete. Die »Heldentenöre« spielten anschließend zum Eröffnungstanz auf. Einer meiner Klassengenossen spielte sehr gut Klavier, wir anderen benutzten Pseudoinstrumente: Ein Tennisschläger war die Gitarre, ein Besenstiel der Bass. Wir verlängerten den Schalltrichter eines alten Grammofons mit einem Staubsaugerrohr, was ein Saxofon ergab, und ich benutzte

Wie in einer Zeitung der SED ein Hakenkreuz verborgen ist.

einen Blechtrichter als Trompete. Um den Flügel versammelt übten wir bei uns zu Hause.

Wir begannen mit dem *Kaiserwalzer*, der sich allmählich in den Glenn-Miller-Titel *In The Mood* verwandelte, bis schließlich der Walzerrhythmus vom Vier-Viertel-Takt aufgesogen wurde, was, und das war ja gerade von uns beabsichtigt, die Tänzer anfangs irritierte. Zum Schluss ernteten wir rauschenden Beifall. Die *Freiheit*, lokales Organ der SED, berichtete über das Schulfest, betonte aber, dass unsere dekadente Musik nicht dem fortschrittlichen Gedankengut der FDJ entspräche, und tadelte unseren Auftritt als Kulturschande. Wir waren stolz, dass die Zeitung unsere Musikdarbietung für berichtenswert erachtete und unseren Spaß nicht begriff.

Um diese Zeit besuchte ich eine *Fidelio*-Aufführung im Dessauer Theater, die der Regisseur in modernen Kostümen inszeniert hatte. Der Gefängnisdirektor Don Pizarro, der

Florestan widerrechtlich gefangen hält und ihn töten will, trug eine Uniform mit unzweideutigen Kennzeichen des NKWD, und die Uniform des Ministers, der schließlich Florestan befreit, enthielt Elemente US-amerikanischer Uniformen. War das nun zufällig oder bewusst so inszeniert? Ich wusste es nicht, fand den Einfall jedoch bemerkenswert.

Just am Tage vor der mündlichen Prüfung zum Abitur feierten meine Eltern ihre Silberhochzeit. Lange konnte ich an den schlichten familiären Feierlichkeiten nicht teilnehmen, weil ich ausgeschlafen sein musste.

Zur mündlichen Prüfung wurden wir alle in den Fächern Gegenwartskunde und Geschichte befragt, wie es das Ministerium für Volksbildung vorgeschrieben hatte. Der Schulrat fragte mich, welches das »Ziel der Entwicklung der DDR« sei. Ich antwortete: »Der Sozialismus!« Das gefiel ihm überhaupt nicht. Meine Antwort widersprach nämlich der offiziellen Sprachregelung, nach der nur vom Antifaschismus und vom Aufbau der Demokratie die Rede war. Nach längerer Diskussion musste er mir allerdings recht geben.

Nach bestandenem Abitur versammelten wir uns zur offiziellen Schulfeier vor Eltern, Lehrern und der versammelten Schülerschaft. Der Schulchor sang ein Lied, das Felix Mendelssohn-Bartholdy eigens für eine Dessauer Schule geschrieben haben soll. Der Schuldirektor Dr. Schulze-Wollgast hielt eine feierliche Rede, danach unser Klassensprecher. Seine Rede musste selbstverständlich schriftlich abgefasst und der Schulleitung zur Genehmigung vorgelegt werden. Wie mit uns abgesprochen, fügte er dem genehmigten Text diesen Satz an:

»Nun wollen wir — als Dank sozusagen — im Kollektiv noch ein Gedicht vortragen.«

Auf seinen Wink hin erhoben wir uns — leider nicht alle — und sprachen, von ihm dirigiert und durch seine Gestik noch zusätzlich geformt, *Die Trichter* aus den *Galgenliedern* von Christian Morgenstern, der in der DDR als Formalist verfemt war:

Zwei Trichter wandeln durch die Nacht.
Durch ihres Rumpfs verengten Schacht
fließt weißes Mondlicht
still und heiter
auf ihren
Waldweg
u. s.
w.

Wir setzten uns still auf unsere Stühle. Viele Zuhörer betrachteten verlegen ihre Fingernägel. Finstere Blicke aus dem Gesicht des Direktors schienen uns aufspießen zu wollen. Nach langen Sekunden fing ein junger Deutschlehrer an zu glucksen, und alle stimmten schließlich in ein befreiendes Lachen ein.

Herr Dr. Schulze-Wollgast, der neben seinen Verdiensten als Altphilologe auch einen Namen als Kunsthistoriker hatte, hielt in diesen Tagen für den »Kulturbund zur demokratischen Erneuerung Deutschlands« einen Dia-Vortrag über das Thema Formalismus. Mit »Formalismus« bezeichnete offizielle Kunstkritik die moderne Malerei, wie sie mit den Expressionisten begann und in Dessau mit den Bauhausmeistern einen Höhepunkt erreichte; die Nazis nannten sie »Entartete Kunst«. Das Gegenstück dazu war der von Stalin gepredigte »Sozialistische Realismsus«, der in seinen Ausprägungen der offiziellen Malerei im Dritten Reich ähnelte und, wie ich heute finde, genau so scheußlich ist.

Schulze-Wollgast zeigte u. a. das Bild Guernica und eine Kreuzigungsgruppe von Picasso, die in meinen Augen eine Gotteslästerung darstellte. Bilder von Paul Klee erschienen mir kindisch.

In einem Diskussionsbeitrag zog ich vehement gegen den Formalismus zu Felde, was in der *Freiheit* zustimmend vermerkt worden war. Ich meinte, derartige »Scheußlichkeiten«, wie Picasso sie gemalt hatte, könne man sich doch nicht im Wohnzimmer an die Wand hängen! In meiner Stube will ich etwas Erbauliches sehen! Meine damalige Haltung ist mir verständlich, denn ich hatte in meiner Jugend und bis zu dieser Zeit nur »schöne« Bilder gesehen.

Beginn des Studiums in Halle

Nun war ich also ein Muli, weder ein Esel, denn ich war kein Schüler mehr, noch ein Pferd, denn ich war noch nicht Student. Zwei Monate ohne Zwänge lagen vor mir. Das wichtigste Erlebnis im Sommer 1951 war für mich der Evangelische Kirchentag in Berlin.

Während der Jahre an der Wolga war die Verbindung zur Kirche zwar abgerissen, aber nach wie vor beschäftigte ich mich intensiv mit religiösen Fragen. Freunde hatten mir auf meine Bitte eine moderne Übersetzung des Neuen Testaments nach Upra geschickt. Und die Gespräche mit Pastor Mey aus meiner Zeit als Angehöriger der German Labour Company klangen weiter in mir nach.

So fuhr ich voller Erwartung nach Berlin.

An vielen Veranstaltungen des Kirchentages nahm ich teil, in Westberlin und in Ostberlin, in den Messehallen am Funkturm, in Hörsälen, in Kirchen, bei Gesprächsrunden im Freien. Ich weiß heute natürlich nicht mehr, was wir alles diskutierten. Was mir blieb, ist die Grundstimmung dieser Tage, die sich in meinem weiteren Leben ausgewirkt hat: Es war und ist ein Gefühl der Geborgenheit.

Sehr eindrucksvoll war der Abschlussgottesdienst im Olympiastadion, das bis auf den letzten Platz gefüllt war. Ich saß 800 Bläsern gegenüber, die von Posaunenchören aus ganz Deutschland gekommen waren. Der Dirigent stand mitten auf dem Rasen und dirigierte Unterdirigenten, die, zwischen den Bläsern stehend und dem Hauptdirigenten zugewandt, dessen Dirigier-Bewegungen nachahmten. Den brausenden und doch so warmen Klang der 800 Bläser vergesse ich nie.

Bald darauf war ich wieder in Berlin: Als Mitglied der FDJ nahm ich an den Weltjugendfestspielen teil. Ich besaß kein Blauhemd, denn mein Widerwille gegen politisch eingefärbte Hemden, seien sie nun braun oder blau, war groß. Daher lief ich in »Räuberzivil« bei den Veranstaltungen mit, wie andere »Jugendfreunde« auch; das erleichterte den Übergang nach Westberlin. Dennoch: Es wimmelte auf dem Kurfürstendamm von Blauhemden.

Entsetzt war ich, als ich spürte, wie groß auf den einzelnen Teilnehmer der Einfluss von Massenveranstaltungen sein kann. Die Abschlusskundgebung fand auf dem Marx-Engels-Platz statt, dem früheren Lustgarten. Von begeisterten Menschen umgeben, musste ich all meine Kräfte mobilisieren, um mich nicht mitreißen zu lassen. Ich dachte an die Reichsparteitage. Ich dachte aber auch an den Abschlussgottesdienst im Olympiastadion, den ich während des Kirchentages als berauschend empfunden hatte. Das machte mich nachdenklich.

Bevor ich von den Weltjugendfestspielen nach Dessau zurückkehrte, erhielt ich von meiner Kusine in Westberlin das Buch *1984* von George Orwell, das in der DDR verboten war. Ich hatte es in einen Beutel gesteckt, auf dem ich die ganze Zeit saß, als wir in geschlossenen Güterwagen nach Hause fuhren.

Ich überlegte, was ich studieren sollte. Anfangs neigte ich zu Englisch und Russisch, um dann Gymnasiallehrer zu werden. Meine Mutter hätte das gern gesehen, denn sie sprach mir pädagogisches Talent zu. Dann aber machte ich mir klar, dass ich mich als Lehrer besonders stark der offiziellen Doktrin unterwerfen müsste und mir in der Praxis später Raum für eigene Initiativen fehlen würde, denn ich hatte mir schon einige unkonventionelle Gedanken zur Didaktik des Sprachunterrichts gemacht. Aus politischen Gründen entschied ich mich daher für den Diplomstudiengang Mathematik und bewarb mich an der Martin-Luther-Universität Halle-Wittenberg in Halle/Saale. Mein erstes Studiensemester begann am Montag, dem 3. September 1951.

Im Gegensatz zu Dessau, Leipzig, Berlin und anderen Städten, die ich im Kriege und in den Jahren danach gesehen hatte, war Halle von Bombenangriffen weitgehend verschont geblieben. Die Straßenzüge der Altstadt schienen mir unverändert zu sein, ebenso wie die Kaufhäuser, die Universitätsgebäude, die Kirchen, das Theater. Schmalspurige Straßenbahnen zockelten durch die engen Gassen; Schaffner in dunkelblauen Uniformen verkauften die Fahrscheine und drückten einen Stempel darauf, den sie in einem kleinen Blechkästchen vor sich am Gürtel trugen.

An den Wochenenden fuhr ich am Freitag Nachmittag mit dem Zug nach Dessau und am Sonntag Abend wieder zurück.

Am Ende meines zweiten Heimatwochenendes traf ich auf dem Bahnsteig meinen Vater, der gerade mit dem Zug aus Berlin-Wannsee gekommen war. Er wusste, dass ich um diese Zeit nach Halle fahren würde, und ich wusste, dass er in Westberlin Gespräche geführt hatte, wohl auch mit Engländern. Es geisterte das Gerücht durch Dessau, die Junkers Flugzeug- und Motoren-Werke sollten in Karlsruhe wieder aufgebaut werden.

Wir begrüßten uns nur kurz unter dem zerstörten Bahnsteigdach.

»Mach' dein Zeug!«!«, sagte mein Vater, gab mir die Hand und ging die Treppe zum Fußgängertunnel hinab. Am gegenüberliegenden Gleis wartete mein Zug.

Meine Studentenbude nahe dem Hauptbahnhof in Halle war ein dunkles, muffiges Hinterzimmer mit einem durchgesessenen, roten Plüschsofa, einem Waschtisch, auf dem eine irdene Schüssel stand nebst einem Wasserkrug, und natürlich Tisch, Stuhl und Bett. Ich war bedürfnislos und brauchte nur eine Unterkunft zum Studieren und Schlafen.

Eines Nachmittags saß ich über meinen Notizen und war dabei, das, was ich in der Vorlesung gehört hatte, auszuarbeiten. Die empfohlenen Fachbücher waren seit dem Kriege vergriffen.

Plötzlich fühlte ich ein menschliches Bedürfnis. Die Toilette war am Ende des Korridors. Auf dem Weg zurück in mein Zimmer hatte ich einen Schwächeanfall und fand mich auf dem Fußboden liegend wieder. Ich habe so etwas nie vorher und auch nie später erlebt. Ich ahnte, dass etwas mit meinem Vater geschehen sein müsse.

Als ich am nächsten Wochenende nach Hause kam, wurde ich mit dem Satz begrüßt: »Vater ham'se verhaftet!«. Dann erfuhr ich, was geschehen war:

Am 18. September 1951, just zu der Zeit, als ich ohnmächtig geworden war, betraten Sowjetsoldaten das Büro meines Vaters und führten ihn ab, so wie er war. Seine Arbeitskollegen wurden vergattert, der Familie nichts zu erzählen. Sie taten es natürlich trotzdem.

Übrigens war er nicht der einzige, der an diesem Tage verhaftet worden war. Etwa einem Dutzend für die Sowjetunion interessanter »Spezialisten« erging es ebenso.

Dieses Ereignis gleich zu Beginn des ersten Semesters brachte mich völlig durcheinander. Immer wieder irrten meine Gedanken ab. Ich musste mich in den Vorlesungen und Übungen sehr konzentrieren, um den oft verschlungenen Gedankengängen der Professoren zu folgen.

Einer meiner Kommilitonen, ein eifriges SED-Mitglied, hatte seine Berechtigung zum Studium an der Arbeiter-und-Bauern-Fakultät erworben (das entspricht dem zweiten Bildungsweg). Er war sehr kameradschaftlich und hilfsbereit. Ich erzählte ihm, dass mein Vater »verschwunden« sei.

»In der DDR verschwindet niemand!«, meinte er. Ich schilderte ihm, was vorgefallen war und bat ihn, Erkundigungen darüber einzuholen. Er wirkte zunächst etwas hilflos, versprach mir aber, sich darum zu kümmern.

Auf mein wiederholtes Nachfragen konnte er mir zum Verschwinden meines Vaters nichts sagen, was er durchaus als störend empfand, weil dieser Fall in seinem Denksystem nicht vorgesehen war.

Mein Vater war aus meinem Leben verschwunden, sang- und klanglos; wir hatten uns nicht einmal voneinander verabschieden können! Oder sollten seine Worte »Mach' dein Zeug!« der Abschied von mir gewesen sein? Das kann ich mir nicht vorstellen. Ahnte er, was auf ihn zukam? Auch das kann ich nicht glauben, denn dann hätte er ja gleich in Westberlin bleiben müssen. Und warum ist er überhaupt nach Westberlin gefahren? Ihm hätte doch klar sein müssen, auf welches Glatteis er sich da begibt.

Unter diesen Belastungen war ich nicht sonderlich erfolgreich mit meiner Mathematik, schaffte aber das Soll und bestand die dazu erforderlichen Zwischenprüfungen.

Ich schlief schlecht und hatte viel Kopfschmerzen. Zunächst kaufte ich mir Einschlaf- und Kopfschmerztabletten. Als das alles nicht half, begab ich mich voller Vertrauen in die Universitätsklinik, wo man mich gründlich untersuchte, aber nichts fand. Die Klinikärzte gaben meiner Krankheit den Allerweltsnamen »Fokaltoxikose« und erklärten mir, dass es in meinem Leib an einigen Stellen »Herde« gebe, die auf andere Körperteile ausstrahlten und dort meine Beschwerden verursachten. Das leuchtete mir ein. Als man mir aber die Rachenmandeln entfernen wollte, obwohl sie nicht entzündet waren, und dann obendrein noch einige gesunde Zähne rausreißen, lehnte ich eine weitere Behandlung ab und begann mich damit abzufinden, ständig ruhelose

Nächte zu haben und tagsüber Kopfschmerzen. Dass meine Beschwerden psychische Ursachen haben könnten, erkannten die Ärzte nicht, und ich damals auch nicht.

Studentengemeinde und Kurrende

Wenn ich an Halle zurückdenke, so kommt mir diese Stadt vor, als hätten ständig dunkle Wolken über ihr gehangen. Farbe und warmes Licht in meine düsteren Tage brachte die Evangelische Studentengemeinde. Sie war eine Insel freiheitlichen Denkens. Trotzig trugen wir dort, wo andere ihr FDJ- oder SED-Abzeichen trugen, das Abzeichen der Jungen Gemeinde: das Kreuz über der Weltkugel. Das passte natürlich den SED-Genossen nicht, denn sie wähnten sich im Besitze der absoluten Wahrheit, die sie aus den Werken von Marx, Engels, Lenin und Stalin schöpften. Also konnte die Studentengemeinde, so meinten sie, nur ein Zentrum des konterrevolutionären Kampfes gegen den Arbeiter- und Bauernstaat sein und gegen alle friedliebenden Völker, insbesondere gegen das große Brudervolk der Sowjetunion.

Johannes Hamel, unser Studentenpfarrer, war kein Mann großer Worte, sondern überzeugte durch seine schlichte Art, ein Christ zu sein. Er hatte immer Zeit, wenn man mit einem Problem zu ihm kam. Ihm verdanke ich viel.

An Freizeiten der Studentengemeinde beteiligte ich mich und an Arbeitskreisen, in denen wir intensiv über den christlichen Glauben diskutierten und über unsere Stellung als Christen in der DDR.

Gleich nach meiner Immatrikulation trat ich der Kurrende bei, dem Chor der Studentengemeinde. Ich hatte ja bereits einige Erfahrungen im Chorsingen gesammelt, mich nach unserer Heimkehr gleich dem Lutherchor in Dessau angeschlossen und das Weihnachtsoratorium mitgesungen. Weil es wenig Noten gab, besorgte ich mir einen Klavierauszug in englischer Sprache, den ich sogar binden ließ; den deutschen Text schrieb ich unter die Bassstimme. Wir, also die Kurrende, sangen nicht nur während der Akademischen Gottesdienste in Halle. Auch in Leipzig sangen wir, in der alten, gotischen Universitätskirche. Obwohl sie den Krieg nur leicht beschädigt überstanden hatte, ließ Walther Ulbricht sie später in die Luft sprengen, denn sie stand der Erweiterung des Augustusplatzes zum Karl-Marx-Platz im Wege.

An einem Adventssonntag sangen wir im Naumburger Dom. Wenn ich heute den Choral *Macht hoch die Tür, die Tor macht weit* höre, sehe ich mich hinterm Lettner stehen mit Notenblättern in der Hand. In Eisleben sangen wir, wo Martin Luther geboren wurde und wo er starb, in Mansfeld und in Torgau, wo Heinrich Schütz gewirkt hatte, und wir sangen in unserer kleinen Dessauer Auferstehungskirche, wo meine Mutter und meine Geschwister uns zuhörten. Wir studierten auch große Chorwerke ein, teilweise zusammen mit dem Chor der Evangelischen Kirchenmusikschule Halle. Das gesamte Weihnachtsoratorium von Johann Sebastian Bach, also alle sechs Kantaten, habe ich in meiner Hallenser Zeit mehrmals mitgesungen.

Ebenfalls gemeinsam mit der Kirchenmusikschule erarbeiteten wir die Markus-Passion von Kurt Fiebig. Dieses A-cappella-Werk ist zweichörig und forderte von uns Anstrengungen, die über die üblichen Chorproben hinausgingen: An mehreren Wochenenden zogen wir uns in Klausur zurück und probten.

Die Markus-Passion war eines der tiefsten Musikerlebnisse meines Lebens. Noch heute fühle ich den Drang in mir, anderen Menschen davon zu erzählen. Höhepunkt ist für mich die Rede Jesu von der Zerstörung Jerusalems und dem Weltende (Mark. 13, 1 – 37). Während die Bass-Stimme Jesu Worte vorträgt, singt der Chor die 19 Strophen des »Dies irae« aus dem Requiem. Kurt Fiebig benutzte die alte Melodie aus dem 13. Jahrhundert und gab jeder Strophe einen eigenen Satz.

Die Uraufführung fand am 11. April 1952 in der Marienkirche zu Berlin statt. Insgesamt haben wir die Markus-Passion zwölf Mal gesungen, in verschiedenen Städten der DDR. Immer waren die Zuhörer tief beeindruckt. Wir spürten es, und sie sagten es uns.

In einem kleinen Kreis der Studentengemeinde führte uns ein Kunsthistoriker in die moderne Kunst ein, indem er uns Bilder von Picasso, Klee und anderen Klassikern der Moderne zeigte und erklärte. Dabei benutzte er einige Dias, die auch Herr Dr. Schulze-Wollgast gezeigt hatte. Während ich mich in Dessau heftig gegen diese Bilder gewehrt hatte, mit ihren, wie es mir schien, unmenschlichen Verzerrungen, gingen mir jetzt plötzlich die Augen auf: Ich spürte, was Picasso mit seinem Bild *Guernica* sagen wollte, und war erschüttert. Dieser Vortrag war ein Schlüsselerlebnis für mich und eröffnete mir eine neue Art zu sehen.

Nach dieser Erfahrung beurteilte ich die Pflichtvorlesungen »Grundlagen des Marxismus-Leninismus« und »Dialektischer Materialismus«, die wir während des Studiums über uns ergehen lassen mussten, noch kritischer. Der Dozent versuchte uns auch den Sozialistischen Realismus nahe zu bringen und stellte den Formalismus als klassenfeindlich dar. Als ein besonders widerwärtiges Beispiel bezeichnete er die »Elephantenkarawane« von Hugo Ball, die mit den Zeilen schließt:

wulubu ssubudu uluw ssubudu
tumba ba — umf
kasagauma
ba — umf

Dieses Lautgedicht gehört heute zu meinen literarischen Lieblingen.

In solchen Vorlesungen wurde auch die von der SED bis zum Erbrechen wiederholte Parole »Deutsche an einen Tisch!« behandelt. Die Adenauer-Regierung wollte davon nichts wissen, weil die Sowjetunion zwar ein vereinigtes, aber ein neutralisiertes Deutschland anstrebte. Diese Weigerung des »westdeutschen NATO-Staates« war der SED ein willkommenes Agitationsthema, zumal Westdeutschland immer schneller der Wiederbewaffnung entgegenmarschierte.

In der Studentengemeinde praktizierten wir »Deutsche an einen Tisch!« auf unsere Weise, denn es gab Patenschaften zwischen Studentengemeinden in der Bundesrepublik und in der DDR.

Unsere Patengemeinde war Göttingen. Auf Burg Bodenstein nahe der Zonengrenze fand ein Patenschaftstreffen statt. Einige Göttinger kamen mit dem Fahrrad herüber. Bei lebhaften Gesprächen erfuhr ich manches über die geistige Situation im Westen und darüber, worin sie sich von der unseren unterschied. Wir in der DDR hatten es in gewisser Weise einfacher, denn uns stand nur e i n Feind gegenüber. Viele Versuchungen, denen sich Christen im Westen ausgesetzt sahen, kannten wir nicht.

Weil man mich immer wieder danach fragte, erzählte ich von meinen Erlebnissen in der Sowjetunion. Wie ich später erfahren musste, war unter uns jedoch ein Mitarbeiter des Staatssicherheitsdienstes gewesen, der alles weitermeldete, was ich gesagt hatte.

Semesterferien 1952

Im Mai 1952 endete mein erstes Studienjahr. Während der Semesterferien hatten wir Mathematikstudenten ein Berufspraktikum zu absolvieren. Mit einigen Kommilitonen arbeitete ich in der Berliner Akademie der Wissenschaften an einem neuen Tabellenwerk mit. Uns standen dafür elektromechanische Rechenmaschinen zur Verfügung, wie ich sie aus meiner Zeit als »Rechenknecht« in Upra kannte.

In Pankow bezog ich ein möbliertes Zimmer. Um die Akademie am Hausvogteiplatz zu erreichen, benutzte ich die U-Bahn. Ich kaufte eine Monatskarte für die Linie A. Dabei konnte ich wählen, ob ich den Zweig nach Dahlem oder den nach Ruhleben nehmen wollte. Beide Ziele lagen in Westberlin. Ich wählte Ruhleben, weil diese Strecke den Kurfürstendamm berührte.

Wenn mein Dienst in der Akademie zu Ende war, fuhr ich häufig nach Westberlin. Ich studierte die Kinoprogramme an den Litfaßsäulen und traf dann meine Auswahl. Legte ich an der Kinokasse meinen DDR-Ausweis vor, brauchte ich nicht mit Westgeld zu bezahlen. Auf diese Weise konnte ich mir einige der großen französischen und italienischen Nachkriegsfilme ansehen, aber auch gute deutsche und amerikanische. Diese Filme zeigten mir westliche Lebensweisen, und ich konnte die künstlerische Auseinandersetzung mit der Gegenwart und der jüngeren Vergangenheit studieren. In einem Kino am Kurfürstendamm gab es regelmäßig als Spätvorstellung den Film *Orphée* von Jean Cocteau.

An einem dienstfreien Nachmittag suchte ich das DDR-Innenministerium auf. Ich wollte Erkundigungen über den Verbleib meines Vaters einholen. Man schickte mich von einer Tür zur nächsten, schließlich sagte man mir, in Anstalten der DDR säße niemand dieses Namens ein. Diese Auskunft schien mir unglaubwürdig zu sein, sie war aber korrekt, wie sich später herausstellte. Anschließend bestieg ich die S-Bahn und fuhr zum Innsbrucker Platz, wo der RIAS seinen Sitz hatte. Ich berichtete, wie vorher telefonisch von Westberlin aus vereinbart, von unserer Zeit in der Sowjetunion etc.; die Verhaftung meines Vaters war in Westberliner Zeitungen erwähnt worden.

Der RIAS spielte für mich damals eine große Rolle. Er hatte einen starken Mittelwellensender, der in Dessau und in Halle gut zu empfangen war.

Nach sechs Wochen war das Berufspraktikum zu Ende. Bei unserer Arbeit hatten wir auch das seinerzeit weltberühmte Tabellenwerk von Hayashi benutzt, in dem wir einige Fehler entdeckten. Später wertete ich zusammen mit einem Kommilitonen mittels einer mechanischen Rechenmaschine diese Tabelle systematisch aus. Wir entdeckten weitere Fehler. Professor Dr. Keller, ein Freund der Studentengemeinde, nannte uns eine US-amerikanische Fachzeitschrift, in der wir unsere Fehlerliste veröffentlichten.

In jenem Sommer war ich noch einmal in Berlin, zur Lutherischen Weltbund-Tagung. Sie erschien mir wie die Fortsetzung des Evangelischen Kirchentages. Ich begegnete vielen Ausländern, auch farbigen, und es entstanden Freundschaften mit Amerikanern. Zur gleichen Zeit, Anfang Juli 1952, fand in der Werner-Seelenbinder-Halle die II. Parteikonferenz der SED statt, auf der Walther Ulbricht verkündete, dass nunmehr in der DDR planmäßig der Sozialismus aufgebaut werde. Das kümmerte mich nicht sonderlich, denn mir war klar, dass dies das Ziel der DDR-Entwicklung sein müsse. Aufmerksam wurde ich erst, als im dritten Semester unser Dozent in der Pflichtvorlesung »Grundlagen des Marxismus-Leninismus« die Folgerungen aus der II. Parteikonferenz der SED ausführlich erörterte.

»Bisher hat gegolten«, so sagte er, »das Ziel der Entwicklung der DDR ist der Aufbau einer antifaschistischen, friedliebenden, demokratischen Gesellschaftsordnung. Nun gilt das nicht mehr, denn das Ziel der Entwicklung der DDR ist jetzt der Aufbau des Sozialismus.«

Wir nahmen das zur Kenntnis.

»Viele Abiturienten hatten mit dieser Prüfungsfrage Probleme«, dozierte er weiter, »und nun ist die damals falsche Antwort auf einmal richtig.«. Wir grinsten.

»Das ist die Dialektik der Geschichte!«, erklärte er.

Wir trampelten mit den Füßen und schlugen mit den Händen auf die Pultdeckel

Ob er die Ironie dieser Beifallskundgebung begriffen hat?

Meine Flucht nach Westberlin

Mittlerweile war es nicht mehr möglich, von Dessau aus mit dem Zuge direkt nach Wannsee, also nach Westberlin zu fahren, denn die Deutsche Reichsbahn hatte eine südliche Umgehungsstrecke gebaut, so dass alle Züge aus Magdeburg, Potsdam und Dessau erst um Berlin herumfahren mussten, bevor sie in den Ostbahnhof einliefen, falls sie nicht schon früher in Schöneweide endeten. Bevor man das Gebiet Großberlins erreichte, liefen Volkspolizisten, ein dickes Fahndungsbuch unterm Arm und aktuelle Listen in der Hand, durch die Waggons und kontrollierten die Personalausweise aller Reisenden, die ängstlich auf ihren Bänken saßen und stumm zu den Uniformierten hinaufschauten in der bangen Hoffnung, dass diese in dem dicken Buch nichts finden mögen. Ganz sicher konnte man ja nie sein: irgendwann hatte man sicherlich irgendjemandem irgendetwas gesagt, das Missfallen erregt haben könnte.

Diese Kontrollen fanden auf dem Gebiet der DDR statt, also außerhalb Berlins, das als Viersektorenstadt einen Sonderstatus hatte, obwohl die DDR-Regierung den »demokratischen Sektor« Berlins als »Hauptstadt der DDR« für sich reklamierte. Ich empfand diesen Sachverhalt als widersprüchlich, denn von Ostberlin aus konnte man problemlos nach Westberlin fahren oder gehen, ohne kontrolliert zu werden. Wir durften aber keine westlichen Währungen besitzen, das wurde mit Gefängnisstrafen geahndet. Dennoch strebten wir den Besitz von Westgeld an, womit der Erwerb westlicher Güter möglich war, von Dingen also, die es bei uns in der DDR nicht gab. Allein das äußere Erscheinungsbild der Münzen versprach hohe Werte: Pfennige aus Kupfer, Groschen aus Messing, Markstücke aus Silber, wie zu Kaisers Zeiten. In der DDR dagegen bezahlten wir mit »Blechmünzen« aus Aluminium.

Der Druck auf die Evangelische Studentengemeinde nahm zu. Die Presse veröffentlichte bösartige Artikel. FDJ-Funktionäre griffen in Versammlungen auch einzelne Gemeindeglieder heftig an. Das blieb nicht ohne Folgen: Die Angegriffenen glaubten, nicht mehr länger bleiben zu können, und gingen in den Westen.

In der Universität wurde die Anschlagtafel der Evangelischen Studentengemeinde entfernt. Von ersten Verhaftungen wurde berichtet. Wir beschäftigten uns mit Dietrich Bonhoeffer. Pastor Hamel gab uns den Rat, einige Choräle und Bibelstellen auswendig zu lernen, denn unter der Nazi-Diktatur hätten solche Texte manchen Inhaftierten die nötige Kraft gegeben, um seelisch zu überstehen.

Für mich war Jesu Rede vom Weltenende eine solche Textstelle, die ich aus der Markuspassion gut im Ohr hatte:

> *Ihr aber, sehet euch vor! Denn sie werden euch überantworten vor die Rathäuser und Schulen, und ihr müsst gestäupt werden, und vor Fürsten und Könige müsst ihr geführt werden um meinetwillen, zu einem Zeugnis über sie.*
>
> *Wenn sie euch nun führen und überantworten werden, so sorget nicht, was ihr reden sollt, und bedenket auch nicht zuvor; sondern was euch zu der Stunde gegeben wird, das redet. Denn ihr seid's nicht, die da reden, sondern der heilige Geist.* (Mark 13, 9–11)

Ich las die Offenbarung des Johannes. Ich las sie wie einen poetischen Text. Meine Unsicherheit nahm ab. Der Seher Johannes spricht es am Ende der Apokalypse aus (Offb. 22,17):

Komm! Und wen dürstet, der komme; und wer da will, der nehme das Wasser des Lebens umsonst.

Natürlich war ich oft niedergeschlagen. Mein Vater ging mir nicht aus dem Kopf. Andererseits hatte ich das Gefühl, mir könne nichts Schlimmes passieren, denn

Von guten Mächten wunderbar geborgen,
erwarten wir getrost, was kommen mag.
Gott ist bei uns am Abend und am Morgen
und ganz gewiß an jedem neuen Tag.

Diese Zeilen schrieb Dietrich Bonhoeffer in seiner Gefängniszelle am Ende des Jahres 1944.

In der Studentengemeinde sprach sich herum, dass Mitarbeiter des Staatssicherheitsdienstes ein Zimmer gemietet hatten, das der Wohnung von Pastor Hamel gegenüber lag. Es dauerte auch nicht lange, und er wurde verhaftet. Nicht in Halle, das hätte zu viel Aufsehen erregt, sondern im Schnellzug nach Erfurt, als die Mitreisenden sein Abteil verlassen hatten.

In diesen Wochen mussten alle »Jugendfreunde« ihre FDJ-Mitgliedsbücher umtauschen. Dieser Umtausch war mit einer »Aussprache« verbunden, also einer Überprüfung jedes einzelnen Mitgliedes vor einer Überprüfungskommission.

Bei mir wurde ein regelrechtes Verhör daraus. Die FDJ-Funktionäre wussten, dass ich mit Amerikanern korrespondierte, daher sollte ich mich zum Thema »Friedenskampf« äußern. Man konnte mir aber keine Verfehlungen nachweisen. Nach einer Stunde brach man das Gespräch ab. Wir vertagten uns.

Zum nächsten »Gespräch« war die Überprüfungskommission verstärkt worden. Ihre Mitglieder griffen mich schärfer an, fast gehässig. Ich ließ mich aber nicht aus der

Ruhe bringen. Sie hielten mir Presseberichte vor die Nase, in denen von verbrecherischen Aktivitäten der Jungen Gemeinde die Rede war. Ich nannte bloße Tatsachen, denen sie nichts entgegenzusetzen hatten. Sie konnten mich weder in Widersprüche verwickeln noch in einen Gegensatz zur DDR bringen. Daher mussten sie mir nach zweieinhalb Stunden wohl oder übel den Berechtigungsschein zum neuen Mitgliedsbuch aushändigen.

Einige Tage später war eine FDJ-Fachschaftsversammlung der Mathematiker angesetzt, auf der auch ich persönlich angefeindet wurde. Man warf mir vor, ich unterhielte Verbindung zu einer Agentenorganisation in Westberlin, das habe sich in der Aussprache vor der Überprüfungskommission herausgestellt. Diese Behauptung war so absurd, dass sogar ein Mitglied der Überprüfungskommission mir zur Seite stand. Dann stritten sich die Funktionäre lange mit mir über die Glaubwürdigkeit der Presse, die ich angezweifelt hatte. Um Mitternacht wurde die Diskussion abgebrochen.

Die Fortsetzung der Versammlung fand am 13. Mai 1953 statt. Es war ein Abend vor großem Publikum. In einem grauen Hörsaal saßen Hunderte von Studenten. Auch Professoren setzten sich zu den Studenten, darunter der Vertreter des Rektors, Professor Leo Stern, von dem es hieß, er sei Mitarbeiter des Staatssicherheitsdienstes. Ausgewählte FDJ-Funktionäre aus Hallenser Betrieben versuchten, die Stimmung mit Zwischenrufen anzuheizen wie: »Ihr studiert mit unserem Geld!«

Einzelne Studenten wurden ans Podium gerufen und mussten sich inquisitorischen Fragen stellen.

Dann war ich dran.

Ich sollte mich in aller Öffentlichkeit vom »NATO-Agenten« Johannes Hamel distanzieren. Das tat ich nicht, weil ich keinen Grund dazu sah. Warum auch? Er hatte nichts verbrochen. Er hatte uns nur vorgelebt, was christlicher Glaube ist. Man warf mir vor, ich trüge das Abzeichen der Jungen Gemeinde, nicht aber das FDJ-Abzeichen. Man warf mir vor, Angehöriger einer illegalen Spionageorganisation zu sein. Als Beweis für diese Behauptung wurden erneut Artikel in der Presse und Verlautbarungen von SED und FDJ zitiert, in denen die Mitglieder der Studentengemeinde als Spione und NATO-Agenten bezeichnet wurden. Also sei die Studentengemeinde eine illegale Spionageorganisation, schlussfolgerte das Podium.

Das waren für mich keine Beweise. Um meine Meinung zu bekräftigen, berief ich mich auf die Verfassung der DDR und sagte:

»Die Evangelische Kirche steht unter dem Schutz der Verfassung. Die Junge Gemeinde und damit auch die Studentengemeinden sind legale Bestandteile der Evangelischen Kirche. Und weil die Studentengemeinde ein legaler Bestandteil der Evangelischen Kirche ist, kann sie keine illegale Organisation sein.«

Prof. Stern sprang auf und rief erregt:

»Das ist ja Boykott-Hetze«!

Ich verstummte.

Hunderte von Augenpaaren richteten sich auf mich.

Mein Gehirn arbeitete rasend schnell.

Nach Artikel 6 der Verfassung ist Boykott-Hetze ein Verbrechen. Und auf ein Verbrechen, so sagt das Strafgesetzbuch, steht Zuchthaus von mindestens zwei Jahren, in schweren Fällen kann auf Todesstrafe erkannt werden.

Das wusste ich.

Die FDJ stieß mich sofort aus ihren Reihen aus. Die Exmatrikulation wurde ebenfalls eingeleitet. Äußerlich ruhig verließ ich den Hörsaal.

Im Gang erwarteten mich Freunde aus der Studentengemeinde und nahmen mich in ihre Mitte. Ich übernachtete bei ihnen.

Am nächsten Tag, dem Himmelfahrtstag, fuhr ich nach Hause, aber nicht über Bitterfeld, wie ich es normalerweise tat, sondern über Köthen. Ich ging auch nicht in unsere Wohnung, sondern zu Bekannten. Die berichteten sofort meiner Mutter, was vorgefallen war, und brachten sie gleich mit.

Wir besprachen das weitere Vorgehen. Meine Mutter sollte mich nach Berlin begleiten; das war sinnvoll, weil, wie die Erfahrung zeigte, der Staatssicherheitsdienst eine Person in Begleitung nur selten anfasst. Wir kauften Rückfahrkarten nach Berlin. Ich besitze meine noch. Auf der Rückseite hatte der Bahnbeamte die Nummer meines Personalausweises mit Kopierstift eingetragen, wie es bei Reisen nach Berlin vorgeschrieben war.

Der Zug bestand aus dreiachsigen Abteilwagen. Zur Tarnung hatte ich »fortschrittliche« Lektüre mitgenommen, und zwar den Roman *Menschen an unserer Seite* von Eduard Claudius, ein von der SED empfohlenes Buch.

Vor Berlin war die übliche Kontrolle. Der Zug hielt auf freier Strecke. Volkspolizisten erkletterten mit ihren Fahndungsbüchern die Waggons und gingen auf den Trittbrettern von Tür zu Tür.

Mein Herz klopfte. Ich vertiefte mich in mein Buch, las aber nur einzelne Buchstaben. Zu uns kam niemand.

Das Abteil, in dem wir saßen, hatten sie wohl übersehen. Meine Mutter und ich sahen stumm aus dem Fenster, als der Zug wieder anfuhr.

In Schöneweide bestiegen wir sogleich die S-Bahn und fuhren unbehelligt nach Westberlin. Als wir die Grenze überquert hatten, atmete ich tief durch.

Bei meiner Tante in Zehlendorf besprachen wir noch einige technische Fragen, zum Beispiel was aus meinen Sachen in dem Hallenser Zimmer werden sollte, und ähnliche Dinge. Anschließend ging ich mit meiner Mutter zur S-Bahn.

Die S-Bahn war für mich jetzt tabu, denn sie gehörte der Deutschen Reichsbahn und war somit Hoheitsgebiet der DDR; Volkspolizisten patroullierten auf dem Bahngelände, und auch dem Bahnpersonal war nicht unbedingt zu trauen. Ich begleitete meine Mutter bis zum Stationsgebäude. Wir umarmten uns, dann ging sie auf die Sperre zu. Ich sah sie von der Straßenbrücke aus auf dem Bahnsteig stehen und winkte ihr zu, als sie den Zug bestieg. Sie wusste, dass ich jetzt in Sicherheit war.

Von Berlin nach Göttingen

Viele DDR-Bürger verließen ihren Staat, weil sie sich im Westen ein besseres Leben versprachen, mehr Wohlstand und mehr Freiheit. Sie wurden in Westberlin registriert und durften dann in die Bundesrepublik reisen.

Andere flohen, um einer Verhaftung zu entgehen. Sie erhielten nach einer gründlichen Überprüfung den Flüchtlingsausweis C. Damit hatten sie das Recht auf eine finanzielle Unterstützung erworben und wurden bei Wohnungs- und Arbeitssuche bevorzugt, denn sie hatten ja Menschen und Heimat, Arbeitsplatz, Wohnung und Eigentum unfreiwillig zurücklassen müssen.

Die Zahl der DDR-Flüchtlinge wuchs täglich. Daher sahen sich die westlichen Behörden gezwungen, das Notaufnahmeverfahren strengen Verwaltungsvorschriften zu unterwerfen.

Ich suchte die für mich zuständige Dienststelle auf. Man wies mir als Unterkunft eine Turnhalle zu. Die Menschen lagerten auf dem Boden und behielten ihre Bündel im Auge.

Westdeutsche Beamte verhörten mich lange. Auch alliierte Offiziere fragten mich gründlich aus.

Eine Röntgenreihenuntersuchung zeigte Schatten auf meiner Lunge, und ab sofort war meine Adresse ein Baracken-Krankenhaus im Norden Berlins.

Eine Tuberkulose konnte man bei mir nicht diagnostizieren, vielmehr glaubte man, in meiner Lunge eine seltene Krankheit gefunden zu haben, die man mit »Boeck–Besnier–Schaumannsche Erkrankung« bezeichnete. Heute nennt man sie »Sarkoidose«; das besondere Kennzeichen dieser Krankheit ist, dass der Patient keine Symptome zeigt, und dass sie allmählich vergeht, ohne weitere Folgen zu hinterlassen.

Nach allen Regeln der damaligen medizinischen Kunst wurde ich untersucht, teilweise mit sehr schmerzhaften Diagnoseverfahren. Schließlich stellte man mich einem großen Ärztekollegium vor, als sei ich ein exotisches Tier. Das für mich Kuriose dabei war nur, dass ich mich körperlich pudelwohl fühlte. Die Leistungsfähigkeit meiner Lunge wurde regelmäßig gemessen; sie war hoch, sehr hoch sogar.

Allein die Kopfschmerzen plagten mich immer noch. Als ich das dem Stationsarzt vortrug, sagte er nur: »Nehmen Sie Migränin!«

Zur »Abwicklung von Behördengängen zwecks Erlangung des Flüchtlingsausweises« bekam ich von der Krankenhausverwaltung bei Bedarf einen Passierschein, um das Gelände verlassen zu dürfen. Bei einem dieser Termine — es ging gerade ein Regenschauer nieder — überholte der Stadtbus eine lange Kolonne von Arbeitern. Sie trugen Spruchbänder, sangen Lieder und wischten sich die Regentropfen aus dem Gesicht. Es waren Henningsdorfer Arbeiter, die durch Westberlin zur Stalin-Allee marschierten.

Später beobachtete ich, wie aus dem Columbushaus am Potsdamer Platz schwarze Rauchwolken aufstiegen; dort hatten SED und Staatssicherheitsdienst Büros. Auf der Friedrichstraße richtete ein sowjetischer Panzer seine Kanone gegen den amerikanischen Sektor.

Von Westberlin aus konnte man an die Sektorengrenze herangehen und sie überschreiten. Ich ging nur in die Nähe, denn ich wollte nicht gekidnappt werden. Die Mauer wurde erst acht Jahre später gebaut.

So erlebte ich den 17. Juni 1953.

Einige Wochen danach hat man mich aus dem Krankenhaus entlassen. Alle Papiere zur Übersiedlung in die Bundesrepublik Deutschland waren beisammen. In der Dämmerung flog ich von Tempelhof nach Hannover. Die Luft war unruhig, so dass sich die Tragflächen der zweimotorigen Propellermaschine bogen und das Flugzeug manchmal in ein großes Loch zu fallen schien. Vor mir saß ein 12-jähriges Mädchen, das die braune Papiertüte füllte.

Das war mein erster Flug. Ich war froh, als wir endlich wieder auf festem Boden standen.

Von Hannover aus fuhr ich mit dem Zug weiter nach Bremen. Pastor Mey und seine Familie gewährten mir vorläufig Unterschlupf, denn ich hatte niemanden im Westen, der mich aufnehmen konnte. Über der Eingangstür des Pfarrhauses stand der Spruch »Wir haben hier keine bleibende Stadt, sondern die zukünftige suchen wir«.

Als Inhaber des Flüchtlingsausweises C bekam ich Arbeitslosengeld. Ich ging also regelmäßig zu einer Außenstelle des Arbeitsamts und holte mir das Stempelgeld ab.

Um mein Studium in Göttingen fortsetzen zu können, musste ich mein in der DDR erworbenes Abitur anerkennen lassen. Zu diesem Behufe hatte ich in Hannover vor dem Kultusministerium zu erscheinen. Hier legte ich noch einmal eine, wenn auch verkürzte, Abitur-Prüfung ab, obwohl ich bereits im vierten Semester Mathematik studiert hatte. Examiniert wurde ich in Geschichte und Deutsch. Die Prüfung zum Großen Latinum wurde mir allergnädigst erlassen, weil ich mehr als vier Jahre Lateinunterricht nachweisen konnte. Ich musste nur meine Mutter bitten, mir die Schulzeugnisse zu schicken.

An einem trüben Oktobertag traf ich in Göttingen ein und schleppte den Koffer in mein neues Quartier, eine graublau gestrichene Baracke, Unterkunft der evangelischen Studentengemeinde für Flüchtlinge. In ihr gab es mehrere sehr kleine, karg möblierte Doppelzimmer sowie einen Aufenthaltsraum, und in einem Waschraum fließendes kaltes Wasser.

Meine Existenz war notdürftig gesichert: Als anerkannter DDR-Flüchtling erhielt ich eine monatliche Zahlung aus dem Härtefond des Lastenausgleichs. Vom Übergangsgeld konnte ich mir ein Fahrrad kaufen. Damit gewann ich eine gewisse Unabhängigkeit.

Nach meinem ersten Semester in Göttingen unternahm ich eine große Radtour über West- nach Süddeutschland. Ich fuhr zu ehemaligen Junkers-Leuten und bat sie, meinem Vater nach der Rückkehr aus seiner Gefangenschaft zu helfen, eine neue Stelle zu finden.

In der Welt der Ellenbogen.

In der Evangelischen Studentengemeinde machte ich dort weiter, wo ich in Halle aufgehört hatte. Ich sang wieder in der Kurrende, wirkte in Arbeitskreisen mit, nahm an Freizeiten teil. Aber ich stellte fest, dass die Welt, in die ich geraten war, nicht mehr meine Welt war. Die Arbeit in Halle war intensiver gewesen, der zwischenmenschliche Kontakt herzlicher, das Gemeinschaftsgefühl stärker ausgeprägt.

Auf einer dieser Freizeiten kam ich mit einem Theologiestudenten ins Gespräch, der von der Nordseeküste stammte. Wir redeten über vertriebene Bauern, denen man Land zugewiesen hatte, damit sie existieren konnten. Einheimische Landwirte, die viel Land besaßen, hatten ihnen etwas abgeben müssen. Er lehnte diese Art der »Bodenreform« ab: »Das geht doch nicht«, meinte er, »man kann Grund und

Boden, der sich seit Generationen im Besitz ein und derselben Familie befindet, nicht an Flüchtlinge abgeben!«

Ich zuckte zusammen. Der wollte Pfarrer werden?

Nach etwa drei Jahren zog ich mich aus der Arbeit der Studentengemeinde zurück. Ich glaubte, ich könne mit der neuen Generation nicht mehr klar kommen. Die Studenten, die jetzt die Universität bevölkerten, hatten den Krieg nicht so intensiv erlebt wie ich, sie waren 1945 noch Kinder gewesen. Sie schienen mir unbeschwerter zu sein als ich.

Mein Unbehagen war jedoch kein Generationenproblem. Es beruhte vielmehr darauf, dass ein wesentlicher Teil von mir in Dessau und in Halle geblieben war.

Diese Tatsache wurde mir aber erst viel später bewusst. Trotz vieler Menschen, die mir halfen, fühlte ich mich einsam, denn ich war getrennt von meiner Heimat, von meiner Familie und von meinen Freunden. Wir konnten uns nicht mehr sehen und nicht mehr miteinander sprechen, nur noch Briefe gingen hin und her. Diese mussten überdies so formuliert werden, dass der Staatssicherheitsdienst beim Mitlesen nicht irgendwelche Informationen erhielt, die für DDR-Bürger gefährlich werden könnten.

Ich war in eine andere Welt gekommen, in eine Gesellschaft, die ich nicht immer verstand, mit der ich mich streckenweise nicht identifizieren konnte. Ellenbogen musste man benutzen, um voranzukommen.

Deutlich wird das an einer Serie von ganzseitigen Anzeigen, in denen für den Kauf von Bundesschatzbriefen geworben wurde, also für den Erwerb von Staatsanleihen. Dabei benutzte man den Werbespruch: »Hast du was, bist du was!« Diese Anzeigen verschwanden nach einiger Zeit. Die Bundesregierung unter Konrad Adenauer hatte wohl gemerkt, dass sie über das Ziel hinausgeschossen war.

Im Herbst des Jahres 1955 ließ die Sowjetunion die letzten Spätheimkehrer frei. Ich malte ein Plakat und radelte damit mehrmals nach Friedland ins Durchgangslager. Ich hoffte, etwas über meinen Vater erfahren zu können. Gemeinsam mit vielen Menschen, vor allem Frauen, stand ich frierend vor den Baracken und wartete, bis die hageren, aber glücklichen Gestalten eintrafen. Viele der Wartenden schauten nach Angehörigen aus, andere taten es wie ich und hielten Plakate hoch. Trotz des großen Durcheinanders sprachen mich zweimal Männer an, die mit meinem Vater zusammengetroffen waren. Ich führte mit ihnen längere Gespräche und erfuhr einiges über ihn, aber seine Spur verlor sich hinter den Mauern des sowjetischen Gefängnisses in Berlin-Lichtenberg.

Ich gab nicht auf und bemühte mich weiter, sein Schicksal aufzuklären. Schließlich erhielt ich im Juni 1960 über das Deutsche Rote Kreuz eine Nachricht vom Sowjetischen Roten Kreuz, wonach er am 26. Juni 1953 gestorben sei. Für meine Mutter war wichtig, dass jetzt mein Vater amtlich für tot erklärt werden konnte. Daraufhin bekam sie eine kleine Witwenrente ausbezahlt.

Weil in dem Schreiben des Sowjetischen Roten Kreuzes weder eine Ursache für seinen Tod genannt war noch ein Ort, wo er gestorben sein sollte, blieb meine Unsicherheit bestehen. Ich hoffte weiter.

Als ich eines Tages vom Mathematischen Institut nach Hause ging, sah ich auf der Weender Straße in der Menschenmenge meinen Vater vor mir gehen.

Ich schrak zusammen.

Es war irgendein Mann, der so groß war wie mein Vater und einen schmalkrempigen, mit einer Kordel geschmückten Hut trug, wie ihn mein Vater zu tragen pflegte.

Mein Bekanntenkreis setzte sich viele Jahre lang überwiegend aus Menschen zusammen, die aus der DDR geflohen oder aus dem Osten vertrieben waren. Sie hatten ähnliche Schicksale durchlebt wie ich, daher verstand man sich schon nach wenigen Worten und musste nicht viel erklären. Man fühlte sich gewissermaßen als Fremdkörper in der bundesrepublikanischen Gesellschaft, bildete eine eigene, kleine, ja isolierte Gruppe.

Eine enge Freundschaft entwickelte ich zu Eberhart, der aus ähnlichen Gründen wie ich die DDR hatte verlassen müssen. Er, ein Jurastudent, hatte die gleichen Schwierigkeiten mit sich und seiner Umwelt wie ich. Wir saßen viel beisammen und hatten lange Gespräche.

Er war oft niedergeschlagen. Ich sehe uns noch eines Nachts im orangefarbenen Licht der Natriumdampflampen an der Bundesstraße 3 zwischen Göttingen und Weende stehen. Eberhart zeigte auf die Spuren, die der Straßenverkehr tagsüber auf dem Asphalt hinterlassen hatte, und sagte:

»Hier fährt der Tod!«. Dann gingen wir langsam auf die andere Straßenseite.

Auch im Westen fühlte sich Eberhart noch von Stasi-Agenten verfolgt. Diese Belastung war so groß, dass er einen Waffenschein beantragte und bekam. Wir gingen einmal gemeinsam auf einen Schießplatz, wo er übte und ein paar Schüsse auf eine Scheibe abfeuerte.

Ein halbes Jahr später richtete er die Waffe gegen sich selbst.

Manchmal habe auch ich den Wunsch verspürt, meinem Leben ein Ende zu setzen. Die Zahl der Studenten, die es mir vorgemacht hatten, war nicht eben klein.

Obwohl ich neue Freunde gewann, nun auch aus dem Westen, wurde ich immer trübsinniger. Um dagegen anzugehen, übte ich diverse Tätigkeiten aus, zum Teil war ich darin sogar recht erfolgreich. Aber diese oft hektischen Anstrengungen waren nur eine Flucht, eine Flucht vor mir selbst. Ich suchte bei mir nach den Ursachen für diese langanhaltende Schwermut, wurde aber nicht fündig.

In Westberlin hatte ich um politisches Asyl nachgesucht. Ich konnte den Staat, der mich bedrohte, verlassen. Weil ich aber keine Fremdsprache zu erlernen brauchte, begriff ich nicht, dass ich jetzt im Exil lebte.

Meine Kopfschmerzen und Schlafschwierigkeiten verschwanden nicht. Ich kaufte Schmerztabletten, Einschlaftabletten, manchmal auch schon regelrechte Schlaftabletten, soweit ich sie ohne Rezept bekommen konnte, und nahm immer mehr davon. In Göttingen gab es Apotheken in großer Zahl.

Und wenn alles nicht half, wenn ich mich Stunden um Stunden im Bett wälzte, dann griff ich zum Alkohol. Immer mehr leere Schnapsflaschen musste ich in die Mülltonne werfen.

Auf diese Weise konnte ich meine Probleme nicht lösen. Ich begab mich daher zu einem Psychotherapeuten, aber auch er konnte die Berliner Mauer nicht weganalysieren.

Neben meinem Alkoholkonsum war mein Zigarettenkonsum stark gestiegen. Als ich eines Abends spürte, dass ich nikotinsüchtig zu werden drohte, beschloss ich, das Rauchen einzustellen. Ich zog sofort eine Schachtel Zigaretten aus dem Automaten und rauchte ihren Inhalt bis zur letzten Kippe. Aus Erfahrung wusste ich, dass ich am nächsten Morgen einen »Raucherkater« haben würde. Das nutzte ich aus. Und nach drei harten Tagen und Nächten hatte ich gewonnen.

Ich bin nie rückfällig geworden.

Daraufhin nahm auch die Zahl der von mir geleerten Schnapsflaschen ab.

Ich sah mich gezwungen, Geld zu verdienen. Anfangs waren es »Jobs«, wie Studenten sie gern übernehmen. Später suchte ich nach Arbeiten, die mit meinem angestrebten Beruf etwas zu tun hatten. Erfolge stellten sich ein.

Mit meiner Diplomarbeit kam ich allerdings nicht recht voran. Ich erhielt von meinem Professor keinerlei Unterstützung. Als ich ihm einmal Zwischenergebnisse vorstellen wollte, schickte er mich aus seinem Zimmer mit der Bemerkung: »Kommen Sie wieder, wenn Sie fertig sind!«.

Dann, nach Jahren, legte ich endlich das Diplom in Angewandter Mathematik ab und trat sogleich meine erste Stelle an, und zwar im Max-Planck-Institut für Aeronomie, das heute Max-Planck-Institut für Sonnensystemforschung heißt.

Und ich heiratete.

5. Suche nach meinem Vater

Rückblick

Moskaus Beute — wie Vermögen, Kulturgüter und Intelligenz nach 1945 aus Deutschland geraubt wurden ist der Titel eines Buches, das im Jahre 1995 erschien. Der Autor heißt Pawel Nikolajewitsch Knyschewskij. Darin gibt es ein Kapitel über Upra: »Die Junkers-Kolonie an der Wolga«. Diese fünfzehn Seiten bestehen im Wesentlichen aus dem Bericht eines »gewissen Michail Gusinskij«, den dieser »sendungsbewusste Genosse« erstattet hatte. Darin ist auch von meinem Vater die Rede. Andere »Spezialisten« werden ebenfalls namentlich erwähnt. Die Mitgliedschaft dieser Männer in der NSDAP ist für Herrn Gusinskij offenbar das Wichtigste, denn darüber berichtet er ausführlich.

Über die Deutsche Schule schreibt er, dass dort vorwiegend »nazistische Ideologie« verkündet worden sei. In diesem Zusammenhang erwähnt er auch mich mit folgenden Worten:

> *Englisch unterrichtet der Sohn des Nazi-Ingenieurs Singer, der sich freiwillig zur Wehrmacht gemeldet hatte. Singer war bis Sommer 1946 in englischer Gefangenschaft.*

Nachdem ich das gelesen hatte, fragte ich mich: Woher wusste Herr Gusinskij das?

Da fiel mir folgende Begebenheit in Upra wieder ein: Eines Tages kamen Freunde aufgeregt zu uns nach Hause und berichteten, dass mein Vater verhaftet worden sei. Vor dem Werk sei er in eine schwarze Limousine gezerrt worden. Er habe sofort die Tür auf der gegenüberliegenden Seite geöffnet und versucht, das Auto wieder zu verlassen, was ihm natürlich nicht gelang. Gelungen aber war ihm, andere Menschen auf sich und das Geschehen aufmerksam zu machen, so dass sich diese Geschichte schnell in der deutschen Gemeinde verbreitete und für Unruhe sorgte.

Er kam an diesem Tage nicht nach Hause, denn eine Nacht blieb er im Gewahrsam des NKWD, des sowjetischen Geheimdienstes. Ich vermute, dass er damals auch von Herrn Gusinskij verhört wurde.

Wir erfuhren, dass andere »Spezialisten« ebenfalls so behandelt worden waren. »Haben die Ihnen auch mit Bleibergwerken gedroht?«, fragte später in meinem Beisein ein Kollege meinen Vater.

Von dem, was er in dieser Nacht erlebt hatte, erzählte er uns nichts. Er ist sicherlich von den verhörenden Funktionären hart bedrängt worden. Deswegen haben wir ihn auch nicht weiter befragt.

Mein Vater hatte also einen triftigen Grund, als er von mir während der Heimfahrt von Upra nach Dessau verlangte, mein Tagebuch zu vernichten, das ich in Upra geschrieben hatte. Sehr glücklich war ich darüber nicht. Im fahrenden Zug zerriss ich die einzelnen Seiten in kleine Stücke, öffnete das Fenster, wenn der Zug durch Wälder oder an Feldern vorbeifuhr, und ließ die Papierschnipsel über die russische Landschaft fliegen, wo sie der Schnee des nahenden Winters auflösen würde. Ich hatte bei dieser Tätigkeit das Gefühl, Teile der Erinnerung, ja, sogar Teile meines bisherigen Lebens vernichten zu müssen.

Beim Umladen in Brest-Litowsk wurden wir gründlich »gefilzt«. Man beschlagnahmte unter anderem Briefe meiner Mutter aus der Zeit, »als mein Mann noch mein Freund war«. Die kontrollierenden Soldaten hätten sicherlich auch mein Tagebuch gefunden. Und das hätte möglicherweise

Schwierigkeiten für uns alle gebracht, zumal es in englischer Sprache abgefasst war.

Meines Vaters Tod

Mein Vater hatte einen Studienfreund, der auch in Dessau bei Junkers arbeitete, allerdings im Flugzeugbau: Justus Muttray. »Onkel Justus« war mein Patenonkel, er hatte viel Humor, und wir liebten ihn sehr. Wie wir war er mit seiner Familie am 22. Oktober 1946 in die Sowjetunion »eingeladen« worden, wurde aber, wie alle Flugzeugbauer, nicht nach Upra, sondern nach Podberesje in der Nähe von Moskau geschafft.

Wie mein Vater war auch Justus Muttray am 18. September 1950 verhaftet worden. Er hatte einen Zwillingsbruder, Dr. Horst Muttray, den man damals ebenfalls inhaftierte. Mit den beiden Ehefrauen der Muttrays, die in Dessau lebten, hielten wir, die Familie Singer, engen Kontakt. So sangen wir alle gemeinsam im gleichen Kirchenchor. Und zwei Jahrzehnte später, als ich wieder in die DDR reisen durfte, besuchten meine Frau und ich sie regelmäßig.

Wir waren also drei Familien, deren Ehemänner beziehungsweise Väter das gleiche Schicksal erlitten hatten, drei Familien, die hofften. Das änderte sich 1956, als Justus Muttray aus der Sowjetunion entlassen wurde und nach Dessau zurückkehrte; er war offenbar nicht zum Tode, sondern nur zu einer längeren Haftstrafe, wahrscheinlich Zwangsarbeit, verurteilt worden. Hoffnung keimte in uns auf, denn er fand bald eine Arbeitsstelle in der Filmfabrik ORWO in Wolfen, konnte also wieder ein »normales Leben« führen. Was er in der Sowjetunion erlebt hatte, erzählte er niemandem, auch seiner Frau nicht. Weil er vor der Wiedervereinigung starb, hat er dieses Wissen mit ins Grab genommen.

Mein Vater 1951 (Paßbild)

Im Sommer 1997 macht mich Dr. Waltraut Muttray, die Tochter von Horst Muttray, darauf aufmerksam, dass es jetzt die Möglichkeit gebe, über die deutsche Botschaft in Moskau nähere Informationen über den Tod meines Vaters zu bekommen; sie habe dies erfolgreich für ihren Vater getan. Ich tat es ihr nach, und bald konnte ich einen Antrag auf

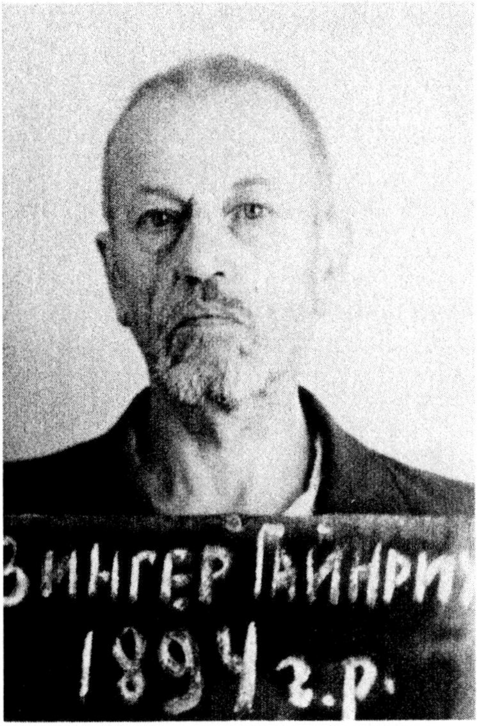

Mein Vater 1952.

Rehabilitation meines Vaters stellen, der von der deutschen Botschaft an die Militärhauptstaatsanwaltschaft der Russischen Föderation weitergereicht wurde. Daraufhin erhielt ich aus Moskau die offizielle Rehabilitationsbescheinigung mit Datum vom 9. Januar 1998. Der entscheidende Satz darin lautet:

> *Gemäß Artikel 3 des Gesetzes der Russischen Föderation »Über die Rehabilitierung von Opfern politischer Repression« vom 18. Oktober 1991 wurde Herr Heinrich Singer rehabilitiert.*

In der Rehabilitationsbescheinigung, im Wesentlichen ein ausgefülltes Formular, steht auch, dass mein Vater »am 6. März 1952 durch das Militärtribunal des Truppenteils Nr. 48240 gem. Art. 58–6 und 58–14 StGB der RSFSR zur Höchststrafe – Tod durch Erschießen« verurteilt und das »Urteil am 26. Juni 1952 vollstreckt« wurde.

Fünfundvierzig Jahre hatte ich auf diese Nachricht warten müssen! Ich vervielfältigte die mir übersandten Papiere und schickte die Kopien an Verwandte und Freunde. In diesen Tagen ging mir vieles durch den Kopf. Ich versuchte mir vorzustellen, wie man meinen Vater verhörte Eine schwache Ahnung, wie so etwas vor sich geht, hatte ich ja im Mai 1953 bekommen, als FDJ-Funktionäre mich in die Zange nahmen, mir das Wort im Munde umdrehten und mich anschrieen. Ich versuchte mir vor Augen zu führen, wie man meinen Vater in den Gefängniskeller schleppte und die Pistole an seine Schläfe hielt.

In dem Begleitschreiben der deutschen Botschaft heißt es:

> *Da Ihr Vater rehabilitiert wurde haben Sie das Recht auf Akteneinsicht und Herausgabe eventuell noch in den Akten vorhandener persönlicher Dokumente. Wenn Sie es wünschen, wird die Botschaft gerne beim Archiv des FSB (wo die Akte jetzt lagert) um Aktenkopien nachsuchen.*

Das tat ich natürlich. Weil ich mir aber unter den beiden genannten Artikeln aus dem Russischen Strafgesetzbuch nichts vorstellen konnte, bat ich die Botschaft um weitere Information und erhielt in Kopie einen Auszug aus dem »Strafgesetzbuch der Russischen Sozialistischen Föderativen Sowjet-Republik vom 22. November 1926 in der am 1. Januar 1952 gültigen Fassung«..

Im Artikel 58.1 wird zunächst definiert, was eine gegenrevolutionäre Handlung ist:

> ***58.1.*** *Als gegenrevolutionär gilt jede Handlung, die auf den Sturz, die Unterhöhlung oder die Schwächung der Herrschaft der Räte der Arbeiter und Bauern (...) und der grundlegenden wirtschaftlichen, politischen und nationalen Errungenschaften der proletarischen Revolution gerichtet ist.*
>
> *Kraft der internationalen Solidarität der Interessen aller Werktätigen gelten Handlungen gleicher Art als gegenrevolutionär auch dann, wenn sie gegen einen anderen — der Union der SSR nicht angehörenden — Staat der Werktätigen gerichtet sind.*

Dann folgen die Abschnitte, die beschreiben, weswegen man ihn verurteilt hatte:

> ***58.6.*** *Spionage, d.h. Weitergabe, Entwendung oder zwecks Weiter gabe vorgenommene Sammlung von Nachrichten, die sich ihrem Inhalt nach als ein besonders schutzwürdiges Staatsgeheimnis darstellen, zugunsten ausländischer Staaten, gegenrevolutionärer Organisationen oder Privatpersonen, zieht nach sich — Freiheitsentziehung nicht unter drei Jahren, verbunden mit völliger oder teilweiser Vermögenskonfiskation; in den Fällen jedoch, in denen die Spionage besonders schwere Nachteile für die Interessen der Union der SSR herbeigeführt hat oder hätte herbeiführen können: Erhöhung bis zur schwersten Maßnahme des sozialen Schutzes — Erschießung oder Erklärung zum Feind der Werktätige (...).*

Der Artikel 58.14 schildert mit ähnlichen Worten die »gegenrevolutionäre Sabotage«. Später bekam ich die Kopie des Urteils. Darin wirft man meinem Vater vor, dass er Kontakt zum englischen Spionagedienst gehabt und dafür 250 westdeutsche Mark erhalten habe. In dem Begleitschreiben der deutschen Botschaft heißt es:

> *Der Leichnam wurde vermutlich im Krematorium des Donskoje-Friedhofes eingeäschert — einen genaueren Begräbnisort kann man daraus leider nicht herleiten.*

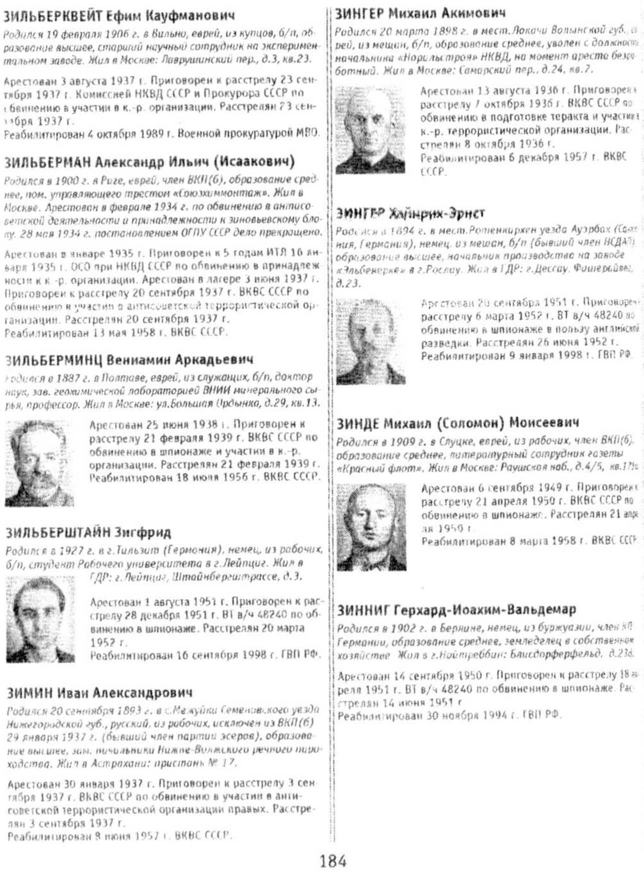

ЗИЛЬБЕРКВЕЙТ Ефим Кауфманович

Родился 19 февраля 1906 г. в Вильно, еврей, из купцов, б/п, образование высшее, старший научный сотрудник на экспериментальном заводе. Жил в Москве: Лаврушинский пер., д.3, кв.23.

Арестован 3 августа 1937 г. Приговорен к расстрелу 23 сентября 1937 г. Комиссией НКВД СССР и Прокурора СССР по обвинению в участии в к.-р. организации. Расстрелян 23 сентября 1937 г.
Реабилитирован 4 октября 1989 г. Военной прокуратурой МВО.

ЗИЛЬБЕРМАН Александр Ильич (Исаакович)

Родился в 1900 г. в Риге, еврей, член ВКП(б), образование среднее, пом. управляющего трестом «Союзхиммонтаж». Жил в Москве. Арестован в феврале 1934 г. по обвинению в антисоветской деятельности и принадлежности к зиновьевскому блоку. 28 мая 1934 г. постановлением ОГПУ СССР дело прекращено.

Арестован в январе 1935 г. Приговорен к 5 годам ИТЛ 16 января 1935 г. ОСО при НКВД СССР по обвинению в принадлежности к к.-р. организации. Арестован в лагере 3 июня 1937 г. Приговорен к расстрелу 20 сентября 1937 г. ВКВС СССР по обвинению в участии в антисоветской террористической организации. Расстрелян 20 сентября 1937 г.
Реабилитирован 13 мая 1958 г. ВКВС СССР.

ЗИЛЬБЕРМИНЦ Вениамин Аркадьевич

Родился в 1887 г. в Полтаве, еврей, из служащих, б/п, доктор наук, зав. геохимической лабораторией ВНИИ минерального сырья, профессор. Жил в Москве: ул.Большая Ордынка, д.29, кв.13.

Арестован 25 июня 1938 г. Приговорен к расстрелу 21 февраля 1939 г. ВКВС СССР по обвинению в шпионаже и участии в к.-р. организации. Расстрелян 21 февраля 1939 г.
Реабилитирован 18 июля 1956 г. ВКВС СССР.

ЗИЛЬБЕРШТАЙН Зигфрид

Родился в 1927 г. в г.Тильзит (Германия), немец, из рабочих, б/п, студент Рабочего университета в г.Лейпциг. Жил в ГДР: г.Лейпциг, Штайнбергштрассе, д.3.

Арестован 1 августа 1951 г. Приговорен к расстрелу 28 декабря 1951 г. ВТ в/ч 48240 по обвинению в шпионаже. Расстрелян 20 марта 1952 г.
Реабилитирован 16 сентября 1998 г. ГВП РФ.

ЗИМИН Иван Александрович

Родился 20 сентября 1893 г. в с.Межуйки Семеновского уезда Нижегородской губ., русский, из рабочих, исключен из ВКП(б) 29 января 1937 г. (бывший член партии эсеров), образование высшее, зам. начальника Нижне-Волжского речного пароходства. Жил в Астрахани: пристань № 17.

Арестован 30 января 1937 г. Приговорен к расстрелу 3 сентября 1937 г. ВКВС СССР по обвинению в участии в антисоветской террористической организации правых. Расстрелян 3 сентября 1937 г.
Реабилитирован 8 июня 1957 г. ВКВС СССР.

ЗИНГЕР Михаил Акимович

Родился 20 марта 1898 г. в мест.Локачи Волынской губ., еврей, из мещан, б/п, образование среднее, уволен с должности начальника «Норильстроя» НКВД, на момент ареста безработный. Жил в Москве: Самарский пер., д.24, кв.7.

Арестован 13 августа 1936 г. Приговорен к расстрелу 7 октября 1936 г. ВКВС СССР по обвинению в подготовке теракта и участии в к.-р. террористической организации. Расстрелян 8 октября 1936 г.
Реабилитирован 6 декабря 1957 г. ВКВС СССР.

ЗИНГЕР Хайнрих-Эрнст

Родился в 1894 г. в мест.Ротенкирхен уезда Ауэрбах (Саксония, Германия), немец, из мещан, б/п (бывший член НСДАП), образование высшее, начальник производства на заводе «Эльбенерке» в г.Рослау. Жил в ГДР: г.Дессау, Фошерайвег, д.23.

Арестован 20 сентября 1951 г. Приговорен к расстрелу 6 марта 1952 г. ВТ в/ч 48240 по обвинению в шпионаже в пользу английской разведки. Расстрелян 26 июня 1952 г.
Реабилитирован 9 января 1998 г. ГВП РФ.

ЗИНДЕ Михаил (Соломон) Моисеевич

Родился в 1909 г. в Слуцке, еврей, из рабочих, член ВКП(б), образование среднее, литературный сотрудник газеты «Красный флот». Жил в Москве: Раушская наб., д.4/5, кв.17.

Арестован 6 сентября 1949 г. Приговорен к расстрелу 21 апреля 1950 г. ВКВС СССР по обвинению в шпионаже. Расстрелян 21 апреля 1950 г.
Реабилитирован 8 марта 1958 г. ВКВС СССР.

ЗИННИГ Герхард-Иоахим-Вальдемар

Родился в 1902 г. в Берлине, немец, из буржуазии, член КП Германии, образование среднее, земледелец в собственном хозяйстве. Жил в г.Нойтреббин: Блисдорферфельд, д.23б.

Арестован 14 сентября 1950 г. Приговорен к расстрелу 18 апреля 1951 г. ВТ в/ч 48240 по обвинению в шпионаже. Расстрелян 14 июня 1951 г.
Реабилитирован 30 ноября 1994 г. ГВП РФ.

184

Die Seite im Memorial-Totenbuch, auf der mein Vater eingetragen ist (rechte Spalte, zweiter Eintrag von oben).

Ich wusste also jetzt, wann mein Vater zum Tode verurteilt worden war und warum. Und ich wusste jetzt auch, wann und wo er erschossen worden war. Ich wusste aber immer noch nicht, wo seine sterblichen Überreste, nämlich seine Asche, zu suchen waren.

In der *Mitteldeutschen Zeitung* vom 2. Juli 2005 wurde eine Meldung der dpa unter der Überschrift »Gedenkstein für Stalin-Opfer« abgedruckt, in der es heißt:

> *In Moskau erinnert seit gestern ein Gedenkstein auf dem Donskoje-Friedhof an fast 1 000 deutsche Opfer der Gewaltherrschaft des sowjetischen Diktators Josef Stalin. Die meisten waren DDR-Bürger, die von 1950 bis 1954 von sowjetischen Militärtribunalen verurteilt und in Moskau hingerichtet wurden.*

Waltraut Muttray schickte mir diesen Zeitungsausschnitt. Ich schrieb sogleich an die deutsche Botschaft, um zu fragen, ob es eine Liste von Menschen gebe, deren Asche sich auf dem Donskoje-Friedhof befindet, und wenn ja, ob der Name meines Vaters auf dieser Liste stehe. Die Antwort steht in dem (russischen) Buch *Liste der zum Tode durch Erschießen Verurteilten, Moskau 1935–1953, Donskoje-Friedhof [Donskoje-Krematorium]. Gedenkbuch für die Opfer der politischen Repression,* herausgegeben von der Gesellschaft Memorial im Jahr 2005. Die deutsche Botschaft schickte mir in Kopie die Titelseite dieses Totenbuches und die Seite, auf der mein Vater verzeichnet ist.

Am 3. Oktober 2005, also am Nationalfeiertag, strahlte der Deutschlandfunk die Sendung *Vergesst sie nicht — das Schicksal von zehn Westberliner Studenten* aus. Diese Studenten waren Anfang der fünfziger Jahre in Ostberlin verhaftet und dann in Moskau zum Tode verurteilt und erschossen worden, wie mein Vater. Weil ich diese Sendung nicht habe hören können, schrieb ich an den Deutschlandfunk und erhielt das vollständige Manuskript der Sendung und damit die Verbindung zum Historischen Forschungsinstitut Facts & Files. Dieses Institut arbeitet mit der russischen Menschenrechtsorganisation Memorial zusammen, die 2005 das oben genannte Totenbuch herausgegeben hat, welches etwa 5.000 Eintragungen enthält. Facts & Files stellte nach dem russischen Vorbild ein analoges Totenbuch für die betroffenen Deutschen zusammen mit dem Titel: *Erschossen in Moskau. Die deutschen Opfer des Stalinismus auf dem Moskauer Friedhof Donskoje 1950–1953.* Im Vorwort dieses Buches heißt es:

> *Und so soll dieses Buch dazu beitragen, sich der Toten zu erinnern, sie aus der Anonymität herauszuholen, um ihnen nach mehr als fünf Jahrzehnten wenigstens einen papiereren Grabstein zu geben.*

In dem Buch sind 927 Opfer der politischen Repression, also des stalinistischen Terrors verzeichnet, darunter sowohl Waltrauts Vater als auch meiner. Ich kaufte mir das Buch und fand auch etliche Bekannte von uns darin verzeichnet. Das Wichtigste aber war für mich: Ich wusste jetzt, wo wir suchen müssen.

Spurensuche in Russland

Im Jahre 2002 nahm ich mit meiner Frau, die den schönen, aber langen Vornamen »Maria-Antonie« trägt, jedoch von aller Welt »Doli« genannt wird, an einer organisierten Schiffsreise teil, die in Moskau beginnend die Wolga hinabführte bis Wolgograd (Stalingrad). Dabei hofften wir, auch einen Blick auf Upra werfen zu können. Als wir an den Shigulibergen vorbeifuhren, war es Mitternacht, kein Mond am Himmel, wir konnten also nichts erkennen. Vielleicht, so dachte ich, wäre das Sanatorium angestrahlt. Aber nichts dergleichen. Am nächsten Tage konnten wir von Samara (Kujbyschew) aus in der Ferne die Shiguliberge liegen sehen. Versuche, einen schnellen Besuch in Upra zustande zu bringen, scheiterten jedoch. Doli war sehr enttäuscht.

Im gleichen Jahr hatte meine Nichte Susanne, Tochter meines leider viel zu früh verstorbenen Bruders Reinhard, die Möglichkeit, mit ihrem Kommilitonen Martin, der zwei

Jahre in Russland studiert hatte, nach Upra zu fahren. Sie wollte den Ort aufsuchen, wo ihr Vater vier entscheidende Jahre seines Lebens verbracht hatte. Später erzählte sie uns davon und zeigte uns einige Fotos, die sie dort gemacht hatte. Ich konnte aber nicht viel wiedererkennen.

Da wir jetzt wussten, wo wir nach der letzten Ruhestätte meines Vaters suchen mussten, keimte in uns der Wunsch, nach Moskau zu fahren. Im November 2005 schrieb der Beamte in der deutschen Botschaft, der mich so liebevoll betreute, in einem seiner Briefe:

> *Sollten Sie (...) einen Besuch des Friedhofs Donskoje planen, würde ich mich freuen, wenn Sie die Gelegenheit, mich in der Rechts- und Konsularabteilung der Botschaft aufzusuchen, nutzen könnten.*

Das war ja eine regelrechte Einladung! Die wollten wir natürlich annehmen, denn wir dachten, man könne uns sicherlich auch nützliche Hinweise geben. Also planten wir eine Reise nach Moskau.

Waltraut Muttray war natürlich auch sehr daran interessiert, und Susanne ebenfalls. Somit waren wir schon vier. Susanne brachte noch zwei Freunde mit, den oben erwähnten Martin und Jörg, der als Journalist mehrere Jahre in der Russischen Föderation gearbeitet hatte. Unsere Gruppe setzte sich zusammen aus

Friedemann, * 1927,	Jörg, * 1969,
Waltraut, * 1932,	Martin, * 1970,
Doli, * 1933,	Susanne, * 1972.

Wir waren also drei alte Menschen, alle drei Rentner, und drei junge Menschen in der Blüte ihrer Jahre. Teilweise lernten wir uns erst in Moskau kennen. Das Erstaunliche war, dass wir schnell ein großes Vertrauen zueinander fanden und eine ausgeprägte Harmonie zwischen uns entstand, also zwischen den Alten und den Jungen, was heutzutage nicht selbstverständlich ist. Insbesondere waren wir Alten von der großen Hilfsbereitschaft der Jungen geradezu überwältigt! Sie schleppten unsere großen Koffer, wenn unsere Kräfte zu erlahmen drohten, besorgten uns preiswerte Taxis, was in Russland nicht einfach ist, und halfen uns unentwegt, denn die Tage waren gekennzeichnet durch sehr hohe Temperaturen (über 30 Grad Celsius).

Nach einigem Hin und Her lag folgender Reiseplan fest: Flug von Berlin-Tegel nach Moskau (Botschaft und Donskoje-Friedhof), zwei Tage später Flug nach Samara (Upra), wieder zwei Tage später Rückflug nach Moskau, Nachtzug nach St. Petersburg und von dort wieder nach Berlin. Susanne organisierte diese Gruppenreise höchst professionell, von den Flugverbindungen bis zu den Hotelunterkünften, und das alles zu sehr günstigen Konditionen. Schließlich stand der Termin fest, und wir sollten alle sechs am 12. Juni 2006 um 18 Uhr in der deutschen Botschaft in Moskau vorsprechen. Wir wurden an der Pforte empfangen und ins Botschaftsgebäude geführt. Dort waren wir, wie brieflich und telefonisch angekündigt, zu einem Abendessen eingeladen. Dabei hatten wir viele interessante und teilweise auch humorvolle Gespräche. Dankbar verabschiedeten wir uns und bezogen gegen 21.30 Uhr unser gebuchtes Hotel im Norden der Stadt.

Am nächsten Morgen fuhren wir vom Hotel aus mit der Metro zum Donskoje-Friedhof. Dieser ist in erster Linie eine ganz normale Begräbnisstätte. Auf ihm findet man neben Tausenden von Grabsteinen auch große Wände mit Fächern für Urnen, wie es sie auch in Deutschland gelegentlich gibt, zum Beispiel in Dessau am historischen Friedhof. Die kleine Kirche im Eingangsbereich war früher das Krematorium, in dem man alle Ermordeten verbrannte.

Memorial-Gedenkstätte auf dem Donskoje Friedhof in Moskau. Rechts, halb verdeckt, der Gedenkstein für die deutschen Opfer des Stalinimus.

Schon am Eingang des Friedhofs sahen wir einen Wegweiser mit dem Wort »Memorial«, so dass wir sehr bald unser Ziel erreichten: das Massengrab Nr. 3, wo die Asche der in den Jahren 1945 bis 1953 durch Erschießen Hingerichteten ausgeschüttet wurde. Darauf befindet sich jetzt die Gedenkstätte, ein kleines achteckiges Feld, in dessen Mitte die Figur einer Trauernden steht. Am Rande erinnern verschiedene Gedenksteine an das Leid diverser Volksgruppen, darunter ein Stein mit folgender Inschrift in deutscher und russischer Sprache:

ZUR ERINNERUNG AN DIE
BÜRGER DEUTSCHLANDS
OPFER DR POLITISCHEN
REPRESSION 1950 – 1953

Die Namenslisten der Opfer
sind in den Räumlichkeiten der
Friedhofsverwaltung einsehbar

Die Namensliste der 5000 in Moskau durch Erschießen hingerichteten Opfer des Stalinismus an der Memorial-Gedenkstätte

Neben dem deutschen Gedenkstein fallen besonders ein Gedenkstein in japanischer und einer in hebräischer Schrift auf.

Auf dem Platz der Gedenkstätte umhergehend wandelten wir sozusagen auf den Gräbern unserer Väter.

Bevor man die Gedenkstätte betritt, sieht man das Totenbuch, verkürzt als tabellarische Liste der Namen in buchähnlicher Form: Metallrahmen und Plexiglasscheiben schützen die Seiten mit den Namen in kyrillischer Schrift. So sind symbolisch 5.000 Grabsteine dargestellt und für die Nachwelt erhalten.

Es ist eine würdige Gedenkstätte.

Wir gingen auch in das Haus der Friedhofsverwaltung, wo wir dank Jörgs Hilfe Einsicht in ein Exemplar des Totenbuches von Memorial nehmen konnten.

Am nächsten Tag flogen wir nach Samara und fuhren von Flughafen aus mit einer Marschrutka, einer Art Sammeltaxi, nach Upra ins einzige Hotel der Stadt. Susanne und Martin hatten es entdeckt, als sie vor vier Jahren hier gewesen waren, um nach der Vergangenheit von Susannes Vater zu suchen. Auf der Fahrt dorthin hatte ich große Mühe, mich zurechtzufinden. Der Flughafen von Samara liegt nämlich nördlich der Stadt. Wir näherten uns also Upra auf Straßen, die wir damals nicht benutzt hatten, denn wenn wir nach Kujbyschew wollten, sind wir in die entgegengesetzte Richtung gefahren, weil die Stadt südlich von Upra liegt. Wir passierten den großen Tartarenhügel, den nach dem Tode Timurs seine Soldaten als Grabhügel mit ihren Helmen aufgeschüttet haben sollen. Unaufgefordert machte der Fahrer uns darauf aufmerksam. Als Nächstes erreichten wir Krasnaja Gljinka, den Endpunkt der Eisenbahnlinie von Samara. Hier waren wir und unsere Möbel 1946 auf Lkws geladen und nach Upra gebracht worden.

Das Hotel ist relativ neu, hat aber keinen Fahrstuhl, was für uns Alte mühsam war, weil wir im dritten Stock logierten. Nachdem wir uns eingerichtet hatten, gingen wir zu einer Aussichtsplattform, von der man einen herrlichen Blick auf die Porta Shigulewskaja hat. An dieser Stelle war früher das Sägewerk, doch seit die Wolga aufgestaut ist, können keine Flöße mehr angelandet werden, die Schleusen in den Staustufen lassen das nicht zu. Um diesen Blick zu genießen, gingen wir damals zum Sanatorium.

Auf der Aussichtsplattform gibt es ein Restaurant und ein Freiluftlokal mit einer Tanzfläche, ein beliebter Treffpunkt für die heutigen Bewohner von Upra, die sich übrigens in modernster Sommerkleidung präsentierten.

Hier verweilten wir lange, und ich musste viel von unserem Leben in Upra erzählen, wie wir im Sommer auf der Insel badeten und zelteten, wie wir mit dem Raddampfer nach Kujbyschew zum Einkaufen fuhren und dass wir diese Landschaft in unser Herz geschlossen hatten.

Wir betraten das Restaurant, das zur Wolgaseite hin offen ist wie eine Loggia. Bei sommerlichen Temperaturen aßen wir genussvoll zu Abend, als wären wir in südlichen Gefilden. Dabei blickten wir auf den Wolgabogen, bis die Sonne hinter den Shigulibergen verschwand.

Für den Weg zurück wählten wir nicht die Landstraße, sondern gingen ein Stück Richtung Ortsmitte. Allein hätte ich das Hotel nicht gefunden. Dass man den alten Klub abgerissen hatte, wusste ich bereits, aber auch das Werk selber war wegen einer Erweiterung völlig verändert.

Wieder im Hotel, versammelten wir uns alle in unserem Zimmer und köpften eine Flasche spanischen Rotweins, die wir in Moskau gekauft hatten. Unsere Gespräche dauerten bis tief in die Nacht.

Am Vormittag des nächsten Tages waren wir im Heimatmuseum verabredet. Es befindet sich in einer neuen Schule, die man dort errichtet hat, wo früher die Finnensiedlung war. Diese Schule machte auf uns einen traurigen Eindruck, sie war, mit mitteleuropäischen Maßstäben gemessen, baufällig. Am Eingang der Schule wurden wir von drei Damen freundlich empfangen, nämlich der Direktorin des Heimatmuseums, ihrer Vertreterin und ihrer Vorgängerin. Das Heimatmuseum selbst ist in einem großen Klassenraum untergebracht. Neben vielen Schauwänden befinden sich in Vitrinen und Schränken allerlei Gegenstände, Bücher, Fotos und dergleichen, die auch von den deutschen »Spezialisten« berichten.

Ich übergab den Damen eine Mappe mit Farbkopien meiner Aquarelle und mit Fotos aus dieser Zeit, die einen Zustand des Ortes festhalten, den die meisten jetzigen Bewohner Upras nicht mehr kennen, sowie die Kopie meines Schulzeugnisses, das ich 1950 von der »Abendschule für werktätige Jugendliche« erhalten hatte. Mit dieser Mappe

Anhand eines Stadtmodells in der Vitrine versuche ich mit Jörgs Unterstützung den Damen des Museums einige Fragen zu beantworten (Foto von Waltraut).

habe ich den Damen offensichtlich eine große Freude bereiten können. Wie man mir erzählt hat, erinnern sich alte Menschen noch gern an die Zeit, als die deutschen Spezialisten in Upra waren, denn das Verhältnis zwischen Russen und Deutschen war nach anfänglichen Schwierigkeiten recht gut.

Die drei Damen verwöhnten uns mit Tee und Plätzchen, bevor zwei von ihnen uns verlassen mussten, um ihre Enkelkinder vom Kindergarten abzuholen. Die jetzige Museumsdirektorin führte uns dann durch Upra. Zuerst gingen wir durch ein parkartiges Wäldchen, das, wie auch ein ehemaliges Wasserspiel bezeugt, einmal bessere Tage gesehen hatte, nämlich als das Werk noch gut zu tun hatte und Geld für die Gemeindekasse zahlen konnte. Hinter einer kleinen Kirche stand das Haus, in dem wir seinerzeit gewohnt hatten. Es bot, wie andere Gebäude in Upra auch, einen verwohnten, etwas heruntergekommen Anblick. Weiter ging es zum russischen Schulgebäude, in dem die Abendschule untergebracht war und immer noch ist, sowie zu jenem Haus, in dem sich das Magazin, also das Lebensmittelgeschäft, befunden hatte. Wir luden unsere Führerin zu einem kleinen Imbiss in einer Art Cafeteria ein und verabschiedeten uns herzlich. Die Direktorin umarmte mich mit Tränen in den Augen.

Ich hatte große Schwierigkeiten, mein altes Upra in dem gegenwärtigen aufzuspüren, denn alle früher freien Flächen, die uns damals einen weiten Blick in die Umgebung gewährt hatten, waren derart mit Bäumen zugewachsen, als wäre Upra in einen Wald hineingebaut worden. Auch waren viele große Wohnblöcke errichtet worden. Alles machte einen ungepflegten, ja morbiden Eindruck. Das bedrückte mich.

Wir fuhren mit dem Bus nach Krasnaja Gljinka, um eine Bootsfahrt um die Insel zu machen. Das aber war, entgegen einer älteren Beschreibung, nicht möglich. So gingen wir an den Strand der Wolga, und die drei jungen Leute badeten im Fluss. Krasnaja Gljinka sah gesünder aus als Upra. Der Ort hat einen Bahnanschluss und — sehr wichtig — Industrie: In Krasnaja Gljinka befindet sich eine Niederlassung der Pepsi Cola Company!

Zurück in Upra, verbrachten wir den Abend wie tags zuvor auf der Aussichtsplattform und aßen wieder in dieser schönen Umgebung. Obwohl dicke Wolken die Sonne verbargen, genossen wir noch einmal den Blick über die Wolga hinweg zu den Shigulibergen. Wir diskutierten auch unsere Beobachtung, dass so viele Häuser einen so heruntergekommenen Eindruck machen. Jörg meinte, sicherlich zu Recht, das hänge wohl damit zusammen, dass die russischen Bauern erst Mitte des 19. Jahrhunderts von der Leibeigenschaft befreit wurden. Ihnen hatten nicht einmal die Hütten gehört, in denen sie wohnten. Und auch in der Zeit der Sowjetunion konnten sie nicht die Erfahrungen sammeln, die im übrigen Europa schon viel länger selbstverständlich waren, nämlich wie man mit persönlichem Eigentum umgeht, es pflegt und erhält.

In Upra kommt hinzu, dass der Wasserspiegel der Wolga um etwa vier bis fünf Meter gestiegen ist, seitdem der Fluss aufgestaut wurde. Das Sägewerk musste schließen, das Fischerdorf unter dem Sanatorium versank im Wasser, das Werk Nr. 2, wo mein Vater gearbeitet hatte, ist praktisch tot. Wovon sollen die Menschen leben?

Am nächsten Tag ging es weiter. Zwei Taxen, die uns zum Flughafen bringen sollten, standen wie bestellt rechtzeitig vor dem Hotel. Das eine verlor Flüssigkeit, offenbar Kühlwasser, es musste ein anderes Auto gerufen werden. Susanne und Martin warteten darauf, während wir übrigen zum Sanatorium fuhren, das nur noch eine Ruine ist, versteckt hinter großen Bäumen. Es soll verkauft sein. Ob man es wieder aufbaut oder abreißt, ist nicht bekannt. Wo früher die Asphaltstraße zum Wolgadampfer hinabführte, kann nur noch ein Geländewagen fahren. Und Wolgadampfer legen dort sowieso nicht mehr an.

Damit nahm ich Abschied von Upra. Ich war zerrissen. Der Ort war selbstverständlich nicht mehr der alte, er hatte sich in den fast sechzig Jahren sehr verändert, und die frühere Beschaulichkeit ist Opfer des Autoverkehrs geworden. Was vergangen ist, kann man mit einem Besuch nicht wieder ins Leben zurückholen. Nur die Menschen, mit denen wir es zu tun hatten, waren so freundlich und liebenswert wie früher. Und der Blick auf die Porta Shigulewskaja ist so schön wie damals. Adieu, Upra!

Was bleibt mir von dieser Reise? Ich kann unter die Leidensgeschichte meines Vaters einen Schlussstrich ziehen.

Wir kennen das Ende. Und als wir auf dem Boden der Gedenkstätte standen, also auf den Gräbern unserer Väter, fragte ich Waltraut spontan, ob sie hier an dieser Stelle und jetzt an diesem Tage Hass empfinde. »Nein!«, sagte sie klar und deutlich. Und ich antwortete ebenso bestimmt: »Ich auch nicht!«